Christian Koechinger: **Neubaugebiet**

CHRISTIAN KOECHINGER, geboren 1971, lebt mit seinem Sohn in Braunschweig. Sein erstmals 2015 erschienener Roman *Neubaugebiet* wurde im Jahr 2021 vom Autor für eine Neuauflage überarbeitet. Im selben Jahr veröffentlichte Koechinger sein Drama *Mephistos Tod*.

Christian Koechinger

Neubaugebiet

Roman

BoD – Books on Demand

Bibliografische Information der Deutschen Nationalbibliothek:
Die Deutsche Nationalbibliothek verzeichnet diese Publikation
in der Deutschen Nationalbibliografie; detaillierte bibliografische
Daten sind im Internet unter http://dnb.dnb.de abrufbar.

2. Auflage November 2021

Die Erstausgabe erschien 2015 bei BoD - Books on Demand.
Der Text wurde 2021 für die vorliegende Ausgabe vom
Autor durchgesehen und überarbeitet.

ISBN 978-3-7347-5498-2

Für Pascal

1.

Der Wind strich herbstlich unangenehm über den Spielplatz. Wie nahezu an jedem Wochenende im vergangenen Jahr, verbrachten Eric und sein dreijähriger Sohn Elias auch an diesem Sonntag die Nachmittagszeit hier. Noch waren sie nicht allein. Doch bald schon würde sich das ändern, dachte Eric, bald ist es achtzehn Uhr, bald ist es Winter, und beide Umstände werden kurz- und mittelfristig dazu beitragen, dass sich diese *Schönwetterjunkies* mit ihrem Nachwuchs wieder in ihre Eigenheime zurückziehen. Doch jetzt traten sie hier noch in Gruppen auf, waren noch im Sommermodus offenbar, vor allem die Frauen, die, trotz Modernität und Bildungsstand ihrer Familien, doch noch immer die deutliche Mehrheit unter den die Kinder betreuenden Erwachsenen stellten. Nur mit leichten Jacken bekleidet, einige auch lediglich in langärmligen Shirts, die, wenn sie sich zu ihren Kindern bückten, sofort den Rücken freiließen, wie Eric beobachtete, standen sie zu dritt, zu viert, zu fünft frierend beisammen, offenbar gut gelaunt, traten von einem Bein auf das andere, zogen die Schultern zusammen, und redeten fortwährend.

„Papa, ich will auf der großen Rutsche rutschen!"

Elias hatte das schon zum zweiten Mal gesagt. Eric wandte nun seinem Sohn die Aufmerksamkeit zu:

„Ja, gut. Jetzt gleich?"

„Ja."

Überflüssige Frage. Eric half Elias dabei, die Strickleiter hinauf zu klettern. Er blickte auf die Uhr: In zwanzig Minuten konnten sie den Rückweg antreten. Noch ein paar Mal rutschen, danach vielleicht Seilbahn fahren, wenn Elias Lust hatte, anschließend konnten sie sich, ausgehend vom dortigen Hügel, noch ein paarmal gegenseitig über den Spielplatz jagen, und dann hatte er seinem Sohn nach seinem Ermessen ausreichend Abenteuer und Sauerstoff für den heutigen Tag verschafft. Eric vermutete, dass er Elias heute ohne vehementen Widerstand dazu bewegen können würde, nach Hause zu gehen. Dort warteten dann allerdings noch weitere potenzielle Konfliktherde: Reingehen, Ausziehen, Toilette, Hände waschen. Mit Beginn des Abendessens ging die Zuständigkeit für Elias an Corinna über; Eric schaltete dann für gewöhnlich auf Stand-by.

Er hatte vergessen, was es heute geben sollte. Irgendetwas Überbackenes.

Seit einem Jahr wohnten sie jetzt im Neubaugebiet. Er hatte zu Corinna gesagt:

„Lass uns jetzt nicht umziehen. Wenn wir nicht zuerst etwas für uns als Paar tun, können wir beim Einzug sofort wieder kündigen, weil nämlich unsere Ehe dann nach drei Monaten im Arsch sein wird!"

„Wenn du nicht mitziehst, ziehe ich mit Elias alleine um", war ihre Antwort gewesen.

Dabei hatte er gedacht, und Corinna hatte es auch gedacht, dass sie beide es durchhalten könnten bis zum Ende. Das war nach wenigen Monaten gewesen, als sie sich noch beide in dem wohl lediglich als atypisch, als *anormal* anzusprechenden Zustand von Verliebtheit und neuem Lebensschwung befunden hatten. Beide hatten sie mehrere mit Ernsthaftigkeit geführte und auf Dauer angelegte Beziehungen hinter sich gehabt, so dass sie glaubten, obwohl oder gerade weil sie schon Erfahrungen mit der Wiederkehr partnerschaftlicher Erosionsprozesse hatten, dieses Mal sei es dann doch möglich, dies sei nun definitiv ein letzter Neubeginn, und als Endpunkt käme allein der Tod in Frage. Und die Gefühle hatten auch dafür gesprochen: Eric hatte bei Corinna erstmals wieder etwas empfinden können, das er annähernd mit dem vergleichen konnte, was Kristin in ihm ausgelöst hatte, als sie beide siebzehn waren. Sicher, sein *skrupulöser Charakter* (wie es sein Therapeut einmal ausgedrückt hatte) war mit Mitte dreißig wesentlich ausgeprägter, der Zweifel an der Richtigkeit seiner Schritte und Begierden sehr viel lauter gewesen als in den Zeiten jungfräulich-jungmännlicher Schülerliebe.

Er erinnerte sich jetzt, wie er in Gesprächen mit Freunden - und explizit auch während der Termine bei seinem Therapeuten - das eine oder andere Detail, das ihn in Hinsicht auf Corinna kritisch stimmte, quälend analysiert hatte - hinterher durch Zuspruch meistens etwas erleichtert.

Und doch konnte er Corinna im Wesentlichen als seine große Liebe ansehen; ein Begriff, den er, wenngleich er ihm etwas abgenutzt erschien, dennoch als weitestgehend zutreffend empfand. Zu seiner eigenen Überraschung hatte er ihr bereits nach einem halben Jahr einen Heiratsantrag gemacht und hatte diesen anschließend auch nicht mehr zurückgenommen.

Ein Jahr danach war Corinna schwanger.

„Papa, guck mal, da kommt Nelly!"

Elias stand noch immer auf dem Aussichtsturm, von dem aus die große, röhrenförmige Rutsche nach unten führte, und schaute mit leuchtenden Augen lächelnd zur Straße hinüber, von der aus Nelly und ihre Eltern sich ihnen auf dem Weg, der von kleinen Bäumen gesäumt war, näherten.

„Na dann komm´ mal schnell runtergerutscht!" rief Eric nach oben.

Eric freute sich auch, die drei zu sehen. Elias und er hatten sie kurz nach dem Einzug vor einem Jahr erstmals genau hier an dieser Rutsche getroffen. Cora und Sven waren für Eric eine Art erster Anker gewesen; eine vorsichtig tastende Sympathie zwischen ihnen hatte ihm die Hoffnung erweckt, dass es in der hier ansässigen Bewohnerschicht, die er sehr kritisch beobachtete, möglicherweise, wenn vielleicht auch nicht direkt *seinesgleichen,* so doch durchaus auch Menschen geben könnte, deren Wellenlänge mit der seinigen zumindest streckenweise kompatibel wäre. Auch Elias und Nelly, die nahezu gleich alt waren, hatten sich von Beginn an gemocht - soweit das bei den damals Zweijährigen überhaupt schon hatte beobachtet werden können. Sie hatten schon einige Male miteinander gespielt, doch jetzt standen die beiden sich, wie Kinder es in Anfangssituationen oft tun, jeweils eng ans Bein eines ihrer Elternteile geschmiegt, wortlos gegenüber und musterten einander interessiert.

„Na, so spät noch hierher?" fragte Eric die Angekommenen.

„Ja, Nelly wollte unbedingt noch Seilbahn fahren", erwiderte Cora. „Und ihr?"

„Wir sind schon seit eineinhalb Stunden hier. Gleich geht´s ab nach Hause, Mama hat Essen gekocht." Eric streichelte Elias über den Kopf. „Und was habt ihr sonst so gemacht heute?"

„Ach, nichts Besonderes. Eben haben wir uns mal von außen das Haus angeguckt, in das die Kita rein soll. Morgen ist ja dieses Treffen dort. Kommt ihr auch?" Cora beugte sich zu Nelly hinunter und putzte ihr die Nase.

„Ach, morgen ist das schon? Das ist doch auf diesem Eckgrundstück neben dem Regenrückhaltebecken, oder?"

„Genau. Das Grundstück ist ziemlich groß, bestimmt tausend Quadratmeter", sagte Sven.

Cora ergänzte: „Es soll der Schwiegermutter von diesem Arzt gehören, der in der Villa am See wohnt. Die haben wohl bei der ganzen Sache die Fäden in der Hand." Sie machte eine kurze Pause. „Soweit ich weiß, suchen sie noch Leute für den Vorstand. Hast du nicht Lust?"

Eric hatte plötzlich eine unangenehme Empfindung, versuchte aber trotzdem zu lachen: „Nee, lass mal, das ist nicht mein Ding. Ich kann ja mal Corinna fragen!"

„Mama, ich will Seil---bahn!" Nelly zog das letzte Wort in die Länge und betonte es vorwurfsvoll-verletzt.

„Gleich, Süße, ja? Ach, Eric, ich glaube es wäre gar nicht so schlecht, wenn da auch ein Mann mitmacht. Es mischen sowieso schon so viele Frauen mit, wie ich gehört habe. Wo bleibt da die Quote?"

„Was ist mit dir, Sven?" Eric sah ihn freundlich herausfordernd an.

Sven lächelte: „Zu viele Dienstreisen!"

„Außerdem – ich denke, das würde gut zu dir passen, Eric", setzte Cora nach.

„Mama, Seil---bahn!"

„Ach ich weiß nicht. Wann soll das morgen denn anfangen?"

„Neunzehn Uhr dreißig", sagte Sven.

„Da beginne ich eigentlich damit, Elias ins Bett zu bringen." Eric sah auf die Uhr. „Oh, wir müssen gleich los."

„Na ja, überleg´ es dir halt", sagte Cora.

„Ma---ma!"

„Sven, kannst du nicht schon mal mit ihr hingehen?"

„Nein, ich will mit Mama!" Nelly verzog den Mund.

„Okay, Maus."

„Wir gehen dann jetzt mal", sagte Eric. „Komm, Elias, wir müssen nach Hause, es gibt Essen!"

„Nein, ich will nicht."

„Doch, wir müssen, es ist schon spät."

„Nein, ich will Seilbahn fahren."

„Mama hat was Leckeres gekocht..."

„Was denn?"

„Das ist eine Überraschung!" Eric sah seinen Sohn geheimnisvoll an. „Und, weißt du was? Je schneller wir zu Hause sind, desto eher wissen wir, was es da Super-Leckeres zu essen gibt!".

„Jaaaaaaaaa...!" Elias rannte spontan los.

Eric lachte. „Na, dann tschüss, ihr drei!"

„Tschüss!" antworteten Cora und Sven gleichzeitig.

„Nelly, sagst du auch tschüss?" forderte Cora sie auf.

Nelly sah die Erwachsenen mit demselben Gesichtsausdruck wie vorher an und schwieg.

„Dann also bis morgen Abend, ich werde dich wählen!" sagte Cora schließlich. Das war bezeichnend für sie: Immer das Eisen schmieden.

„Hör´ bloß auf!" wehrte Eric ab.

Dann folgte er Elias, der schon fast an der Straße war, jetzt aber stehen blieb und sich umwandte. Sein Sohn stand da im letzten Sonnenlicht, die Wangen gerötet, über ihm das leuchtende Laub, und erwartungsfroh und freundlich schaute er seinem Vater entgegen. Er sieht so *frisch* aus, dachte Eric. Als er ihn erreicht hatte, ging er in die Knie und küsste ihn auf den Mund.

Sauerstoff und Bewegung hatten offenbar gewirkt: Elias schlief schnell ein. Eric knipste die mondförmige Lampe über dem Bett seines Sohnes aus und schlich sich dann aus dem Zimmer. Nebenan in seinem eigenen Zimmer öffnete er das Fenster weit. Der Herbstwind hatte sich gelegt. Er nahm die Kleidung, die er am nächsten Tag anziehen wollte, aus dem Schrank, ging dann zur Toilette und anschließend hinunter ins Wohnzimmer, wo Corinna fernsah. Sie lag auf dem Sofa und hatte sich eine Wolldecke bis an den Hals gezogen.

„Es ist so kalt geworden!" sagte sie.

Er setzte sich neben sie. „Stimmt. Auf dem Spielplatz war es auch ziemlich unangenehm."

„Habt ihr jemanden getroffen?"

„Cora, Sven und Nelly."

„Und, wie geht's ihnen?"

„Weiß nicht. Sie haben sich das Kita-Haus angesehen."

„Ach echt?"

„Morgen soll die Gründungsversammlung sein, meinte Cora."

Corinna setzte sich auf. „Morgen schon? Warum wissen wir nichts davon? Wir haben auch ein Kind im Kindergartenalter!"

„Jetzt wissen wir es ja."

„Darum geht es doch nicht! Ich finde, die hätten alle Eltern, die es betrifft, einladen müssen! Außerdem hätte Cora uns das ruhig mal eher sagen können…"

„Vielleicht haben sie schon genug Leute beisammen für die Gründung? Anmelden können wir Elias sicher auch noch später."

„Und dann sind alle Plätze weg! Du weißt doch, wie es hier aussieht. Ich finde, wir sollten da morgen hingehen!"

„Und wer passt dann auf Elias auf?"

„Kannst du nicht hingehen, und ich bringe Elias ins Bett?"

„Nee, keine Lust."

„Danach geht's nicht!"

„Wieso nicht?" Eric blickte starr auf den Fernseher. „Warum gehst du nicht hin?"

„Du weißt doch, dass ich morgen bis sechs arbeiten muss! Wie soll ich das noch schaffen? Ich bin sowieso schon total kaputt!"

„Dann gehen wir eben nicht. Ausruhen geht vor!"

Corinna wurde allmählich wütend. „Wie kannst du so ignorant sein!" sagte sie mit erhobener Stimme.

„Ich höre nur auf mein Inneres", erwiderte Eric.

„Es geht hier nicht um dein Inneres, es geht um deinen *Sohn!*"

„*Unseren* Sohn!" gab Eric zurück.

„Das ist doch egal. Ich finde, du könntest auch mal was für ihn tun!"

„Mache ich doch permanent."

„Ach ja?!"

„Ja, heute den ganzen Nachmittag über zum Beispiel…"

„Aber das mit der Kita ist wichtig!"

„Ich gehe jedenfalls nicht. Allein der Gedanke an die ganzen *Hackfressen* da. Grauenhaft. Auf keinen Fall."

„Dann geht also mal wieder keiner von uns. Typisch! Wir kriegen ja nie etwas hin!"

„Zeit das zu ändern, oder?" fragte Eric seine Frau.

Sein Gesichtsausdruck war plötzlich ein vollkommen anderer.

„Wie wäre es, wenn wir jetzt unseren Streit einfach mal ignorieren und stattdessen zusammen hoch gehen?"

Corinna schwieg. Man hätte denken können, sie sei in den Film versunken, der geräuschvoll die ganze Zeit über weiter gelaufen war. Offenbar war er gleich zu Ende: Ein Mann und eine Frau standen auf einem sattgrün bewachsenen Plateau, im Hintergrund sah man das Meer und den Strand. Es war windig. sie umarmten einander, und sie sah zu ihm auf:

„Ich liebe dich", sagte er zu ihr.

„Und ich liebe dich!" antwortete sie.

„Ich hatte dich was gefragt...", erinnerte Eric seine Frau. Er wandte sich ihr mit dem Versuch eines Lächelns zu:

„Gehen wir hoch?"

„Nein."

Sie nahm die Fernsehzeitung und begann darin zu blättern.

*

Dr. Ludger Sanhoff-Sanders war Orthopäde und Sportpsychologe. Er war zweiundfünfzig Jahre alt, sehr groß und schlank. Sein oval geformter Kopf war im Bereich der Schädeldecke spiegelnd blank, an den Seiten wiesen dunkle Schatten auf nachwachsendes Haar hin. Der kurze Bart, den er über der Oberlippe und am Kinn stehen ließ, war von hauptsächlich rötlicher Farbe, durchsetzt mit etwas Dunkelbraun und ein wenig Grau. Seine Augen, die unter hohen geschwungenen Brauen liegend grundsätzlich von eher freundlichem Ausdruck waren, konnten ebenso, sich ohne Vorankündigung in funkelnde Schlitze verwandelnd, beim Betrachter unvermittelt Unbehagen auslösen. Sein Mund war ausgesprochen schmal und sehr gerade.

Jetzt saß Dr. Sanhoff-Sanders in der Mitte einer Tischreihe, die an der Stirnseite des Versammlungsraumes aufgebaut war, ordnete einige Papiere, die vor ihm lagen, und fügte dort kleinere Notizen ein. Seine rote Lesebrille saß dabei auf der Spitze seiner schmalen und langen Nase. Er trug ein schwarzes Hemd mit relativ breitem Kragen, das ohne Krawatte offen stand.

In dritter Ehe war er verheiratet mit der Amerikanerin Jocelyne Sanders, genannt Joy, die ihm die knapp drei Jahre alten Drillinge Jacob, Joseph und Joshua geboren hatte. Gemeinsam lebten sie in einer in römischem Stil erbauten Villa, die sich, gelegen am Rande des Neubaugebietes auf einem gut zweitausend Quadratmeter großen Grundstück mit privatem Seezugang und Pferdeweiden, in jeder Hinsicht auf das deutlichste von den Ein- und Mehrfamilienhäusern ihrer Umgebung abhob. Dem Vernehmen nach hatte der Arzt auch politische Ambitionen.

Jetzt blickte er auf, und indem er dabei zugleich seine Lesebrille abnahm, signalisierte er dem Publikum, das die Stuhlreihen füllte, dass er im Begriff war, die Versammlung zu eröffnen. Links neben ihm saßen seine Frau Joy sowie deren Mutter Meredith Sanders, die ihren Lebensmittelpunkt in Boston hatte, immer wieder aber auch längere Zeitabschnitte in Europa verbrachte. Rechts von Dr. Sanhoff-Sanders hatte eine schätzungsweise vierzig Jahre alte Frau mit braun-rötlich gefärbtem schulterlangen Haar Platz genommen. Sie hatte sehr herbe, dabei aber nicht unansprechende Gesichtszüge, und sie trug einen engen schwarzen Rollkragenpullover, der ihre mittelgroßen Brüste betonte. Soweit Eric wusste, hieß sie Alexa. Sie blickte die Anwesenden direkt und fest aus wasserblauen Augen an. Eric konnte sie gut sehen. Da er erst kurz vor Beginn der Versammlung gekommen war, waren nur noch Plätze in der ersten Reihe frei gewesen. Zum Glück saßen Cora und Sven auch dort. Cora umarmte ihn, nachdem er sich neben ihr niedergelassen hatte. Sven beugte sich vor und lächelte ihn vielsagend an.

Neben der Frau mit den wasserblauen Augen saß, tief über ihre Blätter gebeugt, eine schlanke Mittdreißigerin mit blondem Pferdeschwanz und Hornbrille mit am Tisch. Obwohl die Versammlung noch gar nicht begonnen hatte, arbeitete sie bereits jetzt mit dem Eifer derjenigen Mädchen, die schon in der Schule immer mit ebenmäßig gerundeter Handschrift kritikfrei jede Einzelheit mitgeschrieben hatten, unablässig an ihren Notizen; es war offensichtlich, dass sie die Protokollführerin war.

„Sehr geehrte Damen und Herren", begann nun Dr. Sanhoff-Sanders, „verehrte Eltern und, wie ich erfreut ergänzen darf, herzlich willkommen auch liebe Großeltern! Geliebte Joy, dear Mom! Ich darf mich denen, die mich nicht kennen, kurz vorstellen: Meine Name ist Sanhoff-Sanders, und ich wohne mit meiner Familie bereits seit einiger Zeit hier im Neubaugebiet. Wir leben sehr gern hier."

Er hielt inne und musterte von links nach rechts das Publikum.

Dann fuhr er fort:

„Wer nicht handelt, der wird *be*handelt – so ließe sich wohl eine allgemeine Erfahrung ausdrücken, die wir alle schon gemacht haben. Hier bei uns, in unserer konkreten Lage, ist es auch so: Wenn wir nichts tun, geschieht nichts. Wenn wir die Betreuung, Erziehung und Bildung unserer Kinder nicht selbst organisieren, werden wir uns mit weit entfernten, pädagogisch angestaubten, überfüllten Massenangeboten zufrieden geben müssen, die uns die öffentliche Hand in ihren maroden Zweckbauten meint anbieten zu können. Wollen wir das? Wer von Ihnen will das? Wollen Sie das ihren Kindern zumuten?"

Er machte eine Pause. Seine Augen hatten sich während seiner Rede zu Schlitzen verengt, nahmen aber jetzt einen fast gütigen Ausdruck an. Er fuhr fort:

„Verehrte Gäste, angesichts dieser unbefriedigenden Situation ist es mir eine große Genugtuung, hier und jetzt und mit Ihnen gemeinsam die Gründungsversammlung der Elterninitiative *childhood plus!* zu eröffnen!"

Beifall.

Mit einem etwas schiefen Lächeln wandte er sich dann seiner Frau und seiner Schwiegermutter auf seiner Rechten zu, bevor er, dieses Lächeln gewissermaßen mitnehmend, wieder direkt das Publikum ansah:

„Glücklicherweise", sprach er weiter, „stehen uns gewisse Ressourcen, stehen uns *Kräfte* zur Verfügung, die im Hintergrund tätig sind, und die mit einer – fast möchte ich sagen – *Noblesse,* die es heute an sich so gar nicht mehr gibt, freigiebig und uneigennützig auf unsere Zukunft einwirken. Was, oder besser gesagt, *wen* meine ich damit? Nun, einige von Ihnen wissen es vielleicht bereits: Die hier anwesende Mrs. Meredith Sanders, meine liebe Schwiegermutter, ist im Begriff, der Elterninitiative *childhood plus!* unmittelbar nach deren Gründung dieses großzügige Gebäude, in dem wir alle heute Platz genommen haben, mitsamt des dazugehörigen Grundstücks zu schenken!"

Ein Raunen ging durch den Saal. Cora sah Eric mit weit geöffneten Augen an. Eric blickte um sich: Fast alle Anwesenden tauschten sich mit ihren Sitznachbarn in erstauntem, aber verhaltenen Tonfall aus; teilweise wandten sie sich nach hinten um, um weitere Bekannte einzubeziehen. Meredith Sanders lächelte warmherzig ins Publikum. Dennoch ließen ihre äußerliche Erscheinung, ihre distinguierte Körperhaltung

18

und ihre fast schon *royalen* sparsam-präzisen Gesten insgesamt eher auf eine innere Distanz schließen. Ihre Tochter blickte mit neutral wirkender Miene geradeaus, während die ungeschminkten Lippen der Frau im schwarzen Rollkragenpullover von einem offensichtlich kaum kontrollierbaren Zucken umspielt wurden, das zwischen freudiger Aufregung und dem Triumph bevorzugten Eingeweihtseins zu oszillieren schien. Das Protokollmädchen schrieb.

„Ich sehe, unser Plan findet einen gewissen Anklang. Das freut mich", fuhr Dr. Sanhoff-Sanders mit seinem schiefen Lächeln fort. „Kommen wir nun zur heutigen Tagesordnung. Erstens: Gründungsbeschluss. Zweitens: Satzungsbeschluss. Drittens: Wahlen, und zwar Vorstand, Kassenwart und Kassenprüfer. Viertens: Organisationsfragen. Fünftens: Verschiedenes. Gibt es Änderungs- oder Ergänzungswünsche zur Tagesordnung? Nein? So kommen wir zu Tagesordnungspunkt eins..."

Eric war verstört. Er wusste nicht, was er von diesem *S.S.-Arzt* halten sollte (nur während dieser ersten Begegnung nannte er ihn innerlich so, wie er sich später erinnerte). Während er sich noch bemühte, dieses Gefühl genauer zu fassen, glitt sein Blick zunächst hinüber zu der kleinen Protokollantin, blieb schließlich aber an ihrer älteren Sitznachbarin hängen: Sie hatte wirklich ein ausgesprochen herbes Gesicht. Tiefe Furchen liefen von den Nasenflügeln zu den Mundwinkeln, die Gesichtshaut war spröde und gänzlich ungeschminkt, die Lippen schmal, farblos und trocken. Die Augen dagegen schwammen wässerig, unterhalb von ihnen standen deutliche Schatten. Fast könnte man sie für eine Alkoholikerin halten, dachte Eric, aber das wäre zu vorschnell geurteilt. Irgendetwas anderes hatte dieses Gesicht geprägt. Trotz allem wirkte sie anziehend auf ihn, und er versuchte zu ergründen, warum.

Alle im Raum hoben die Hand, auch Eric, und er hatte gerade eben rechtzeitig noch mitbekommen, dass sie über die Gründung abstimmten. Anschließend wurden Entwürfe der Satzung verteilt, insbesondere für diejenigen, die sie nicht bereits vor der Versammlung erhalten hatten. Eric sah kurz auf das Titelblatt, das farbig gestaltet war und im Stil einer Strichmännchen-Zeichnung ein Haus mit ein paar lachenden Figuren davor zeigte, sowie im Hintergrund buschig-grün vereinfachte Bäume. Er blätterte den Text kurz durch und las stichprobenartig darin:

„Präambel… Vereinszweck… unmittelbar steuerbegünstigte Zwecke… bedarf eines Antrages an den Vorstand… spätestens bis zum dreißigsten April eines jeden Jahres… der Vorstand besteht aus drei Mitgliedern."

Er sah auf. Nahezu alle Anwesenden beschäftigten sich noch mit dem Text. Dr. Sanhoff-Sanders tippte unterdessen auf der Tastatur seines Telefons. Einzig die Protokollführerin sah sich ebenfalls im Raum um; erstmals, seit Eric hier war, schaute sie nicht zu ihren Unterlagen hinab. Sie trank aus einer blauen Plastikflasche Mineralwasser, rückte das Haarband, das ihren Pferdeschwanz zusammenhielt, zurecht, schaute dann eine Weile aus dem Fenster und kratzte sich gedankenverloren an der Schulter. Sie war hübsch, durchaus. Die Haut milchig und offenbar weich. Die schwarze Hornbrille passte gut zu ihrem blonden Haar. Aber keine zum Heiraten, vielleicht nicht mal zum *Ficken*, dachte Eric. Sie war der Typ sportliches Naivchen. Wenn sie hinterher zusammen im Bett lagen, würde das äußerst beklemmend sein. Ob sie wohl Tennis spielte?

Oder eher etwas Ungewöhnlicheres - vielleicht Hockey, überlegte Eric, zumindest als Schülerin hatte sie auf jeden Fall Hockey gespielt! Er sah sie vor sich, wie sie nach sieben Stunden Dauermitschrift an einem als besser geltenden Gymnasium direkt mit dem Fahrrad zum Training fuhr, aus ihrem weißen *benetton*-Rucksack ragte das Ende eines Hockeyschlägers. Dreißig Minuten später dann in gut sitzendem Trikot auf dem Platz, darunter ein kurzes Röckchen; der Trainer zeigte ihr eingehend die perfekte Schlägerführung. Kurzzeitig dann auch mal U18-Nationalmannschaft.

Jetzt kam die Satzung zur Abstimmung: Ja, klar war er dafür. Anschließend mussten alle auf der letzten Seite unterschreiben.

„Ich stelle fest, dass die Elterninitiative *childhood plus!* hiermit gegründet ist. Herzlichen Dank!" Dr. Sanhoff-Sanders klopfte wie die meisten anderen Beifall spendend auf den Tisch, einige Frauen klatschten auch.

„Dann ist jetzt also die Wahl des Vorstandes an der Reihe", fuhr der Versammlungsleiter fort. „Ich bitte um Wahlvorschläge für das Amt der oder des ersten Vorsitzenden!"

Aus dem Publikum meldete sich eine Frau, die Eric nicht kannte.

„Liebe Mrs. Sanders", sagte sie, „ich finde das so großartig, was Sie hier tun – ich finde, Sie sollten die erste Vorsitzende werden!".

Meredith Sanders lehnte dankend lächelnd ab.

Ihr Schwiegersohn ergänzte: "Nun, es handelt sich ja um eine *Eltern*initiative. Man sieht es ihr zwar noch nicht an, aber sie ist die Großmutter..."

Heiterkeit.

„Dann eben ihre Tochter!"

Joy Sanders sprach leise und schnell, aber dennoch klar: Das ginge nicht. Die Doppelbelastung von Beruf und Erziehung. Drillinge. Man möge sich vorstellen, wie das sei. Also erste Vorsitzende auf keinen Fall. Allenfalls den Posten der Vertreterin könne sie wahrnehmen, aber auch nur, wenn sonst niemand wolle.

Zustimmendes Nicken im Saal.

„Aber", sagte Joy Sanders, „die hier mit am Tisch sitzende Alexa Heersfeld ist eine gute Freundin unserer Familie. Sie ist Erzieherin und damit bestens qualifiziert für eine Vorstandstätigkeit, denn sie weiß aus ihrer langjährigen Berufserfahrung, worauf es ankommt. Ich schlage sie für das Amt der ersten Vorsitzenden vor."

Die wasserblauen Augen schimmerten.

„Gut", sagte Dr. Sanhoff-Sanders, „gibt es weitere Vorschläge für die Ämter der oder des ersten und zweiten Vorsitzenden?"

Allgemeines Schweigen. Deutlich hörbare Schreibgeräusche der Hockeyspielerin.

„Das ist offenbar nicht der Fall", stellte Dr. S.-S. fest. „Dann bräuchten wir jetzt noch Vorschläge für das dritte Vorstandsmitglied. Natürlich sind auch hier beide Geschlechter möglich, aber ich denke, es wäre begrüßenswert, auch eine männliche Sichtweise in den Vorstand zu bringen."

„Wie wäre es mit Ihnen, Herr Doktor?" kam ein Zuruf aus den hinteren Reihen.

„Nein, nein, keinesfalls ist das möglich!" antwortete dieser sofort.

Cora und Eric sahen sich an. Cora machte eine Bewegung, die *Na los!* bedeuten mochte; zugleich meinte Eric aber auch eine ihm bisher nicht bekannte Skepsis in ihren Augen zu erkennen. Er schüttelte heftig den Kopf. Im Saal war es ruhig. Als er wieder nach vorn schaute, sah ihm Alexa Heersfeld, selbst soeben zur Kandidatin ausgerufen, direkt in die Augen:

„Und Sie? Sie haben doch Lust! Wir können in der Tat einen Mann gut gebrauchen!"

Eric spürte, dass er errötete.

Alle Blicke auf ihm.

Schweigen.

Selbst die Hockeyspielerin sah auf.

Er versuchte die Hitze in seinem Gesicht zu unterdrücken.

„Na ja, also, wie kommen Sie darauf, also eigentlich – ich habe viel zu tun...", stammelte er.

„Bedenken Sie die Möglichkeiten!" sagte Alexa, ihr Mund zuckte.

„Also dritter Vorsitzender, ja? Ich weiß nicht. Will denn kein anderer?"

Stille.

„Und was wären meine Aufgaben?"

„Die Hauptarbeit kommt selbstverständlich den beiden Damen zu. Sie als dritter Vorsitzender wirken eher – lassen sie mich sagen - *ergänzend*. Sie haben keinen festen Aufgabenbereich. Sehen Sie, gelegentlich könnte einmal ein Mehrheitsbeschluss erforderlich sein, schließlich leben wir doch in einer Demokratie! Vielleicht hätten Sie noch eine hübsche Sonderaufgabe, etwas, das Ihnen persönlich liegt, aber das können Sie drei ja dann im Team festlegen." Für den S.S.-Typen schien die Sache klar zu sein.

„Keine Angst, ich sehe nicht, warum wir Sie beißen sollten!" ergänzte der zuckende Mund und lächelte, die Augen wie Seen.

„Okay, meinetwegen..."

Eric lauschte von sich selbst überrascht auf den Ausklang seiner Worte, der mit dem aufkommenden Applaus verschmolz. Vorstandsarbeit. Scheiße. Und was war das überhaupt für ein hirnrissiger Name: *childhood plus!*

Es war noch so viel Adrenalin in ihm, und er hatte eine so stark *kraterartige* Empfindung, dass er die anschließenden Wahlen nur wie durch Watte mitbekam. Vorstand: Alexa, Joy Sanders und er. Kassenwart: Herr …? Kassenprüfer: Ein Mann und eine Frau…? Danach wurde noch eine Weile debattiert, und Eric verlor den Anschluss vollends.

Er war froh, als die Sitzung schließlich zu Ende war. Am Schluss wurde noch der Termin für ein erstes Vorstandstreffen abgesprochen; es sollte in zwei Wochen stattfinden. Hastig diktierte Eric danach der Protokollführerin seine E-Mail-Adresse und seine Telefonnummer, verabschiedete sich flüchtig von Cora und Sven und ging dann schnell hinaus.

Die Herbstluft erzeugte ein angenehmes Gefühl auf seinen Wangen.

Als er nach Hause kam, war Corinna schon in ihrem Zimmer, vermutlich schlief sie bereits. Er hatte ihr alles gleich berichten wollen. Einige Momente stand er in der dunklen Küche, in die nur das Flurlicht hineinfiel, angelehnt an die Arbeitsplatte. Dann holte er sich ein Bier aus dem Kühlschrank, zog seine Jacke wieder an und ging hinaus auf die Terrasse.

Die Luft war klar, die Sterne über ihm. Wäre es heller gewesen, hätte er womöglich seinen Atem sehen können. Das Bier entspannte ihn. *Nullfünf.*

Eine Weile beobachte er die Silhouette, die sich hinter der Badezimmerjalousie einer gegenüberliegenden Wohnung bewegte. Er versuchte zu erkennen, ob *sie* oder *er* es war. Schließlich wurde dort das Licht gelöscht.

Er trank den letzten Schluck.

Er fror.

Im Bett malte er sich eine Szene mit der Hockeyspielerin aus: Sie saß nach Versammlungsschluss noch immer an ihrem Platz und schrieb; sonst war der Saal leer. Er selbst stand seitlich halb hinter einem Vorhang und beobachtete sie. Er erhärtete mit langsamen, gleichmäßigen Handbewegungen seinen Penis. Einige Minuten lang stand er so hinter dem Vorhang. Schließlich ging er, seinen Penis in der Hand, auf sie zu. Sie war so vertieft in ihre Schreibarbeit, dass sie ihn erst bemerkte, als er direkt neben ihr stand. Sie drehte ihm das Gesicht zu und sah ihn mit gleichmütigem Ausdruck an. Kaum merklich senkte sie ihren Kopf ein wenig. Kurz bevor er kam, trat er sehr nahe an sie heran, und dann verteilte er sein Sperma auf ihren Brillengläsern. Alles geschah vollkommen geräuschlos. Ihm war, als werde er von der Fensterseite her, von außerhalb des Gebäudes, bei all seinem Tun aus wasserblauen Augen beobachtet.

2.

Der Sommer zuvor war lang, heiß und trocken. Es war der erste, den sie nach ihrem Einzug in die gerade fertiggestellte Doppelhaushälfte gemeinsam erlebten. Eric saß in dieser Zeit, so oft es ging, auf der Terrasse, nur mit einer kurzen Hose bekleidet und beschattet von einem Sonnensegel, das unter der lastenden Hitze zu ächzen schien. Über Wochen, so schien es, war es absolut windstill, und Elias tat ihm ein wenig leid, der zur Abwehr der Sonneneinstrahlung eine Art Baseballmütze mit Nackenschutz tragen musste, die ein wenig an Feuerwehrbekleidung erinnerte. Eric bewegte sich so wenig wie möglich, und er interagierte mit seinem Sohn nur dann, wenn dieser es einforderte – was er grundsätzlich allerdings sehr oft tat. Es gab aber auch Phasen wie jetzt, in denen er für eine längere Zeit ganz in sich versunken in der überdachten Sandkiste spielte. Wie bei den meisten Kindern in seinem Alter war sein Spieltrieb weitestgehend unbeeinflusst von der Witterung. Eric dagegen saß reglos in seinem Stuhl und trank kontinuierlich Leitungswasser. Corinna war im Haus mit Erledigungen beschäftigt. Die gesamte Situation, der heiße Schatten unter dem Segel, der Schweiß auf der Haut, der Geruch von Sonnenmilch, das Sirren vorbeifliegender Insekten, das Flimmern über den Dächern, die *siestaeske* Ruhe – das alles zusammen genommen erweckte in Eric den Eindruck von Urlaub; und zugleich auch die Sehnsucht danach, einmal wieder *wirklichen* Urlaub zu haben. Er freute sich darauf, am späten Abend nach draußen zurückzukehren und ein, zwei oder auch drei Hefe-Weizen zu trinken. Vielleicht hätte Corinna dann noch Lust... Doch diesen Gedanken versuchte er sofort wieder zu verwerfen, da er sich den Augenblick nicht verderben wollte. Trotzdem konnte er nicht verstehen, wie die Hitze sie *nicht* scharf machen konnte. Sicher, es wäre anstrengend, wenn bei dreißig Grad zwei Körper aneinander klebten, aber es wäre doch auch sehr erregend...

Es würde nicht passieren.

Corinna und er hatten am zweiten Januar des Vorjahres (von vierzehn Uhr fünfundvierzig bis fünfzehn Uhr, wie er sich erinnerte) zum letzten Mal miteinander geschlafen. Das war mehr als eineinhalb Jahre her. Er hatte die Szene noch genau vor Augen: Sie war zu ihm gekommen, als Elias' Mittagsschlaf fast vorüber gewesen war und hatte ihn, wie meistens bei solcher Gelegenheit, direkt gefragt:

„Wie wäre es mit einer Runde Sex?"

Er hatte wie immer *ja* gesagt. Wie hätte er auch ablehnen sollen? Das letzte Mal hatte bereits über fünf Monate zurückgelegen. Während Corinna schwanger war, hatten sie die gesamte Zeit über keinen Sex gehabt, und nach Elias' Geburt dauerte es dann nochmal fast ein ganzes Jahr, bis es schließlich für eine kurze Zeit wieder möglich wurde. Eric hatte sich inzwischen angewöhnt, die sexlosen Zeiten zu addieren und ihren Anteil an der Gesamtzeit der Partnerschaft zu berechnen: Er lag aktuell bei über fünfzig Prozent...

Eric ging ins Haus, weil er pinkeln musste. Die Schwangerschaft war für Corinna (und für ihn auch!) sehr anstrengend gewesen: In den ersten vier Monaten konnte Corinna praktisch nichts anderes tun, als die Wellenbewegungen ihrer Übelkeit zu ertragen. Sie hatte keinen Appetit, musste aber ständig etwas essen, damit es nicht noch schlimmer wurde. Sie saß wochenlang im verdunkelten Wohnzimmer auf dem Sofa und litt. Täglich rief er sie an, wenn er nach der Arbeit im Supermarkt stand, fragte, was er für sie zu essen kaufen solle. Sie wisse es nicht. Für irgendetwas entschied sie sich schließlich, aber wenn er es später zu Hause für sie zubereitete, konnte sie den Geruch nicht ertragen. Erstaunlicherweise musste sie sich kaum übergeben. Stattdessen litt sie unter Verstopfung.

Es war Eric klar, dass in dieser Zeit nichts laufen konnte. Als es Corinna dann in der zweiten Schwangerschaftshälfte wieder gut ging, schöpfte er Hoffnung, dass sie die verbleibende Zeit bis zur Geburt noch als Paar genießen könnten. Aber es kam nicht dazu. Jetzt hatte Corinna, glücklich darüber, dass die Vorsorgeuntersuchungen keine negativen Ergebnisse gebracht hatten, Angst davor, dass der Schwangerschaftsverlauf gefährdet werden könnte. Sollte sein Penis etwa das Kind aus ihrem Körper drängen, oder was stellte sie sich vor? Als er sie in dieser Zeit einmal fragte, ob sie ihn nicht wenigstens gelegentlich mit der Hand befriedigen könne, antwortete sie: „Warum sollst du Spaß haben, wenn ich keinen haben kann?!"

Dann kam Elias´ Geburt, und von da an wurde alles noch viel radikaler, als Eric es sich trotz all seiner wohlweislich vorher entwickelten Negativprognosen überhaupt jemals hätte vorstellen können: *Wollt ihr die totale Überforderung?!*

Eric war inzwischen zurück auf der Terrasse. Elias kam sofort auf ihn zugelaufen und streckte ihm ein Sandförmchen hin:

„Guck mal, Papa, ich habe Eis gemacht!"

„Mmmmh, lecker!" antwortete Eric, indem er vortäuschte, an dem Sand-Eis zu lecken, und streichelte über Elias´ Sonnenhut. Er liebte seinen Sohn, und Elias war ohne Zweifel ein *extrem geiler Typ*. Wenn es Eric gelang, seine Gedanken zu stoppen und sich ausschließlich auf das zu konzentrieren, was sein Sohn sagte und tat, war er immer fasziniert von seiner Intelligenz, seiner Kreativität und von seinem Humor. Alles was sein Sohn machte, war toll. Aber die Situation war zugleich extrem belastend. Wie sollte man sich entspannen, wenn man nahezu in der gesamten Zeit, die man wach war, arbeitete? Zuerst die Arbeit im Büro, und wenn er zu Hause angekommen war, folgte Kindesbetreuungsarbeit bis um ungefähr einundzwanzig Uhr dreißig, da Elias, der noch einen Mittagsschlaf brauchte, für gewöhnlich erst dann eingeschlafen war. Danach hätte der Feierabend beginnen sollen, doch was sollte da noch passieren? Gegen zweiundzwanzig Uhr ging Corinna ins Bett, und Eric oft auch. Leben zu zweit: *Fehlanzeige.* Sie hatten schon seit Monaten getrennte Zimmer. Die guten Nächte waren die, in denen Elias nicht wach wurde.

„Papa, kannst du mir Wasser geben?" Elias lehnte sich auf Erics Bein, der Sand aus seiner Eisform rieselte Eric in den Schoß.

„Wozu brauchst du Wasser?"

Es war klar, dass Elias es nicht zum Trinken haben wollte.

„Ich – ich, ich will, äääm, ich brauche es für, äääh - um Eiswürfel zu machen!"

Er sah seinen Vater triumphierend an.

Eric stöhnte, weil das Ende des Gartenschlauchs zwanzig Meter entfernt in der Sonne lag.

„Okay, dann muss ich mich wohl mal der Sonne stellen!" sagte er schließlich.

„Warum musst du dich in die Sonne stellen?" fragte sein Sohn.

An vielen Tagen in diesem ersten Sommer, auch an sehr heißen, regte das Neubaugebiet ihn allerdings nicht wie heute zu Urlaubsfantasien an. Allenfalls zu solchen, die mit Regressforderungen an den Reiseveranstalter hätten enden müssen - denn es war laut. Dass von irgendwo her immer ein Rasenmäher zu hören sein würde, dass spielende Kinder aus Vergnügen oder Schmerz oft herumschreien würden, dass auf der verkehrsberuhigten Straße trotzdem mit viel Anliegerverkehr zu rechnen sein würde, all das war Eric vor dem Einzug bewusst gewesen, und daran hatte er sich auch – im Unterschied zu Corinna übrigens – einigermaßen gewöhnen können. Doch was seine Toleranz nicht auch noch abzufedern vermochte, waren die permanenten Geräusche von Handkreissägen, Trennschleifern, Winkelschleifern, oder wie auch immer die richtigen Gattungsbezeichnungen für diese Geräte nun lauten mochten. Ihr Lärm zerstörte seine ohnehin nur noch fragmentarisch vorhandene innere Ruhe endgültig. Ständig war einer der anderen Männer, wenn nicht mehrere gleichzeitig, mit Bautätigkeiten befasst, und das traf Eric im Innersten. Gelegentlich hatte er Amok-Fantasien.

Es war nicht nur der Lärmpegel, der von dieser baugebietstypischen Geräuschkategorie ausging, sondern es spielte auch eine andere Komponente hinein:

Eric hasste handwerklich tätige Männer. Und ebenso hasste er *Workaholics*. Die Typen in der Nachbarschaft hatten mit Sicherheit stressige Jobs. Fast alle waren sie tätig als Ingenieure in dem in der Nähe ansässigen *Weltkonzern*. Sie brachten zum Teil morgens ihre Kinder zu Tagesmüttern, in weit entfernte Kindergärten oder in die Schule, fuhren dann ins Büro und kehrten in der Regel gegen achtzehn Uhr oder später zurück. Dann fielen die Kinder über sie her, das kannte Eric selbst gut. Warum konnten sie nicht wenigstens dann ihre Tätigkeit einstellen? Musste man nach dem Abendessen noch damit anfangen, die Einfahrt weiter zu pflastern, Holz für den Carportbau zuzusägen oder zu verschrauben, mussten Satellitenschüsseln angebaut, musste Rasen gesät oder gemäht, mussten Bäume gepflanzt werden? Von den Wochenenden ganz zu schweigen. *Das* war der Grund, warum so viele Mütter mit ihren Kindern auf den Spielplatz gingen, damit Papi zu Hause in Ruhe die Schrauben versenken konnte! Eric verstand diese Art zu leben nicht. Fast schon als Satire hatte er zu Beginn des Sommers die folgende Szene empfunden: Das Grundstück mit dem Doppelhaus, dessen eine Hälfte Corinna und er gemietet hatten, bildete mit drei weiteren Grundstücken, die alle direkt aneinander grenzten, ein Quadrat. Das vermietete Doppelhaus konnte als *Ausreißer* angesehen werden, denn die übrigen drei Viertel des Quadrates gehörten privaten Eigentümern und waren mit Einfamilienhäusern bebaut. Alle hatten Kinder. Als nach einem kalten verregneten Frühjahr schließlich der Sommer zu kommen schien, begann nun jeder der Eigentümer-Männer damit, ein Gartenhäuschen zu bauen. Alle drei gleichzeitig! Als ob sie alle unbewusst einem Naturtrieb folgten - wie der Vogel beim Nestbau. Eric konnte alle Baustellen gleichzeitig von seinem Küchenfenster aus beobachten. Zwei der Bauherren - sein direkt angrenzender Nachbar Jens, der ihm sonst eigentlich sympathisch war, und Ralf, der seitlich hinter der anderen Doppelhaushälfte wohnte – hatten sich für Fertigbausätze aus dem Baumarkt entschieden. Axel dagegen, der diagonal gegenüber wohnte, und den Eric für gewöhnlich nur den *schlauen Axel* zu nennen pflegte, hatte offenbar ein individuelles Baukonzept entworfen: Zusammen mit seinem Vater, oder genauer gesagt, seinen Vater unterstützend, sägte er das eine oder andere Brett zu, war dann und wann mit Bohrmaschine oder Akku-Schrauber in der Hand zu beobachten, verschwand aber auch oft für längere Zeit wieder von der Szene, während sein Vater, den Eric in dieser Jahreszeit an jedem Wochenende und manchmal auch an Wochentagen auf dem Nachbargrundstück sah, kontinuierlich an dem gemeinsamen Projekt weiter arbeitete, indem er maß, sägte, lackierte und schraubte. Die entstehende *Axel-Hütte* war um ein Drittel höher als die benachbarten Bausatzvarianten.

Eric stand am Fenster, während Elias mittags schlief und Corinna Zeitung las, und betrachtete die Aktivitäten der Nachbar-Männer mit einer Mischung aus Ekel und Spott. Spontan fiel ihm eine Textzeile ein, die er sich als Teil eines Gangsta-Rap-Tracks vorstellte:

„Die Opfer in mei'm Kiez bau'n alle Gartenhäuschen /
Ich geh zur Hintertür rein - und fick' ihre Mäuschen!"

Er musste halblaut auflachen. Er stellte sich das Musikvideo vor: Die ahnungslosen schweißüberströmten handwerkelnden Weicheier mit ihren Möchtegern-Profiwerkzeugen in ihren gepflegten Drecksgärten - während er (dargestellt von einem Afro-Amerikaner), ein Meter siebenundneunzig groß, silberkettenbehängt, mit Baseball-Cap und in glänzenden Sportklamotten, deren Hose ihm auf den Knöcheln hing, mit seinem riesigen schwarzen, beschnittenen Penis in ihre *horny Ehefrauen* eindrang, um ihnen ihren eitlen Eigentümerinnenstolz aus ihren hübschen Köpfchen zu vögeln, bis sie lauter schrien als die Arbeitsmaschinen ihrer Männer:

„Oh, Baby, yeah - tell me, isn't this lecker? /
Come on now, bitch: Suck my big Black & Decker!"

Corinna kam hinaus in den Garten und wurde sofort von Elias mit diversen Informationen überschüttet. Als Eric schließlich eine Lücke fand, fragte er sie, wie sie vorangekommen sei.

„Bin immer noch nicht fertig. Ich habe etliche Male die Aufbauanleitung für diese blöde Fliegengittertür gelesen, aber so, wie es da beschrieben ist, kann es nicht zusammenpassen. Toll, jetzt steht das wieder ewig herum, und ich kann abends im Dunkeln sitzen, damit die Scheiß-Viecher nicht reinkommen!" Sie verzog das Gesicht.

„Ist doch lange hell", versuchte Eric sich an einer Lösung. „Wir könnten ja heute Abend auch mal zusammen draußen sitzen, und die Glotze bleibt aus, dann stellt sich das Problem sowieso nicht. Laue Sommernacht…"

„Ätzend, diese Hitze. Außerdem will ich den Film sehen", erwiderte Corinna.

Eric sagte nichts weiter. Er betrachtete ihren Arsch, was aber in dieser Situation nur kontraproduktiv sein konnte.

„Hast du eigentlich nochmal was von Cora und Sven gehört?" fragte sie dann.

„Nein, wieso?"

„Cora wollte sich doch nochmal melden wegen diese privaten Kita-Sache."

„Ach ja?"

„Es wird echt Zeit, dass sich was tut! Elias muss unbedingt weg von Martina. Ich meine, klar, sie ist total nett, aber die anderen Kinder, die sie in Betreuung hat, sind viel zu klein für ihn. Er langweilt sich bestimmt manchmal."

„Glaube ich nicht", entgegnete Eric. „In seinem Alter ist das doch egal. Hauptsache, man kann spielen. Und das kann er da."

„Er ist über drei! Ich habe gerade neulich wieder gelesen, wie wichtig der Umgang mit gleichaltrigen und älteren Kindern ist. Es wird höchste Zeit, dass hier endlich ein Kindergarten entsteht. Ich verstehe nicht, dass sie bei der Stadt so blind sein konnten und den nicht gleich mit geplant haben! Wer zieht denn wohl überwiegend in ein Neubaugebiet, Senioren etwa? Plötzlich stellen sie fest: Seltsam, so viele Kinder hier, aber wir haben ja ausreichend Kita-Plätze sonst überall in der Stadt, melden Sie ihr Kind doch da an! Aber dass manche Eltern es überhaupt nicht schaffen können, jeden Morgen erst eine halbe Stunde durch die Stadt zu fahren, um das Kind abzugeben, und dann wieder genau entgegengesetzt, um zur Arbeit zu kommen, das sehen sie einfach nicht. Bei Cora und Sven ist es genauso, und Jens und Andrea würden auch nächstes Jahr dasselbe Problem bekommen - und das mit Louis und Luisa sogar gleich doppelt. Darüber haben Andrea und ich uns neulich gerade unterhalten. Also nur gut, dass sich hier jetzt bald was entwickelt! Cora meinte, dass dieser Doktor Sowieso wohl dahinter stecken soll…"

„Der mit der Mafia-Villa?"

„Ja, genau. Wie heißt er nochmal? Ich komme nicht drauf. Er hat jedenfalls einen Doppelnamen – und eine stinkreiche Schwiegermutter aus den USA. Neulich habe ich sie dort vor dem Haus gesehen, als ich mit Elias am See war."

„Wenn das solche Bonzen sind, will ich Elias da aber nicht anmelden."

„Wir müssen! Das habe ich dir doch gerade erklärt!"

„Und wann soll das losgehen? - Wo soll es denn überhaupt sein?"

„In dem leeren Gebäude auf dem Eckgrundstück, da hinten am Regenrückhaltebecken. Sie wollen wohl im Herbst anfangen, aber Cora wollte sich nochmal umhören. Vielleicht rufe ich sie heute Abend mal an."

Als Elias schlief und Corinna fernsah, änderte Eric seinen ursprünglichen Plan und beschloss stattdessen, einen Spaziergang durch das Wohngebiet zu machen. Er packte drei Flaschen *Beck's* in seinen Rucksack, die er später am See trinken wollte.

Intensiv empfand er die besondere Stimmung des Sommerabends, der im Begriff war zur Nacht zu werden, in all ihren Einzelheiten: Über allem lag der spezifische Geruch, der entsteht, wenn gestaute Tageshitze und nachtfeuchte Bodenkühle sich zu mischen beginnen. Dazu der Klang entfernter, oft lachender Stimmen aus fremden Gärten und der dumpf-laute, aber dabei doch unverständliche *Soundtrack*, der von den Fernsehgeräten durch weit offene Fenster und Türen auf die Straße drang, sowie die beruhigend gleichmäßigen Beregnungsgeräusche von Rasensprengern…

Er sah Cora und Sven in ihrem Wohnzimmer sitzen, blauflackernd beleuchtet von ihrem Fernseher. Nelly schlief offenbar auch bereits. Sie schienen gegrillt zu haben, denn angefüllt mit weiß gewordener Holzkohle stand der Grill noch zum Abkühlen im Garten.

Sein Nachbar Ahmed fuhr im Auto an ihm vorbei und grüßte ihn freundlich, wahrscheinlich war er auf dem Weg zur Nachtschicht.

Schließlich kam Eric zur Villa des Arztes, über den sie vorhin gesprochen hatten. Die Fenster im Erdgeschoss waren hell erleuchtet, in der Einfahrt standen mehrere Autos. Eric konnte drinnen einen Mann an einem Laptop sitzen sehen. Neben ihm stand eine Frau, die eine Hand auf die Lehne seines Stuhles gelegt hatte; mit der anderen zeigte sie gerade auf den Bildschirm. Mit dem Rücken zum Fenster stand eine weitere Frau. Sie hatte rotbraune längere Haare und trug ein knappes schwarzes Shirt.

Eric ging weiter zum See. Er kannte eine alte Weide, die etwas erhöht über dem Ufer stand, und von wo aus der Blick auf das Wasser perfekt war.

Unter dem Dach ihrer herabhängenden Äste setzte er sich nieder und lehnte sich an ihren knorrigen Stamm. Er atmete tief ein und aus. Dann öffnete er sich ein Bier und schaute auf den unbewegt vor ihm liegenden See hinaus.

Der erste Schluck war eine Offenbarung.

3.

Inzwischen war es richtig kalt geworden. Am Tage überschritten die Temperaturen vier Grad nicht mehr; nachts gefror der Boden. Es war Mitte Oktober.

Um kurz nach halb acht an einem Montagabend befand sich Eric auf dem Weg zur ersten Vorstandssitzung in der Kita. Er trug seine Winterjacke mit Kapuze und einen Schal. Er hatte noch etwas Zeit, deshalb ging er einen Umweg durch das Wohngebiet. Auf einigen Terrassen und in manchen Fenstern leuchteten bereits ausgeschnittene Kürbisse.

Eric und Corinna waren *Halloween-Feinde*. Dieses Mal würden sie sich noch einmal wie im letzten Jahr hinter heruntergelassenen Außenjalousien verbergen können, die Klingel abgestellt. Schon im kommenden Herbst, wenn Elias vier Jahre alt sein würde und schon längst ein Kindergartenkind, würden sie sich dem schwerlich weiterhin entziehen können. Womöglich musste einer von ihnen dann auch noch mitgehen! Ein letztes Mal also noch *oldschool*, dachte Eric.

Er fragte sich, wie amerikanisch *childhood plus!* wohl werden würde. Der Name der Kita und die Zusammensetzung der Macherfamilie sprachen jedenfalls für sich. Und auch die Mails, die die Hockeyspielerin kürzlich geschickt hatte, ließen wenig Gutes erahnen. Sie hieß Nadine, wie Eric inzwischen wusste, und offensichtlich sollte sie weiterhin für Schreibarbeiten eingesetzt werden. Im Vorfeld der Sitzung hatte sie - im Auftrag von Joy Sanders, wie sie schrieb – den Vorstandsmitgliedern vorbereitende Informationen zukommen lassen: Das waren zunächst Internet-Links zu so verlockend klingenden Themenkomplexen wie

- Vorschulische Fremdsprachenkompetenz
- Grundbedürfnis Religion
- Begabungs- und Exzellenzförderung

In einer zweiten Mail hatte sie den Vorstandsmitgliedern Angebote zertifizierter Fachhändler für entsprechende Lernmaterialien, Raumausstattungen, Spiel- und Sportgeräte geschickt. Mit einer dritten Mail schließlich hatte sie mehrere Bewerbungen von Erzieherinnen und Erziehern weitergeleitet, die Alexa erhalten hatte. Alle Bewerber wiesen explizit auch auf ihre *Auslandserfahrungen* hin. Außerdem waren der Mail die Bewerbung einer Köchin angehängt, die für kurze Zeit auch einmal bei einen Sterne-Koch gearbeitet hatte, sowie die Unterlagen eines Diätassistenten, der ein Experte für Nahrungsmittelunverträglichkeiten zu sein schien, wenn man die zahlreich vorhandenen Fortbildungsnachweise, die er mitlieferte, besah.

Um kurz vor acht kam Eric am Kita-Grundstück an. Wie das Außengelände gestaltet war, konnte er nicht erkennen, da es im Dunkeln hinter dem Gebäude lag. Das Gebäude selbst jedoch war hell erleuchtet: Sowohl aus dem großen Saal im Erdgeschoss, in dem die Gründungsversammlung stattgefunden hatte, als auch aus den übrigen Räumen, die Eric noch nicht kannte, fiel Licht nach außen. Die Fassade war in einem Blauton gestrichen worden. Der Haupteingang in der Mitte war rot abgesetzt; darüber war als weißer Schriftzug der Name der Kita montiert. Der Punkt des Ausrufezeichens des *plus!*-Anhängsels hatte die unregelmäßig gezackte Form eines Farbklekses; das war aber auch schon das einzige Gestaltungselement, das auf einen kindlichen Nutzungszweck des Gebäudes hinwies, wie Eric bemerkte.

Er trat ein.

Im Erdgeschoss war niemand, aber er hörte die Stimmen der Frauen von oben. Als er dort ankam, fand er Alexa, Joy Sanders und Nadine in einem Raum, der für Bewegung und Turnen vorgesehen zu sein schien. Mit einem flüchtigen Blick nahm Eric Kletterstangen, Matten und Bälle wahr. Die Frauen standen in der Mitte des Raumes und schienen gerade über die Einrichtung zu sprechen. Alle drei wandten Eric den Rücken zu. Nadine notierte etwas auf einem karierten Block, den sie, indem sie ihn mit dem Unterarm stützte, vor sich hielt.

„Hallo", sagte Eric in den vor ihm liegenden Raum hinein. Die drei drehten sich um und blickten ihn an.

„Oh, da ist er ja! Herzlich willkommen an deiner neuen Wirkungsstätte, Eric!" Alexa musterte ihn während dieser Worte freundlich, ihr Mund zuckte ein wenig.

„Danke", antwortete Eric.

Alexa stellte fest: „So sind wir nun komplett. Lasst uns hinunter gehen, es ist Zeit!"

In einem kleinen Raum unten rechts, der nach Büro aussah, waren in der Mitte zwei rechteckige Tische zusammengestellt. Alexa und Joy Sanders setzten sich nebeneinander, Eric nahm ihnen gegenüber Platz. An der von ihm aus gesehen rechten Tischseite saß die Protokollführerin.

„Beginnen wir!" sagte Alexa. „Wir haben heute Einiges auf dem Programm. Mit der Familie Sanhoff-Sanders ist abgesprochen, dass wir den Betrieb am zweiten Januar aufnehmen. Die erforderlichen Genehmigungen liegen alle bereits vor. Das Gebäude ist, wie du eben sehen konntest, Eric, innen weitestgehend fertig. Auf dem Außengelände brauchen wir noch einige zusätzliche Spielgeräte, die wir möglichst einbauen lassen wollen, bevor der Winter richtig kommt. Wir haben für unsere achtundsiebzig Betreuungsplätze gut einhundertundzwanzig Voranmeldungen bekommen - richtig, Nadine? Wir müssen jetzt ein Konzept festlegen und dann Personal auswählen, mit dem wir dieses Konzept umsetzen können. Dankenswerter Weise haben Joy und Nadine bereits gute Vorarbeit geleistet!"

Joy Sanders fixierte bei diesen Worten einen Punkt, der in Erics Rücken gelegen sein musste. Nadine unterbrach kurz ihre Schreibarbeit, sah Alexa und Eric mit einem geschmeichelten Lächeln an und errötete.

„Ich würde vorschlagen, dass Joy uns jetzt zunächst erst einmal schildert, was sie sich überlegt hat."

„Danke", sagte Joy Sanders, ohne Alexa dabei anzusehen. Sie trug eine grobmaschig gearbeitete beigefarbene Strickjacke, die von einem Gürtel desselben Farbtons zusammengehalten wurde, und darunter ein weiße Bluse mit Stehkragen. Ihr blondes Haar, das von dünnen braunen Strähnen durchzogen war, hatte sie mit einer schlichten schwarzen Spange zu einem Zopf zusammengefasst.

„Okay. Also. Ich denke wir haben hier eine riesige Chance. Meine Mutter hat dieses Haus den Kindern gestiftet; das ist viel, aber das ist noch lange nicht alles. Sie wird auch erhebliche Beträge für den laufenden Betrieb zur Verfügung stellen. Alles, was sie dafür erwartet, ist, dass wir, die wir jetzt die Verantwortung für all das haben, das Bestmögliche für die Entwicklung unserer Kinder dabei herausholen. Das darf sie, das muss sie erwarten, denke ich, denn die Beträge, die sie hier investiert, sind ja nicht gerade gering: Sie wird uns monatlich fünftausend Euro überweisen! Ja - das ist viel, das ist sehr, sehr beachtlich, ich weiß. Aber seid beruhigt! Meine Mutter handelt aus freiem Entschluss, und in *America* ist ein solches Engagement durchaus keine Seltenheit. Es ist absolut üblich, dass Kindergärten, die bei uns Teil des Schulsystems sind, private Finanzmittel akquirieren. Wir nennen das *fund-raising*. Anders ist es oft gar nicht möglich, die nötige Qualität anzubieten, denn dort drüben sind wir abhängig von der Höhe der Schulsteuer. Ist dieses Aufkommen gering, ist auch der Standard der Bildungseinrichtungen zwangsläufig niedrig. Dann muss man aktiv werden, wenn man mehr will. Außerdem kann meine gute Mutter sich dieses Engagement durchaus erlauben; und sie weiß immer genau, was sie tut, glaubt mir. Uns aber erwächst aus ihrem Akt der Nächstenliebe eine hohe moralische Verpflichtung. Und wie sicher klar ist, werde ich als ihre Tochter besonders stark darauf zu achten haben, dass ihre Zuwendungen auch sinnvoll eingesetzt werden. Nun, was ist ein sinnvoller Einsatz? Ich denke, je früher und je kompletter unsere Kleinen mit all den wunderbaren Möglichkeiten vertraut gemacht werden, die Gott ihnen gegeben hat, umso besser. Es ist erwiesen, dass die Lernfähigkeit und die Prägungsmöglichkeiten bei Kindern im Kleinkind- und Kindergartenalter am größten sind. Es handelt sich dabei um ein einmaliges Zeitfenster, und wenn die Grundlagen nicht in dieser Phase gelegt werden, können die Kinder später ihre Fähigkeiten oft nicht mehr optimal entwickeln. Wir müssen diese besondere Entwicklungsstufe konsequent nutzen, so wie es viele hochprofessionelle Bildungseinrichtungen in *America*, in Europa und in anderen Teilen der Welt inzwischen auch tun. Der Konkurrenzkampf ist hart, und er wird immer noch härter werden. Wenn wir unsere Kinder nicht also schon hier und jetzt optimal fördern, werden sie später das Nachsehen haben. Will man das? Wollt ihr das? Ich will das für Jacob, Joseph und Joshua jedenfalls nicht! Wie können wir also unsere Kinder hier in dieser Bildungsstätte exzellent erziehen und ausbilden lassen? Nun, ich denke wir müssen für qualitativ hochwertige Angebote aus allen Lebensbereichen sorgen, die jeweils den neuesten Stand der Wissenschaft berücksichtigen. Und wir müssen dafür sorgen, dass diese Angebote professionell und effektiv vermittelt werden. Das betrifft vor allem die Bereiche Physis und Sport, Seele und Glauben, Sprache und logisches Denken, Stärkung von Selbstgefühl und Selbstbewusstsein, Förderung von individueller Zielplanung und Vorbereitung einer Lebensstrategie, Festigung sozialer Kompetenzen, sowie eine umfangreiche Ausbildung in den Bereichen Kunst und Kultur - altersentsprechend denke ich hier insbesondere an Malerei und Musik..."

Eric hatte sie, während sie sprach, zunehmend ungläubig angesehen. Jetzt nahm er wahr, dass Nadine ihn währenddessen beobachtet zu haben schien. Denn als er zu ihr hinüber sah, senkte sie ihren Blick schnell wieder auf ihre Unterlagen.

Joy Sanders fuhr fort:

„Ich kenne Leute, Fachleute, die wir dafür engagieren können. Zum einen bringen die Erzieherinnen und Erzieher, die wir zur Bewerbung aufgefordert haben, jeweils Spezialqualifikationen mit. Alles andere wäre ja auch sinnlos. Ella Hoppenworth-Gierfeld beispielsweise hat aufgrund ihrer über zwanzigjährigen Leitungserfahrung, die sie in Kitas in Schweden, Mexiko und Kanada erworben hat, ohnehin schon profunde Sprachkenntnisse. Zusätzlich hat sie aber auch noch Abschlüsse in Spanisch, Französisch und Betriebswirtschaft in Fernstudiengängen erworben. Sie ist meine absolute Favoritin für die Leitungsstelle. Oder sehen wir uns Peter-Michael Kausky an: Ein Kinderpsychologe, der sich auf kognitive Prozesse im Kleinkindgehirn spezialisiert hat. Er ist sozusagen unser Synapsen-Mann, könnte im Rahmen eines Beratervertrages nach

Bedarf für uns tätig sein. Schließlich Adam T. Myers – mit ihm war ich in Boston zwei Jahre lang zusammen auf der Junior High School, bevor wir mit meinem Vater nach Deutschland gingen. Adam war drei Klassen über mir und der Schwarm aller Mädchen: Groß, dunkelhaarig, muskulös, Quarterback der Schulmannschaft. Ich selbst war eine Weile bei den Cheerleaderinnen... Aber zurück zur Sache: Er studierte Sport und Sportmanagement in den USA und in Barcelona, war selbst Leistungssportler, und in den letzten Jahren trainierte er mehrere europäische Footballmannschaften. Ich möchte hier unbedingt American Football anbieten, denn diese Sportart ist auch für kleine Kinder ideal. Früh lernen sie, wie rau es zugehen kann im Leben, und dass sie nur eine Chance haben, wenn sie als Teamspieler diszipliniert gemeinsam kämpfen. Adam hat schon Trainingsmethoden eigens für ihre Altersstufe konzipiert, und er brennt darauf, sie mit den Kleinen zu erproben. Darüber hinaus ist er auch ein exzellenter Coach für Tennis und Leichtathletik; ich glaube, es gibt sowieso eigentlich keine Sportart, die er nicht gut beherrscht; auch Reitstunden kann er geben... And last but not least: Gerlinde Dittermann. Vergesst alles, was ihr über gutes Essen zu wissen glaubt! Mit sechzehn war ich mit meinen Eltern zum ersten Mal bei ihr im *La Musette* im Teutoburger Wald – seitdem bin ich ihr verfallen. Sie ist jetzt zweiundsechzig, und sie will nochmal etwas Neues anfangen. Sie sagt, der kulinarische Kulturbetrieb langweile sie inzwischen, und vernarrt in Kinder war sie immer schon. Wenn ich an ihre petit fours an Bärlauchvinaigrette denke - phänomenal! Aber die werdet ihr hoffentlich bald selbst probieren können. Daneben brauchen wir dann, natürlich noch ein paar gute, engagierte und teamfähige Erzieherinnen und Erzieher. Aber in dieser

Hinsicht haben wir ja, wie gesagt, schon Einiges an interessantem Material erhalten, das sollten wir uns dann gleich gemeinsam noch mal genau ansehen. – Ja, also, im Grunde war es das. Ich freue mich darauf, ich freue mich wirklich. Vielen Dank."

Eric stand der Mund offen. Nadine schrieb, schrieb und schrieb. Bei Alexa hatte er sowieso von ihrer ersten Begegnung an den Eindruck, als wüsste sie immer schon vorher genau, wie alles kommen würde. So war es auch jetzt: Sie sah keineswegs überrascht aus. Ihr Mund hatte wieder das Eric bereits so vertraute leicht zuckende Lächeln, während ihre blassen Wasseraugen mit einer Art wohlwollendem Spott belustigt und interessiert die Szene verfolgten.

„Lieben Dank, Joy, ich glaube wir sind nun bestens im Bilde", sagte sie jetzt. „Möchte von euch jemand etwas dazu sagen? Eric, was denkst du?"

Am liebsten wäre er aufgestanden und gegangen. Ihm war vorher vage bewusst gewesen, dass das hier eine solche Richtung bekommen könnte. Aber das eben Gehörte übertraf dann doch selbst seine schlimmsten Annahmen. Was waren das nur für Menschen?

„Was ich denke? Ja, wie soll ich sagen, es ist alles ziemlich…- es ist ein sehr umfassender Ansatz…"

„Das soll er auch sein!" bekräftigte Joy Sanders mit Nachdruck.

„Ja, na klar, ich weiß. Aber wenn ich mir Elias so vorstelle, ich meine, ich erlebe ihn ja, wie er bei uns zu Hause ist, was er spielt, *wie* er spielt, was ihm wichtig ist. Er ist drei. Da taucht man doch im freien Spiel ab, alles ergibt sich von selbst aus der Situation heraus. Wenigstens in diesem Alter muss doch die Welt wohl noch irgendwie in Ordnung sein dürfen, oder?"

„Um dann in der Schule sofort den Anschluss zu verpassen?" fragte Joy Sanders ihn gereizt.

„Ach, na ja, also ich bin damals ausgesprochen gut mitgekommen, gehörte sogar zur Spitzengruppe, und wir waren vorher auch nicht so gedrillt worden!"

„Von Drill kann ja hier wohl auch gar nicht die Rede sein. Ich habe von Angeboten gesprochen. Aber ich denke, Eric, du darfst nicht den Fehler machen, deine Kindheit und deine Schulzeit mit der heutigen zu vergleichen. Wir haben heute eine ganz andere Zeit mit viel höheren Anforderungen. Und deshalb müssen wir die Kinder heute schon viel früher darauf ausrichten."

„Ich weiß nicht." Eric knetete mit den Fingern sein Kinn. „Elias spielt auch so gern Fußball. Fußball - und nicht *Football*. Beim Fußball braucht man keine Schutzkleidung, das sagt doch eigentlich schon alles…"

„Beim Fußball wird genauso gefoult, und da ist es mir dann ehrlich gesagt lieber, wenn mein Kind einen Helm auf hat", entgegnete Joy Sanders. „Aber darum geht es auch gar nicht. Lass es mich klar aussprechen, Eric: Niemand zwingt dich hier mitzumachen!"

Bis zu diesem Punkt hatte Alexa den Vorgang mit Interesse verfolgt, jetzt schaltete sie sich ein:

„Nun, nun, wir wollen es doch nicht gleich übertreiben... Eric scheint mir in diesen Themengebieten noch nicht so richtig zu Hause zu sein; wie sollte er auch? Ihm sind solche Dinge neu, und das Neue erscheint uns oft unheimlich, so dass wir lieber im Gewohnten verharren wollen, auch wenn dies, wenn man es mit etwas Abstand betrachtet, eigentlich nicht mehr so ganz zeitgemäß ist. Bei welchem der Ansätze, die wir gerade gehört haben – und es sind ja erst Ansätze, die wir noch ausgestalten wollen – bei welcher dieser ersten Überlegungen könntest du denn vielleicht zustimmen, Eric, wo könntest du *mitgehen*?"

Eric sah aus dem Fenster: Draußen stand eine orange leuchtende Straßenlaterne. Sein Blick verlor sich einen Moment lang. Nirgendwo kann ich mitgehen, dachte er, ich will mit euch nirgendwo hingehen, und am liebsten auch gar nicht mehr mit euch reden.

Aber irgendetwas musste er jetzt sagen. Er betrachtete noch einen Augenblick lang die Straßenlaterne: Überall Kürbisse, dachte er. Fehlt nur noch, dass sie ihr ein gruseliges Gesicht aufmalen mit rautenförmigen Augen und eckigen Zähnen, diese *imperialistischen Halloween-Scheißer...*

Er versuchte sich zu erinnern, was Joy Sanders alles aufgelistet hatte.

„Na ja, leckeres und gesundes Essen – das wäre schon eine vernünftige Sache...", rang er sich schließlich als Antwort ab.

Alexa lachte. „Das ist doch etwas! Selbstverständlich muss das, was die Kinder bekommen sollen, von Vorstandsmitgliedern ausgiebig getestet werden..."

Dadurch löste sich die Spannung etwas. Selbst Joy Sanders hätte fast gelächelt, wenn ihre Sachlichkeit es ihr erlaubt hätte.

„Eric, Erster Cuisine-Beauftragter im Vorstand von *childhood plus!*" Alexa war in ihrem Element.

„Soll ich das so aufschreiben?" fragte Nadine.

„Warum nicht", antwortete ihr Alexa mit zuckendem Mund, „Dr. Lud hatte Eric ja schon eine Spezialaufgabe in Aussicht gestellt..."

Trotzdem war Eric klar, dass er hier am falschen Platz war. Doch er konnte nicht einfach gehen. Corinna hat schon Recht, auch wenn er das nicht so dramatisch sah wie sie: Die Aussichten für eine altersentsprechende Betreuung von Elias, die zugleich auch gut erreichbar wäre, waren schlecht. Corinna und er hatten bewusst das Auto abgeschafft, und er hatte nicht vor, diese Entscheidung wegen widriger Kindergartenstandorte wieder rückgängig zu machen. *Childhood plus!* - das bedeutete drei Minuten Fußweg, das war optimal. Auch wenn die meisten, die mit diesem Verein zu tun hatten, üble Leistungsfanatiker zu sein schienen. Aber wenn er im Vorstand blieb, hätte er vielleicht die Chance, der Sache ein menschlicheres Gesicht zu geben. Falls er durchkam. Joy Sanders erschien ihm beratungsresistent. Alexa war anders, ausgleichender, aber doch auch sehr bestimmend. Und sie war die Nummer eins, zumindest formell. Man müsste das mit ihr alles nochmal im Detail ausloten, dachte er.

„Eric?" Alexa rief ihn an wie eine Lehrerin einen träumenden Schüler.

„Ich habe gerade alles ein wenig sacken lassen. Vielleicht sind eure Ansätze gut. Durchaus möglich. Aber wer soll das bezahlen können? Da müssen doch horrende Gebühren für jedes Kind anfallen! Fünftausend Euro Monatsspende von der Oma hin oder her – damit kann man doch gerade mal zwei Leute bezahlen, wenn überhaupt…"

„Mach dir da mal keine Sorgen, Eric", beruhigte ihn Alexa. „Wir haben mit der Familie Sanhoff-Sanders vereinbart, dass wir die in dieser Stadt gängigen Gebührensätze nicht überschreiten werden. Jedenfalls nicht wesentlich. Alles was wir *on top* machen, wird aus Spenden finanziert."

„Aha", erwiderte Eric nur. Wieso eigentlich Sanhoff-Sanders, fragte er sich. Alles was hier passiert, ist doch nur Sanders: Grundstück Sanders. Haus Sanders. Geld Sanders. Konzept Sanders. Wozu brauchen sie diesen Arzt? Joy sieht so hübsch aus, dachte er, überrascht von sich selbst, im selben Moment.

Da! Wieder dieser Blick von Nadine. Dieses Mal wich sie ihm nicht aus, als er es bemerkte. Es schien sie zwar Einiges an Kraft zu kosten, aber sie sah ihm direkt in die Augen und lächelte ihn dann an. Er versuchte, das zu erwidern, aber ob er dabei über eine allgemeine Mundbewegung hinaus kam, wusste er nicht. Erst jetzt fiel ihm auf, dass Nadine heute keine Brille trug. Diese Erkenntnis brachte ihn dann allerdings tatsächlich zum Lächeln, woraufhin Nadine sofort errötete. Trotzdem ergriff sie jetzt das Wort:

„Darf ich einen Vorschlag machen?"

„Nur zu", sagte Alexa.

„Wie wäre es, wenn wir eine Raucherpause machen?"

„Gute Idee", fand Alexa. „Du auch, Eric?"

„Nein. Ich rauche nicht mehr. Ich bleibe hier drinnen."

Nadine sah enttäuscht aus. Sah er aus wie ein Raucher? Nun, Nadine sah auch nicht so aus. Hätte er bei einer ehemaligen Hockeynationalspielerin auch nicht vermutet. War aber auch letztlich egal.

Nadine und Alexa zogen sich ihre Jacken an und gingen hinaus. Joy und er blieben sitzen. Eine Weile lang sahen sie sich nicht an und schwiegen. Schließlich sprach sie ihn an:

„Du denkst, ich sei herzlos, stimmt´s?"

„Quatsch!"

„Gib es ruhig zu. Es verletzt mich nicht."

„Herzlos jedenfalls nicht…"

„Sondern?"

Er überlegte eine Weile. Dann sagte er:

„Anspruchsvoll. Und ganz schön fordernd, wahrscheinlich."

„Vielleicht", räumte sie ein.

Sie sah ungewohnt *mild* aus dabei.

Und sehr müde.

„Wie schafft man das mit Drillingen?" fragte er sie unvermittelt. „Wenn ich mir Elias verdreifacht vorstelle – oh Mann..."

„So in etwa ist es..." Sie lächelte schwach. „Natürlich sind sie das Beste in meinem Leben – und zugleich das Schwierigste. Manchmal habe ich das Gefühl, ich bin gar nicht mehr vorhanden."

„Das Gefühl kenne ich! Wenn es nur anstrengend wäre. Aber alles hat sich verändert. Lebensgefühl, Zeiteinteilung, Partnerschaft... – und nicht gerade zum besseren!"

„Wem sagst du es."

Sie sahen sich in die Augen. Einen Moment länger, als es eigentlich hätte dauern sollen.

„Wie lange seid ihr schon verheiratet?" fragte er sie dann.

„Sieben Jahre. - Und ihr?"

„Fünf."

„Deine erste Ehe?"

„Ja. Und bei dir?"

„Auch. Für Lud bin ich allerdings schon der dritte Versuch."

„Ach ja?"

„Ja, er hat zwei Scheidungen hinter sich."

Eric zog die Augenbrauen hoch. Joy nickte und schob die Unterlippe dabei vor.

Dann entstand eine längere Pause. Joy fing an in ihren Unterlagen zu lesen, Eric sah aus dem Fenster und betrachtete die Kürbislaterne.

„Wo ist denn das Klo?" fragte er sie schließlich.

Als er von der Toilette zurückkam, hörte er schon im Flur eine Männerstimme. Sie kam ihm bekannt vor, dennoch konnte er sie nicht sofort zuordnen. Sie kam, im Wechselspiel mit den Stimmen der Frauen, aus dem Besprechungsraum, in dem Eric Joy allein zurückgelassen hatte. Jetzt war die Szenerie dort völlig verändert: Joy stand mitten im Raum, neben ihr Nadine und Alexa, wobei letztere gerade engagiert und fröhlich etwas schilderte, dessen Bedeutung sie mit ihren Handbewegungen unterstrich. Ihr Gegenüber, an den sie ihre Rede richtete, war gekleidet in einen schwarzen Wintermantel und hielt in einer Hand die offenbar gerade erst ausgezogenen Lederhandschuhe: Es war Dr. Sanhoff-Sanders.

„Hallo", sagte Eric, als er den Raum betrat.

Dr. Sanhoff-Sanders wandte sich ihm sofort zu und gab ihm die Hand:

„Da ist ja unser vermisstes Vorstandsmitglied, schönen guten Abend! Die Damen berichteten mir schon, worüber ihr gerade sprecht. Wie ich merke, war ich so frei, *ihr* zu sagen… Ist es für Sie in Ordnung, wenn wir zum Du übergehen? Ich heiße Ludger - die meisten sagen aber einfach Lud zu mir." Dabei hielt er die ganze Zeit Erics Hand fest, die schwarzen Handschuhe in der anderen.

„Ja, ist okay. Ich bin Eric."

„Ich will euch auch gar nicht stören…"

Eric hatte gewusst, dass der Arzt das als nächstes sagen würde. Dieser Satz wird in dieser Situation immer gesagt.

„Nein, nein, bleib´ nur, wir haben ohnehin gerade eine Pause gemacht", widersprach Alexa ihm. Auch das war vorhersehbar gewesen.

„Möchtest du etwas trinken? Tee, Wasser?" fragte sie den Neuankömmling.

„Aber nur, wenn es wirklich allen recht ist! Ich habe auch etwas mitgebracht: Nichts Großes... - nur ein bescheidenes, aber anständiges Tröpfchen. Ich denke doch, auf unseren gemeinsamen Arbeitsbeginn sollten wir wenigstens einmal anstoßen, oder?"

Dr. Sanhoff-Sanders entnahm seiner Tasche eine dunkelgrüne Flasche mit goldenem Etikett. Champagner.

„Oh, Lud, das ist gut! Wir holen gleich mal Gläser", sagte Alexa freudig.

Was Joy empfand, war nicht zu erkennen.

Alexa und Nadine kamen mit Sektgläsern zurück.

„Alles vorhanden", bemerkte Alexa lächelnd.

Der Arzt öffnete mit geübten Bewegungen die Flasche und goss ihnen ein. Sie standen in der Mitte des Raumes, hoben ihre Gläser und stießen miteinander an.

„Frohes Schaffen!" sagte Dr. Lud.

„Setzen wir uns doch", schlug Alexa vor. „Wir waren gerade bei Budgetfragen."

„Oh, ich fürchte, ich erschien zum falschen Zeitpunkt!" Dr. Lud gab sich amüsiert. „Macht nur weiter. Tut so, als sei ich gar nicht da. Ich trinke nur noch mein Gläschen aus..."

Noch so ein Klassiker, dachte Eric.

Alexa verteilte ein Papier, das mit *Finanzierungsplan* überschrieben war und eine tabellarische Darstellung enthielt. Sie rechnete die Zusammenhänge exakt vor. Eric kannte sich zwar auf diesem Gebiet nicht gut aus, aber nach Alexas Vortrag erschien ihm der Plan schlüssig. Sie beschlossen ihn dann auch so. Alexa wies darauf hin, dass er noch durch die Mitgliederversammlung genehmigt werden müsse. Anschließend kamen sie auf Personalfragen zu sprechen. Sie gingen die einzelnen Bewerbungen durch, diskutierten das eine oder andere Detail intensiv, und blieben besonders lange Zeit bei der Frage stehen, in welcher Konstellation das Erzieherteam ein möglichst breites Spektrum abdecken würde. Hier war Joy wieder ausgesprochen lebendig. Eric betrachtete sie, während er das zweite Glas Champagner leerte; Lud hatte inzwischen eine weitere Flasche geöffnet. Schließlich, es ging schon auf zweiundzwanzig Uhr zu, einigten sie sich darauf, welches Team sie einstellen würden, das von der weltreisenden und Fernstudien treibenden Ella Hoppenworth-Gierfeld angeführt werden sollte. Nadine wurde beauftragt, entsprechende Antwortschreiben vorzubereiten, sowie Absagen an die Übrigen. Seit Dr. Lud erschienen war, hatte sie Eric nicht mehr angesehen. Der Arzt nahm scheinbar kaum Notiz vom Diskussionsverlauf, beschäftigte sich stattdessen mit seinem Telefon und nippte dann und wann an seinem Glas. Einmal war er auch für längere Zeit draußen.

Eric war müde. Hoffentlich waren sie jetzt bald fertig.

„Einen Punkt habe ich noch", hörte er aber stattdessen jetzt Alexa sagen. „Oder besser gesagt eine Idee: Ich finde, das war heute schon mal ganz gelungen. Aber man sieht auch: Die Dinge brauchen doch ihre Zeit, und wenn wir sie intensiv durchdringen wollen, wenn wir kreativ sein wollen, um das Neue zu gestalten, brauchen wir mehr Zeit. Zeit, in der wir nicht gestört werden – damit meine ich nicht dich, Lud! – nein, ich meine eine Arbeitsatmosphäre, die etwas herausgelöst ist aus dem Alltag, der uns alle so einzwängt. Kurz, ich schlage eine Vorstandsklausur vor, an einem geeigneten Ort – außerhalb dieser Stadt. Ich stelle mir ein verlängertes Wochenende vor, an dem wir unter uns sein können. Was meint ihr dazu? Du wärst natürlich auch dabei, Nadine."

Augenblicklich kehrte das beklemmende Gefühl zurück, das Eric zu Beginn der Sitzung gehabt hatte, und das sich zuletzt weitestgehend gelegt hatte. Es war jetzt noch stärker als zuvor. Keinesfalls! Er *hasste* Gruppenreisen. Die gingen immer schief. Der erste Abend war meistens toll, aber vom darauffolgenden Morgen an fühlte er sich elend eingezwängt mit Menschen, in deren Nähe er überhaupt nicht mehr sein wollte. Er hatte das irgendwann erkannt; und von da an war er selbst mit seinen besten Freunden nicht mehr weggefahren, obwohl er mit ihnen schon auf gemeinsame Reise-Erlebnisse zurückblicken konnte, die auch er als *legendär* einstufte. Er fuhr nicht einmal mehr zu Geburtstagsfeiern, wenn er dort übernachten musste. Möglicherweise hatte er mit diesem Verhalten schon Freunde verletzt, aber er hatte ihnen dann meistens auch ehrlich gesagt, warum er nicht kommen würde: Er sei nicht imstande, diese Situation auszuhalten. Und jetzt sollte er mit diesen Fremden hier wegfahren? Niemals!

Wie immer bei so einem Vorschlag - auch das war so ein Klassiker, fand Eric - waren alle anderen selbstverständlich sofort *Feuer und Flamme* dafür.

„Das könntet ihr doch bei uns in unserem Ferienhaus machen, oder, Joy?" bot Dr. Lud an.

Seine Frau nickte.

„Wo ist das?" fragte Nadine.

„Im Eggegebirge, aber das kennt hierzulande kaum jemand. Nebenan ist der Teutoburger Wald", erklärte er.

„Oh fein!" freute sich Nadine. „Ich wollte schon längst mal wieder in die Berge! Wenn ihr wollt, könnte ich fahren. Mein Bully ist groß genug für uns alle..."

„Unser Haus wäre auf jeden Fall frei. Früher haben wir es gelegentlich vermietet, aber das machen wir schon lange nicht mehr. Jetzt sind wir nur noch im Sommerhalbjahr ab und an mit den Kindern dort; manchmal macht meine Mutter dort Station, aber die hat jetzt erst einmal andere Pläne. Wann wollen wir denn hinfahren? Ich müsste einem lieben Nachbarn, der für uns dort nach dem Rechten sieht, Bescheid sagen. Er müsste Einiges herrichten, bevor wir kommen..." Joy war schon mitten in der Planung.

„Eric hat sich noch nicht geäußert", stellte Alexa fest.

Alle sahen ihn an.

„Ich fürchte, das geht nicht." Seine Stimme klang belegt.

„Wieso? Meinst du, du darfst nicht?" Alexas Augen waren wässerige Schlitze, ihre Lippen in abwartend-abschätzender Bewegung.

„Nein", begann Eric, „ich meine, nein, das ist nicht der Punkt." Seine Wangen brannten. „Es ist nur so... - wie sage ich es euch, damit ihr es versteht? Ich bin – ich bin für solche Reisen nicht geschaffen."

„Wird dir schlecht beim Autofahren?" fragte Nadine ernstlich besorgt. Alexa und Lud lächelten.

„Nein - ich mag einfach nicht, okay?"

„Ach Quatsch, Verdrücken gibt's nicht. Du kommst mit!" ordnete Alexa an.

„Nein, bitte lasst mich außen vor. Fahrt ohne mich!"

Alexa schaltete um auf die Variante quengelndes Teenie-Mädchen mit Schmollmund:

„Ooooch, Eeee-ric, bitteee... - wir brauchen dich doch soooo..."

Das war süß.

„Ich habe jetzt auch wirklich keine Zeit. Wir müssen im Haus noch so viel machen! Wir haben immer noch volle Umzugskartons herumstehen, und einige Möbel fehlen uns auch noch. Außerdem ist praktisch fast schon wieder Vorweihnachtszeit, und ihr könnt euch gar nicht vorstellen, was da bei uns immer abgeht. Einige Familiengeburtstage kommen jetzt auch, und die werden bei uns immer am Wochenende gefeiert..."

„Das muss ja auch gar nicht sofort sein", gab Alexa zu bedenken. „Wir können das doch auch im kommenden Jahr machen!"

„Ich weiß nicht", zögerte Eric.

Er spürte, wie er schon wieder halb überredet war. Er blickte in Joys Richtung, doch die blätterte gerade in ihrem Kalender. Alexa blinzelte ihn mit seitlich geneigtem Kopf und zuckendem Schmollmund an. Fehlt nur noch, dass sie aufsteht und mir über den Kopf streichelt, dachte er.

Joy fragte jetzt: „Wie wäre es Mitte Januar? Das Wochenende vom vierzehnten bis zum sechzehnten würde mir gut passen."

Eric sah in ihrem Gesicht wieder diese Mischung aus Milde und Müdigkeit, die er vorhin schon wahrgenommen hatte.

„Eric?!" Es war wieder Alexa, die Lehrerin, die ihn aus seinen Träumen riss.

„Ich weiß nicht. Ich meine, ich habe keinen Kalender mit; ich weiß nicht, ob ich da kann."

„Nun, das lässt sich ja später herausfinden. Ich denke wir klären das am besten in den nächsten Tagen per Mail ab. Übernimmst du das, Nadine? Danke! - Meine Lieben, es ist spät geworden, einige von uns sind ziemlich müde, glaube ich – also lasst uns für heute Schluss machen!"

Nachdem sie ihre Gläser geleert und in die Spülmaschine gestellt hatten, löschten sie das Licht und gingen vor die Tür.

Joy und Dr. Lud verabschiedeten sich rasch und gingen in Richtung ihrer Villa davon.

Alexa und Nadine hatten sich Zigaretten angezündet. Zu dritt blieben sie noch einen Moment lang vor dem roten Gebäudeeingang stehen, über dem der weiße *childhood plus!*-Schriftzug in dynamischer Ruhe verharrte, wie es Eric schien.

„Mach´ dir nicht so viele Gedanken und komm´ mit", sagte Alexa zu ihm.

„Mal sehen", erwiderte er.

„Glaube mir, Eric, es wird gut sein für dich, mal etwas anderes zu erleben. Etwas *ganz* anderes."

Es war offensichtlich, dass sie ihn mit dieser für sie so ungemein bezeichnenden Mundbewegung, die ihm nun schon wie von weither vertraut vorkam, immer erreichen würde - und dass er, wenn er nicht sehr Acht gab, Gefahr lief, in den funkelnden Seen, die ihre Augen bildeten, eines Tages mit seinem ganzen Wesen unterzugehen.

4.

„Papa – Telefon!"

Es war Sonntagmorgen, und Elias schien überall im Haus gleichzeitig zu sein.

„Papa, komm...!"

Cora war dran. Sie schlug vor, am Nachmittag gemeinsam Drachen steigen zu lassen. Gute Idee. Die Sonne schien, es war sehr windig, und alles würde in warmen Farben leuchten. Vielleicht konnten sie danach noch zusammen Tee trinken.

Als Elias und Nelly ihren Mittagsschlaf beendet hatten, war es bedeckt und fast windstill. Der golden bewegte Oktobermorgen hatte sich in einen stillen und trüben Novembernachmittag verwandelt. Trotzdem nahmen Corinna, Elias und Eric den Drachen mit. Auf dem Weg unterhielten sie sich kurz mit Ralf und Melanie, die im Garten arbeiteten. Ralf zerkleinerte Strauchholz mit einem Gartenhäcksler, während Melanie in einem Beet kniete und Blumenzwiebeln in die Erde pflanzte.

„Kennst du die Szene, in der Kommissar Null Null Schneider den Holzroller des nervigen Nachbarsjungen schreddert?" fragte Eric seinen Nachbarn.

Nein, kannte er nicht.

Melanie war aufgestanden und sprach auf lustige Art mit Elias. Sie war schwanger.

Nelly sah verweint aus, als die drei ankamen.

„Ich habe ihr gerade erklärt, dass es ohne Wind nicht funktionieren wird", sagte Sven.

Nelly begann wieder zu schluchzen: „Ich will aber...!"

Cora nahm sie in den Arm.

„Ach, Mäuschen, manchmal ist das eben so. Man möchte etwas so gern, aber dann klappt es einfach nicht. Aber weißt du was: Wir nehmen den Drachen einfach mit, und Papa läuft damit ganz schnell über die Wiese – und dann, wer weiß, ob er nicht doch fliegt...- Guck mal, Elias hat seinen Drachen auch dabei!"

Aber alle Bemühungen der Väter blieben erfolglos. Sven und Eric rannten mit den Drachen ihrer Kinder über die feuchte Wiese, die mit hohem Gras bewachsen war. Oft knickten sie dabei in den unsichtbaren Vertiefungen um oder stolperten über einen der zahlreichen Maulwurfshügel. Ihre Frauen feuerten sie an, lachten, wenn es schief ging, und unterstützten dann wieder mit euphorischen Ausrufen den nächsten Versuch. Umsonst. Schließlich versuchten es auch Cora und Corinna noch kurz, aber auch das führte zu nichts. Nelly und Elias hatten längst ein anderes Spiel erfunden und beachteten die Bemühungen der Erwachsenen kaum noch: Sie traten abwechselnd so gegen die Maulwurfshügel, dass die Erde möglichst weit davonflog. Sie lachten und quietschten dabei und waren außer sich vor Freude, wenn der andere die Erde abbekam.

Schließlich verließen sie die Wiese und machten sich auf den Weg zum Spielplatz, der am anderen Ende des Wohngebietes lag. Die unbewegte Luft war erfüllt vom Rauchgeruch verbrennender Grünabfälle in den Gärten, der sich mit dem Duft überreifer Äpfel und dem Moderdunst feuchten Laubes vermischte. In fast komponiert erscheinender Abfolge wechselte sich das winterliche Krächzen der Krähen ab mit den dröhnenden Arbeitsgeräuschen eines Laubsaugers und den wiederkehrenden Stakkato-Schlägen eines Hammers, der beim

Carportbau oder in der Fassadenbearbeitung eingesetzt sein mochte.

Das Neubaugebiet lag separiert vom *Altdorf*. Es gab zwischen den beiden Bereichen keine gewachsene Verbindung; sie wurden getrennt von einer vierspurigen Straße, die ins Stadtzentrum führte, und an deren südlicher Seite die ursprüngliche Dorfbebauung lag. Das Neubaugebiet dagegen befand sich nördlich der Straße in einer Senke, die durch den Bodenabbau eines Ziegeleibetriebes entstanden war. Während die Bevölkerung des Altdorfes einen gehobenen Altersdurchschnitt hatte, überwiegend im Vereinsleben aufging und die Stadt, zu der ihr Dorf nach der Eingemeindung bereits seit vier Jahrzehnten gehörte, noch immer als Fremdgebiet betrachtete, lebten im Neubaugebiet nahezu ausschließlich Akademiker in der Familiengründungsphase, die ihren Lebensraum als ruhige Oase in einem urbanen Ganzen wahrnahmen. Ihre Neuwagen waren Kombis, Vans oder Kleinbusse, und sie schimmerten stets sauber in den Farben, die die Marktforscher des Herstellers aktuell vorgegeben hatten. Besonders gängig war derzeit, wie Eric auffiel, eine Art *kotbraun*. Die Homogenität des Bildungsstandes spiegelte sich naturgemäß in ähnlichen Ansichten, Verhaltensweisen und Lebensschwerpunkten der Erwachsenen wider, und besonders auch in den Namen ihrer Kinder: Wer im Neubaugebiet geboren wurde, hieß nicht Charleen, Kimberley, Justin oder Devon, sondern Johanna, Auguste, Arne oder Tjark (oder eben auch Elias). Ihre Eltern waren getrieben von der Vorstellung, dass ihre Erziehungsaufgabe Tag für Tag bedroht wurde von möglichen Fehlern, die sich nachteilig auf die Kindesentwicklung auswirken würden; Joy Sanders hatte diese Grundhaltung neulich in ihrer reinsten

Form artikuliert. Nahezu alle Frauen und auch ein Teil der Männer, davon konnte Eric ausgehen, hatten dieselben Erziehungsratgeber gelesen, und stets waren sie alle im Besitz der aktuellen *Eltern-Zeitschrift.* Dementsprechend gingen sie mit ihren Kindern um. Zumindest versuchten sie es - denn wenn ihre Nerven blank lagen, was nicht selten vorkam, verwandelten sich auch die erziehungsbelesensten Mütter und Väter, wie Eric schon verschiedentlich hatte beobachten können, in dieselbe Art von erpresserisch drohendem und Liebe entziehendem Elternschwein zurück, das über die Jahrmillionen hinweg schon immer den Nachwuchs beherrscht hatte. Eric beruhigte diese Beobachtung, denn er erlebte seine eigene Erziehungsleistung als tägliches Scheitern. Dennoch strahlte das Verhalten aller anderen Eltern des Wohngebietes generell aus, dass sie gern als verständnis- und liebevoll, das Kind fördernd, es immer einbindend und mit ihm Verabredungen treffend wahrgenommen werden wollten. In Konfliktfällen war es für sie zeitgeistbedingt zwingend geboten, ausschließlich Ich-Botschaften zu senden. Cora hatte die Bedingungen, unter denen die Kinder hier aufwuchsen, einmal als *Schutzraum* bezeichnet. Für Eric war das Wohngebiet stattdessen ein Ghetto, dessen unfreier Geist sich zentral in dem elterlichen Appell *Charlotte, kommst du bitte...* ausdrückte.

„Es wäre gesünder für die Bewohner und das ganze Klima hier, wenn öfter auch mal Sätze fielen wie *Halt die Fresse, du beschissene Fotze!*" hatte er einmal zu Corinna gesagt.

Sie teilte seine Auffassung nicht.

Elias und Nelly rannten sofort los zum Sandspielbereich, kletterten die kleine Holztreppe zum Spielhaus hinauf, und begannen drinnen, mit den mitgebrachten Sandförmchen Kuchen zu backen. Es war eines ihrer Lieblingsspiele. Ihre Eltern setzten sich auf die Holzbänke, die am Rand standen, und begannen sich zu unterhalten – allerdings war das nur fragmentarisch möglich, denn in kurzen Abständen musste immer mindestens einer von ihnen aufstehen, um am Fenster der kleinen Holzhütte Kuchen zu kaufen und die Kinder nachdrücklich dafür zu loben, wie lecker er sei. Die beiden Familien waren auf dem Spielplatz allein. Nach einer Weile begannen Elias und Nelly, stärker in ihrem Spiel zu versinken, so dass unter den Erwachsenen für eine Weile ein richtiges Gespräch entstehen konnte. Die Frauen beklagten, wie schade sie es fänden, dass es mit den Drachen nicht geklappt habe, und überhaupt, morgens sei es so ein richtig schöner Herbsttag gewesen und jetzt dieses deprimierende Grau... Danach erzählten sie sich aktuelle Begebenheiten, vor allem Erlebnisse mit Nelly und Elias, und Sven berichtete von einer Dienstreise in die USA, die in einigen Tagen beginnen und zwei Wochen dauern sollte.

Corinna sah Cora mitleidig an: „Du Arme! Vierzehn Tage lang allein mit Kind, das wird aber anstrengend!"

„Ach, geht schon", meinte Cora. „Ich werde ein paar Tage zu meiner Mutter fahren, und in der zweiten Woche kommt eine Freundin zu Besuch, die eine Tochter in Nellys Alter hat. Aber mal was anderes, da wir gerade von den USA sprechen: Wie läuft es denn im Vorstand unserer künftigen Kita, Eric? Diesen Arzt finde ich ja sehr eigenartig. Kann gar nicht genau sagen, warum. Irgendetwas ist komisch an dem..."

Eric war das Thema unangenehm, er bemühte sich, nicht zu erröten.

„Bisher geht's", sagte er nur und sah hinüber zu den Kindern.

„Habt ihr denn schon Leute eingestellt? Ja, sicherlich, sonst schafft ihr das ja gar nicht mehr bis Januar, oder? Wie viele sind es denn? Zwei Erzieherinnen pro Gruppe braucht man ja schon", setzte Cora nach.

„So ist es. Läuft alles."

Cora lachte ihn an: „Du willst wohl nicht darüber sprechen, was? Hast du Schweigepflicht? Sven und ich sind schließlich auch Mitglieder des Kita-Vereins, also informiere uns doch mal! Aber ist schon gut: Wenn du nicht willst, dann eben nicht. Diese Joy Sanders und der Arzt – die haben echt Drillinge? Wie schafft die Frau das nur? Sie arbeitet ja auch, soviel ich weiß. Wahrscheinlich haben sie ein Kindermädchen; Geld scheint ja da zu sein…"

„Weiß nicht", antwortete Eric, „hab´ nicht gefragt."

„Irgendwen müssen sie haben, sonst kann es nicht funktionieren!" war Corinna überzeugt.

Eine Pause entstand, in der sich die Stimmung veränderte, wie Eric sofort wahrnahm.

Cora und Sven lächelten sich bedeutungsvoll an.

Es war einer der Momente, die Eric im Nachhinein so erschienen, als habe er schon vorher gewusst, was als nächstes kommen würde.

Cora senkte den Blick. Bevor sie sprach, holte sie hörbar Luft.

Dann sah sie Corinna und Eric mit einem Leuchten in ihren Augen an.

„Nelly wird im Frühling auch nicht mehr allein sein. Wenn alles klappt, sind wir dann zu viert!"

„Echt?!" riefen Corinna und Eric gleichzeitig aus.

„Ja", bestätigte Cora und sah jetzt bescheiden zur Seite; fast hätte man es *züchtig* nennen können. Ihr Mann legte den

Arm um sie und zeigte den anderen, indem er sich vorbeugte, sein zurückhaltendes *Sven-Lächeln*.

Es folgten Umarmungen und nähere Erkundigungen: „Wisst ihr schon... - Wie weit denn überhaupt... - Wann ist Termin?"

„Am ersten April", sagte Cora. „Hoffentlich kein Scherz!"

Eric freute sich für die drei. Es passt zu ihnen, dachte er. Sie schienen in viel stärkerem Maße eine Familie zu sein, als Corinna und ihm das jemals gelingen würde. Oft unternahmen Cora, Nelly und Sven etwas zu dritt; das gab es bei Corinna, Elias und ihm nur äußerst selten. Bei ihnen war meistens nur einer von beiden mit Elias zusammen, während der andere sich um andere Dinge kümmerte. Er sah Corinna an. Sie freute sich auch, das war zu erkennen; sie nahm vollen Anteil an der Situation der Freundin. Zunehmend vertieften sich die Frauen, wie Eric es schon öfter bei demselben Anlass beobachtet hatte, in Details der Schwangerschaftsbefindlichkeiten. Doch er hatte im ersten Augenblick nach Coras Mitteilung auch Enttäuschung im Gesicht seiner Frau gesehen. Nur kurz war sie sichtbar gewesen, ein kurzer Blick ins Leere, dann hatte sie sofort begonnen, sie wieder zu verdrängen, indem sie viele Fragen an Cora richtete. Eric wusste, worum es bei ihr ging. Es hatte eine Phase in ihrer Ehe gegeben – sie hatte kurz vor Elias' erstem Geburtstag begonnen und ungefähr zwei Monate angedauert – da waren sie sich einig darin gewesen, noch ein zweites Kind zu wollen. Sie hatten nach einem Jahr und neun Monaten Pause wieder angefangen miteinander zu schlafen, und es war fast *wie früher* gewesen. Corinna schien wieder richtig scharf auf ihn zu sein. Beim ersten Sex nach dieser für Eric so quälend langen Pause hatte sie sogar Elias, der genau in dem Augenblick aus dem Mittagsschlaf erwacht war, als

Eric in seine Frau eindringen wollte, mit den Worten *„Mama und Papa haben kurz noch was zu erledigen, Schatz!"* mit einem Müsliriegel und einem Stofftier wieder zurück in sein Gitterbett gebracht. Dann war sie ins Schlafzimmer zurückgekehrt und hatte Eric, der sich fast schon Verzweiflung und Hass hatte hingeben wollen, aufs Heftigste bestiegen, so dass sich beide bereits nach kaum einer Minute gegenseitig die Münder zuhalten mussten, um ihren im Nebenzimmer wartenden Sohn nicht mit den Lauten ihres gemeinsamen Orgasmus zu verstören. Schließlich lagen sie mit kindlichem Gekicher, das sich mit feuchten Küssen abwechselte, schwitzend aufeinander. Von Verhütung war keine Rede gewesen, und so war es auch in den kommenden Wochen, in denen Eric dachte, er hätte nun *seine alte Corinna zurück.* Er ergoss sich ungeschützt in sie, und er genoss, zumindest in den Minuten danach, während sie noch eng beieinander lagen, träumerisch die Idee einer Tochter. Corinna bekam ihre Tage, bekam sie ein zweites Mal, und erst im Rückblick konnte Eric erkennen, dass diese Phase damit auch schon wieder vorüber gewesen war, und dass es zwischen ihnen in diesen erregenden Sommerwochen zum letzten Mal etwas gegeben hatte, das er als erfülltes Sexualleben bezeichnen konnte. Denn danach schliefen sie nur noch ein einziges Mal miteinander, da war schon wieder fast ein halbes Jahr vergangen, und dann gar nicht mehr. Eric amüsierte es bitter, als ihm jetzt klar wurde, dass der zweite Januar des kommenden Jahres - der Tag, an dem *childhood plus!* den Betrieb aufnehmen würde - zugleich der zweite Jahrestag ihres letzten Geschlechtsaktes sein würde. Ob er damals zuerst gesagt hatte, er wolle nun lieber doch nicht noch ein Kind, oder ob zunächst der Sex wieder aufgehört hatte, und er es dann entschieden hatte – er konnte die Abfolge nicht mehr rekonstruieren. Woran er sich aber genau erinnerte, war, dass er sich plötzlich sehr sicher gewesen war, und dass er das auch sehr deutlich gegenüber Corinna artikuliert hatte. Wahrscheinlich hatte er sie damit stärker verletzt, als es ihm in jenem Sommer klar gewesen war, vermutete er.

Nelly und Elias hatten ihr Spiel inzwischen zur Röhrenrutsche verlagert. Sven half ihnen die Strickleiter hinauf. Eric war dem Gespräch der Frauen nicht mehr gefolgt. Doch jetzt hörte er Corinna etwas sagen, das ihn sehr ärgerte:

„Ich habe gerade überlegt – das ist jetzt eine spontane Idee, die ich noch nicht mit Eric besprochen habe – ob wir nicht vielleicht alle dieses Jahr mal zusammen Weihnachten feiern wollen. Vielleicht könnten wir auch gemeinsam wegfahren...?"

Unglaublich.

Es war noch nicht lange her, da hatte er Corinna erklärt, in diesem Jahr wolle er Weihnachten einmal ohne die Familie feiern. In den letzten Jahren hatte er sich jedes Mal vorher darauf gefreut, jedes Mal hatte es Stress gegeben, und hinterher war immer *er* das Arschloch gewesen. Natürlich hieß *ohne die Familie* auch, dass er erst recht auch sonst niemanden einladen wollte. Das hätte ihr doch klar sein müssen!

Cora schien von dem Vorschlag angetan: „Also, meinetwegen gern. Ich muss natürlich Sven erstmal fragen. Aber wir sind an Weihnachten sowieso allein. Für die Kinder wäre das bestimmt schön. – Und, Eric? Was meinst du?"

Er versuchte möglichst neutral zu klingen, denn er mochte Cora sehr gern und wollte sie nicht vor den Kopf stoßen:

„Ich denke, wir müssten das alle nochmal genau besprechen. Ich hatte mir Weihnachten eigentlich dieses Mal eher ruhig vorgestellt. Meinst du denn, Sven hätte überhaupt Lust?"

„Ach, bestimmt. Fragen wir ihn doch!"
Sie rief ihn.
Wie Eric schon befürchtet hatte, hatte Sven nichts dagegen.
„Schön!" freute sich Corinna.

„Aber wegfahren will ich nicht", beeilte sich Eric hinzuzusetzen, „im Januar muss ich nämlich mit diesen Kita-Leuten wegfahren, schon das ist mir eigentlich zu viel. Deshalb will ich an Weihnachten auf jeden Fall zu Hause sein. Weihnachten ist mir *heilig*!". Er versuchte sich an einem ironischen Lächeln: „Stille Nacht, heilige Nacht!"

Offenbar konnten die anderen nichts damit anfangen.

Stattdessen sah ihn Corinna sehr erstaunt an. Mit aufgebrachtem Tonfall stellte sie fest:

„Das hast du mir ja gar nicht erzählt! Wohin fahrt ihr denn? Und wann überhaupt?"

„Wann hätte ich dir das denn in den letzten Tagen erzählen sollen…", rechtfertigte sich Eric. „Es ist ja nie eine Lücke da."

„Blödsinn", entgegnete Corinna.

„Realität", hielt er dagegen.

In diesem Moment hörten sie alle ein kurzes dumpfes Geräusch, und anschließend schrie Nelly so extrem, dass alle Erwachsenen sofort von den Bänken aufsprangen. Elias stand noch oben am Eingang der Röhrenrutsche und schaute betroffen nach unten, wo Nelly bäuchlings auf dem Kies lag und markerschütternd schrie. Sie blutete heftig am Kinn.

Cora war als erste bei ihr, hob sie sofort hoch und nahm sie an ihre Schulter, wo ihr das Blut auf ihre helle Jacke lief. Offenbar hatte Nelly selbst versucht, die Strickleiter hochzuklettern, und auf halbem Wege war sie abgestürzt. Eric stieg hinauf, nahm seinen schockierten Sohn auf den Arm und kletterte mit ihm wieder hinunter. Sven bemühte sich mit einem Halstuch, das Corinna ihm gegeben hatte, die Blutung zu stoppen. Cora wiegte ihre Tochter währenddessen wie ein Baby auf ihrem Arm.

Nellys Kinn war aufgeplatzt, Fleisch war zu erahnen, dunkelrot überquollen von Blut.

„Das muss genäht werden", meinte Corinna.

Sven nickte.

„Mäuschen, wir fahren jetzt zum Arzt, und der macht das Aua weg", sprach Cora ihrer Tochter beruhigend ins Ohr. Nelly schrie unablässig.

„Fahrt am besten sofort los, wir bringen eure Sachen nach Hause", bot Eric ihnen an.

Sven lief los und kam kurze Zeit später mit dem Auto zurück. Corinna half Cora, die Nelly auf dem Arm behielt, beim Einsteigen. Als sie losfuhren, winkte sie ihnen.

Eric sammelte unterdessen das Spielzeug und die übrigen Dinge ein. Dann wollte Elias noch etwas schaukeln. Corinna und Eric gaben ihm abwechselnd Schwung. Immer wieder fragte er, warum Nelly gefallen sei. Corinna und Eric erklärten es ihm wiederholt.

Schließlich gingen sie nach Hause. Alle waren bedrückt, auch Elias. Oben in seinem Zimmer baute er eine Rutsche aus Lego-Steinen und spielte mit einer Playmobil-Figur Nellys Absturz nach.

„Und jetzt musst du mich runter tragen, Papa!"

Eric wusste, wie Elias es meinte. Er kannte die Neigung seines Sohnes, Erlebtes so detailgetreu wie möglich nachzuspielen. Also suchte er aus der roten Aufbewahrungsbox die beiden Playmobil-Figuren heraus, die standardmäßig *Elias und Papa* darzustellen hatten. Und während der Playmobil-Eric nun den Playmobil-Elias oben an der Rutsche abholte und ihn unter beruhigenden Worten auf seinen Armen nach unten trug, lächelte der echte Elias, der die Nelly-Figur eben zum wiederholten Male hatte abstürzen lassen, seinen Vater dankbar an: Denn genau so hatte er es sich vorgestellt.

Später ging Eric hinunter in die Küche, um etwas zu trinken zu holen. Vom Fenster aus sah er einen Moment lang seinem schlauen Nachbarn Axel dabei zu, wie dieser die Äste eines jungen Apfelbaums, die nicht dicker waren als Besenstiele, mit einer Motorsäge beschnitt.

Spät am Abend gab es Streit.

Er fing damit an, dass Eric Corinnas Alleingang in Sachen Weihnachten kritisierte:

„Findest du das in Ordnung, Cora und Sven einzuladen, ohne mich vorher zu fragen?"

„Ich habe sie nicht eingeladen. Ich habe gesagt, dass ich Lust hätte, mit ihnen zu feiern."

„Das läuft doch auf dasselbe hinaus!"

„Das finde ich nicht. Außerdem habe ich auch gleich gesagt, dass ich dich noch nicht gefragt habe…"

„Na super, welche Möglichkeit habe ich denn dann noch, die Idee abzulehnen? Zumal Cora ja auch gleich zugesagt hat!"

„Sie hat dich auch nach deiner Meinung gefragt."

„Und dann? Sollte ich sagen: Nein, mit euch will ich nicht feiern? Ich bin froh, dass wir hier überhaupt Leute kennen, mit denen wir klar kommen. Außer Cora und Sven kann man doch sowieso alle vergessen!"

„Das sehe ich nicht so. Ich finde die Nachbarschaft eigentlich nett. Es müssen ja nicht immer gleich die besten Freunde werden. Wenn man sich etwas bemüht, kann man mit vielen Menschen eine Ebene finden..."

„Ich will mich aber nicht bemühen! Entweder die Chemie stimmt, und jemand interessiert mich – dann will ich mit demjenigen auch Zeit verbringen und viel von ihm erfahren. Oder sie stimmt eben nicht, und dann bleibt alles nur unbedeutender Smalltalk. Darauf habe ich aber keinen Bock!"

„Da deine Chemie mit Cora und Sven ja zu stimmen scheint, wie du eben sagtest, könntest du dich doch eigentlich freuen, mit ihnen Weihnachten zu verbringen. Dann kannst du ganz lange Gespräche mit ihnen führen und ganz viel über sie erfahren."

„Wie soll man denn bitte ein Gespräch führen, wenn die Kinder dabei sind? Man fängt an, das Kind kommt und sagt etwas, und *KLICK*! - eure Aufmerksamkeit ist sofort bei ihm. Aber wahrscheinlich könnt ihr gar nicht anders, weil eure Hormone euch so steuern. Es ist am Ende gar nicht eure Schuld..."

„Ach, das ist aber schade, was? Und wem willst dann die Schuld geben? Einer muss doch die Schuld daran haben, wenn dir etwas nicht passt!"

„Jedenfalls konzentriere *ich* mich auf meinen Gesprächspartner."

„Super, du bist mein Held! Seht ihn euch an: Um ihn herum tobt das Chaos, alles geht zu Bruch, aber er, unser großes *Konzentrationsgenie*, führt unbeirrt das Gespräch zu Ende! Eric, wann siehst du endlich ein, dass sich unser Leben verändert hat? Es ist eben nicht mehr so wie früher, als wir noch ohne Kind waren. Da konnten wir immer reden, wenn der liebe Eric es brauchte..."

„Schön wär's gewesen!"

„Was soll das denn nun heißen?"

„Du hast doch schon immer bestimmt, wann du dich mal dazu herablässt, mit mir zu reden - und worüber!"

„Das stimmt ja wohl überhaupt nicht!"

„Na sicher stimmt das! Du sitzt es doch am liebsten aus, wenn eigentlich Probleme zu klären wären. Das war schon von Anfang an so. Wenn ich bei uns nicht die Beziehungsarbeit machen würde, würden wir wahrscheinlich überhaupt nicht miteinander über grundlegende Dinge reden. Würde dir das nicht entgegenkommen? Dann könntest du dich endlich ausschließlich auf Elias konzentrieren…"

„Das war ja wieder klar, dass du die Kurve kriegen würdest, um mich zu beschuldigen. Ich kann es echt nicht mehr hören, Eric: Schwarz-weiß, schwarz-weiß, schwarz-weiß… Der arme Eric und die böse, böse, böse Welt! Ewig die gleiche Leier. Aber so ist das Leben nicht, Eric, es gibt tausende von Schattierungen und Abstufungen - man muss sie eben nur sehen *wollen*!"

„Sag du mir nicht, wie das Leben ist!"

„Das würde mir nie einfallen, schließlich solltest du inzwischen erwachsen genug sein, um das selbst zu erkennen. In letzter Zeit kommst du mir allerdings mit deiner sturen Bockigkeit immer mehr so vor, als wärst du so alt wie Elias! Ich will dies nicht, ich will das nicht. Und wenn es nicht nach meinem Willen geht, schreie ich eben rum."

„Soll das heißen, du hältst mich für unreif? Willst du mir *das* damit sagen?"

„Nein. Ich denke nur, dass man vielleicht mit vierzig etwas weniger egoistisch sein könnte. Zum Beispiel die Sache mit Weihnachten: Überleg´ doch mal, wie das für Elias ist. Er ist immer alleine mit uns, ich meine, leider bleibt er ein Einzelkind. Für ihn wäre das sicher total schön, wenn er mal mit einem anderen Kind zusammen Geschenke auspacken könnte. Aber sein Vater will ja lieber seine Ruhe haben, statt mal etwas seinem Sohn zu Liebe zu tun..."

„Sag mal, merkst du noch, was du sagst? Ich muss mich echt zusammenreißen, damit ich mich nicht komplett im Ton vergreife! ICH bin egoistisch? ICH denke nur an mich? Hast du mal darüber nachgedacht, wie DU dich verhältst?! Ich mache seit Jahren das mit, was DU geplant hast. Wir wollen vielleicht ein Kind, wenn es noch klappt, haben wir uns ganz zu Anfang gesagt. Dann klappt es erst nicht, und ich sage: Puh, nun bin ich aber doch froh, dass dieser Kelch an uns vorüberging! Aber das interessiert dich schon gar nicht mehr: Nun muss es zwingend ein Kind sein. Okay, zeugen wir eins. Das waren Zeiten, als unsere Beziehung überhaupt noch die Gelegenheit dafür hergab, ein Kind zu zeugen! Kann man sich heute überhaupt nicht mehr vorstellen! Dann bist du schwanger, und wir haben monatelang keinen Sex. Okay, erst geht's dir Scheiße, verstehe ich völlig. Aber dann? Weißt du noch, was du zu mir gesagt hast? Schon deine Hand hätte mir gereicht, verstehst du, wenigstens deine Hand! Aber nicht mal dazu konntest du dich herablassen. War das kein Egoismus? Ich schneide mir Ewigkeiten lang mein wichtigstes Bedürfnis ab, und dir ist es sogar zu viel, mir einfach mal einen runterzuholen? Meinetwegen hättest du dabei sogar weiter fernsehen können! Aber nein, Madame ist nicht in der Stimmung, und dann passiert es auch nicht. Und ich Vollidiot mache das mit, halte an der Monogamie fest, statt einfach eine andere zu vögeln, wie das wahrscheinlich neunzig Prozent der Männer in meiner Situation getan hätten. Ist das Egoismus? Jeden Tag geil sein und es jahrelang unterdrücken, weil man seine Frau nicht betrügen will? Ich sage dir, was das ist: *Bescheuert* ist das! *Krankhaft* ist das, und sonst nichts! Und als Elias dann da war: Meinst du, ich habe mir so den Arsch aufgerissen, weil ich dazu Lust hatte? Wer ist jeden Abend stundenlang mit Elias auf dem Arm durchs Schlafzimmer gelaufen, weil man diesen verwöhnten Säugling nur schlafend hinlegen konnte? Ich hätte ihn ja auch mal schreien lassen, damit er überhaupt merken kann, dass er damit nicht immer durchkommt. Aber nein: *Einen schreienden Säugling müssen Sie sofort hochnehmen. Wenn er schreit, hat er ein Bedürfnis, und es ist Ihre Aufgabe als Eltern, es zu erfüllen!* So in etwa stand es doch in deinen beschissenen Ratgebern, und du hast eingefordert, ach was, du hast angeordnet, dass wir es so machen! Und ich habe mitgemacht. Bei Wind und Wetter bin ich mit dem Kinderwagen rausgegangen, und seit Elias laufen kann, bin ich jedes Wochenende mit ihm auf dem Spielplatz. Ich stehe samstags und sonntags früh morgens auf und kümmere mich um unseren Sohn, während du ausschläfst! Und warum mache ich das alles? Weil ich mich dabei gut fühle? Damit ich eine besonders intensive Bindung zu ihm bekomme, und er später keine *Vatermacke* kriegt? Weil ich so unendlich viel Kraft übrig habe, dass ich sonst gar nicht wüsste, wohin damit? Nein, ich sage dir, warum: WEIL DU ES SO WILLST!!! Also erzähle DU mir nichts von Egoismus - sonst muss ich kotzen!"

Eric war außer Atem.

Sein Herz pumpte mit Macht sein Blut mit all dem Adrenalin darin durch seinen Körper.

Er saß Corinna zugewandt; sie aber sah ihn nicht an.

Sie kniff die Augen zusammen.

Als sie zu sprechen begann, war ihre Stimme ruhig.

Es war erkennbar, wieviel Kraft sie das kostete:

72

„Ich will gar nicht im Einzelnen auf alles eingehen. Irgendwann wirst du, das hoffe ich zumindest, selbst merken, was du da gerade gesagt hast. Ich habe in einer Zeitschrift einmal einen Artikel über Beziehungen gelesen, der hatte den Titel: *Männer wollen Sex, Frauen wollen Schutz.* Allmählich glaube ich, dass das wirklich stimmt. Alles, was ich von dir höre, dreht sich um Sex, Sex, Sex. Vielleicht bist du so, vielleicht seid ihr Männer tatsächlich so... - primitiv. Ich habe es lange Zeit nur für ein Klischee gehalten, ich dachte, da muss doch mehr sein! Aber inzwischen habe ich kaum noch Hoffnung, und ehrlich gesagt, stößt es mich ab, was ich da sehe: Ich dachte, über dieses Primatenstadium sollten die Menschen eigentlich inzwischen hinaus sein, aber ihr Männer könnt einem echt das Gegenteil beweisen! Möglicherweise könnte ich damit irgendwie leben, wenn der Rest unseres Zusammenlebens wenigstens einigermaßen stimmen würde. Glaubst du, mir geht es gut? Ich kann mir auch Schöneres vorstellen, als von morgens bis abends durch den Tag zu hetzen und praktisch überhaupt keine Zeit mehr für mich zu haben. Denn wenn du was mit Elias machst, ruhe ich mich ja nicht etwa aus. Ich kaufe ein, ich koche das Essen, ich wasche Wäsche. Ich will zum Beispiel schon seit langem diese Fliegengittertür einbauen, weil es sonst ja keiner macht. Jetzt ist es Herbst, und wenn ich es jetzt nicht bald mache, dann haben wir sie im nächsten Sommer immer noch nicht drin. Oben stehen immer noch Umzugskartons, die nicht ausgepackt sind, ich habe immer noch keinen vernünftigen Kleiderschrank, und ein neues Bett brauche ich auch – was meinst du, wie mein Rücken schmerzt. Elias braucht neue Wintersachen, weil ihm fast nichts mehr passt, und die Kletterwand, die er letztes Jahr zu Weihnachten bekommen hat, steht auch immer noch herum.

Ich würde gern mal wieder Freunde einladen. Ich würde gern mit Elias basteln; man kann so viel machen im Herbst - mit Kastanien und mit Blättern zum Beispiel. Wenn ich mich um diese Dinge nicht kümmere, passiert gar nichts. Nichts geht voran, überhaupt nichts. Weil von dir auch eben einfach nichts kommt! Okay, du spulst dein Standardprogramm mit Elias ab, machst ab und an im Haus ein wenig sauber – aber soll das alles sein? Ich wünsche mir so, jemanden zu haben, der mal von sich aus sagt *Lass uns das so machen*, der die Dinge vorantreibt, der mir auch mal Verantwortung abnimmt. Ich bin nicht so stark, wie du vielleicht glaubst, aber trotzdem muss ich es immer sein. Wie soll ich mich fallen lassen können, wenn ich immer das Gefühl haben muss, ohne mich bricht hier alles zusammen? Ich will auch mal klein sein dürfen, mich auch mal auffangen lassen dürfen, aber das alles gibt es nicht bei uns! Das Gegenteil ist der Fall. Wie soll ich dich *anziehend* finden, wenn ich dich immer nur *mitziehen* muss? Aber das schlimmste an allem ist, dass ich mich nicht auf dich verlassen kann. Bei dir weiß man nie, ob das, was du eben sagst, in zwei Minuten noch Bestand hat. Du hast eine Meinung, tust dann aber das genaue Gegenteil. Und hinterher zweifelst du dann daran, ob deine Tat nicht vielleicht doch falsch gewesen sein könnte. Inzwischen denke ich meistens nur noch: *Lass' ihn reden, es hat eh keinen Wert!* Nie, weiß ich, ob es dir wirklich ernst ist mit etwas. Wie soll ich, das erkläre mir bitte mal, wie soll ich Verlangen haben nach jemandem, den ich nicht ernst nehmen kann? Das funktioniert nicht. Im Grunde denke ich, dass wir beide so verschiedene Dinge wollen im Leben, dass wir überhaupt gar nicht zusammenpassen *können*. Wenn nur Elias nicht wäre – ich darf gar nicht daran denken, was mit ihm passieren würde, wenn wir uns trennen…"

74

„Heißt das, du willst die Trennung?"

„Nein."

„Aber es klang so!"

„Na ja, es funktioniert ja auch nicht mit uns, oder?"

Eric schwieg.

Dann fragte er sie: „Und nun? Was sollen wir jetzt machen?"

„Weiß ich doch auch nicht..." Corinna gähnte heftig. „Ich glaube, ich muss ins Bett!"

„Und das soll jetzt so im Raum stehen bleiben, oder was?"

„Hast du denn eine Lösung?"

„Nein. - Aber ich bin total aufgewühlt, ich kann jetzt auf keinen Fall so schlafen gehen!"

„Ich muss mich jetzt jedenfalls unbedingt hinlegen. Guck mal auf die Uhr, Eric!"

„Na toll! Und ich sitze hier dann wieder und fühle mich Scheiße!"

„Das ändert doch auch nichts."

„Aber irgendetwas muss doch passieren! Wir können uns doch nicht solche Dinge an den Kopf werfen, und anschließend passiert überhaupt nichts!"

„Wir reden wann anders weiter, okay? Bitte, Eric, ich kann nicht mehr, es war ein anstrengender Tag..."

Eric schwieg erneut.

Typisch, dachte er, immer drehen wir uns nur im Kreis.

„Die arme Nelly", sagte Corinna plötzlich.

Themawechsel. Auch typisch. Aussitzen und Verdrängen - hatte er doch gesagt! Aber er beherrschte sich. Das brachte heute alles nichts mehr.

„Wird schon wieder werden", antwortete er schließlich lustlos.

„Hoffentlich!"

Corinna erhob sich.

„Gute Nacht", sagte sie dann.

Pause.

„Gute Nacht", sagte er nach einer Weile.

Da war sie schon an der Tür.

Am folgenden Morgen meldete Eric sich bei seinem Arbeitgeber krank.

Danach kehrte er in sein Bett zurück. Er starrte in das nichtssagende Grau, das der Herbsttag vor seinem Fenster anbot, und versuchte die Vorkommnisse des gestrigen Tages zu ordnen. Aber er bekam sie nicht richtig zu fassen: Immer, wenn er alle Facetten nacheinander durchgehen, Für und Wider abwägen wollte, verstreuten sich seine Gedanken und entglitten ihm. Konstant waren allein das Gefühl großen Unbehagens und eine tiefe Traurigkeit. Er würde so lange im Bett bleiben müssen, bis er diese Stimmung beherrschen konnte. Er versuchte zu weinen, aber es ging nicht. Er wollte ein paar Zeilen schreiben, aber nichts mochte sich reimen. Kurz war ihm danach, sich anzufassen, aber er verwarf es sofort wieder. Das brachte seine Gedanken erneut auf das, was Corinna über seine angebliche Eindimensionalität gesagt hatte. Mochte sein, dass Sex für ihn eine sehr große Rolle spielte. Aber es war keinesfalls so, dass er zufrieden gewesen wäre, wenn er sich sexuell nur richtig hätte ausleben können. Ihm war bewusst, dass der Blickwinkel, unter dem er das Sexuelle sah, grundlegend falsch war – oder zumindest war er nicht geeignet, um wirkliche Erfüllung zu finden. Er benutzte Sex. Er benutzte ihn, wie andere *schöne Dinge im Leben* auch, als schnellen Glücks-Kick, als Medikament gegen den ungeliebten Alltag, oder richtiger gesagt, gegen *das Leben an sich*. Für denselben Zweck kamen auch andere Konsumgüter in Frage. Schokolade zum Beispiel, Alkohol und Drogen natürlich, auch Computerspiele oder, wenn er dazu eine Neigung gehabt hätte, sicherlich auch das Glücksspiel. Eric kannte den Teufelskreis, in den man mit dieser Methode geriet, nur zu gut: Es kam zu einem kurzen Höhepunkt, und danach fühlte sich alles noch abgeschmackter an. Beim nächsten Mal brauchte man dann eine stärkere Dosis, nur um danach wieder noch mehr als zuvor davon zu benötigen. Meine Sexualität hat eine *Suchtstruktur*, dachte er, aber warum ist das so? Er hatte schon oft darüber nachgedacht. Er war es gewohnt, das Leben zu konsumieren wie eine Daily Soap; und die wirklich guten Folgen waren rar. Woher kam das? Weil er in einer kapitalistischen Gesellschaft aufgewachsen war? Weil Unzufriedenheit die Evolution begünstigte? Oder lagen die Gründe in ihm? War er zu verwöhnt aufgewachsen, hatte das Fruchtwasser die falschen Stoffe enthalten? Vielleicht waren die Gründe auch letztlich weniger wichtig - vielleicht sollte er sich stattdessen vorrangig um eine Verhaltensänderung bemühen. Aber wollte er sich denn ändern? Konnte er sich überhaupt ändern? Und wenn ja, wie? Sollte er etwa Buddhist werden oder in ein Kloster gehen, um sich von der Welt der Erscheinungen zu lösen?

An diesen Punkt kam er jedes Mal, und an diesem Punkt brachen seine Gedankengänge jedes Mal ab.

Für eine Weile betrachtete er lediglich das Grau vor seinem Fenster.

Mit vielem hatte Corinna Recht.

Es war zwar unangenehm, sich das einzugestehen, aber mit dem Abstand, den er inzwischen gewonnen hatte, musste er auch anerkennen, dass seine Frau wahre Dinge ausgesprochen hatte.

In einem Punkt aber irrte Eric sich nicht. Er hatte es wieder und wieder bei den verschiedensten Frauen beobachtet - seien es nun Mütter, Großmütter, Tanten oder auch einfach nur Passantinnen gewesen: Versuchte man ein Gespräch mit ihnen zu führen, wenn ein kleines Kind in ihrer Nähe war, hatte man keine Chance. Sie waren nicht in der Lage, ihre Aufmerksamkeit bei einem Mann zu belassen, sobald das Kind etwas von sich gab. Es schien Eric dann immer, als seien sie so *programmiert*, dass sie sich dem Kind zuwenden mussten. Wenn er mit Corinna und Elias zusammen war, war er an diesem Naturphänomen schon oft verzweifelt. Einmal hatte er einen solchen *Familientrialog*, wie er diese Kommunikationsform inzwischen zu nennen pflegte, hinterher niedergeschrieben.

Das Papier lag noch in einem Stapel auf seinem Schreibtisch. Nach kurzem Suchen zog er es heraus und las es durch.

*

„Mutter – Vater – Kind"
Familientrialog

24.4.2010

E.:   Ich wollte nochmal auf das zurückkommen, bei dem wir vorhin unterbrochen worden sind – geht das jetzt?

C.:   Ja.

E.: Also, ich finde, wir könnten heute vielleicht mal so ein bisschen –

El.: Mama, warum ist das eine große?

C.: Was meinst du?

El.: Warum ist das eine große?

C.: Eine große was denn, Schätzchen?

El.: Warum ist sie so groß?

C.: Wer denn?

El.: Na die große!

C.: Meinst du die Krähe bei Andrea und Jens auf dem Dach?

El.: Ja.

C.: Es gibt große und kleine Vögel. Krähen sind große Vögel.

El.: Warum?

E.: Elias, hör bitte auf mit deiner Gabel zu spielen!

El.: Warum sind Krähen große Vögel, Mama?

C.:   Na, das ist eben so. Es gibt ja auch große und kleine Menschen.

El.:   Hä?

C.:   Manche Menschen sind grooooooß, und andere Menschen sind klein.

El.:   --

C.:   Und so ist das bei Vögeln auch: Es gibt große und kleine.

El.:   Elias ist ein kleiner Vogel, und Papa ist ein großer Vogel.

C.:   Genau! Aber eigentlich ist Papa ein Mensch.

E.:   Witzig! Also, was ich gerade –

El.:   Warum ist Papa ein großer Vogel?

E.:   … gerade sagen wollte: Ich finde, wir sollten heute mal wieder –

El.:   Warum ist Papa ein großer Vogel, Mama?

E.:   … wir sollten heute, also vielleicht auch jetzt gleich ganz spontan in der Mittagspause –

El.:   Mama, warum ist Papa groß?

C.: Weil er schon viiiieeeel länger auf der Welt ist als Elias.

E.: Genau, und deshalb möchte Papa jetzt endlich Mal seinen Satz zu Ende bringen, weil er nämlich dafür nicht mehr so viel Zeit hat: Also, wir sollten heute ruhig mal wieder was Ekstatisches machen!

C.: Was Ekstatisches?

E.: Na ja, so wie früher, halt, so - zweisam.

C.: Aha.

E.: Findest du nicht?

C.: Elias, bist du satt?

El.: --

C.: Bist du satt, Elias?

El: Guck mal, eine Straße!

C.: Bist du SATT, Elias?

El.: Nee.

C.: Dann iss entweder weiter, oder leg die Gabel weg.

El.: Warum?

E.: Oh Mann, weil die nicht zum Spielen ist! Leg sie weg jetzt, sonst nehme ich sie dir weg – und das Essen auch!

El.: Mama, Papa nimmt mir das Essen weg!

C.: Hast du noch Hunger?

El.: Ja.

C.: Dann iss!

E.: Bekomme ich noch eine Antwort?

C.: Worauf?

E.: Ich hatte dich was gefragt.

C.: Ja?

E.: *Hast du mir nicht zugehört?* Ich denke, ihr Frauen seid multitaskingfähig, das behauptet ihr doch immer. Obwohl es ja inzwischen wissenschaftlich erwiesen ist, dass NIEMAND multitaskingfähig ist. Ich wollte wissen, ob du nicht findest, dass wir heute – oder generell am Wochenende - mal wieder, wenn Elias Mittagsschlaf macht, ein bisschen zweisam ekstatisch sein könnten.

C.: Weiß nicht.

E.:   Heißt das, du weißt es nicht, oder du willst es nicht?

C.:   Ich weiß es nicht.

E.:   Und wann weißt du es?

C.:   Elias, ich nehme dir jetzt die Gabel weg, weil du nicht aufgehört hast, damit im Essen zu spielen.

El.:   Papa, Mama hat mir die Gabel weggenommen!

E.:   Lass mich in Ruhe, ich will jetzt nicht!

El.:   Mama, Papa will nicht!

E: Ja, genau wie Mama! Wenigstens *das* haben wir gemeinsam!

*

Er legte das Blatt neben sich auf das Bett. Genau so war es noch immer. Er ging unter in dieser Familie.

Für eine Weile verlor sich sein Blick wieder im Herbstgrau. Er blickte zur Uhr: Elf Uhr dreißig. Vielleicht mal was essen.

Er konnte nicht aufstehen.

Er stellte das Radio an. Ein alter Song von KISS lief: *Love Gun*. Wie schön.

Als er zwölf Jahre alt war, hatte er KISS geliebt. Es waren Sommerferien, sie zelteten in einem verwilderten Garten am

Rande des Dorfes, und immer wieder hörten sie diese eine Cassette. Als sie im folgenden Jahr in der Jugendgruppe Fasching feierten, ließ er sich als Paul Stanley schminken. Agnes malte ihm den Stern ins Gesicht. Sie war drei Jahre älter als er und leitete die Gruppe.

Im Sommer desselben Jahres begann seine Pubertät. Damals war ihm das kaum bewusst. Aber wenn Eric jetzt zurückblickte, war die Veränderung, die seit dem Vorjahr eingetreten war, offensichtlich gewesen: Er hatte begonnen, auf seine Kleidung zu achten, er benutzte nun ein Deodorant (er war fasziniert von seinem neuen Geruch), seine Haare wusch er täglich, und er begann sich zu rasieren. Zwischen Agnes und ihm entstand eine tiefe Freundschaft. Oft machten sie abends Spaziergänge zwischen den noch warmen Feldern, und wenn die große Sonnenscheibe allmählich dunkelrot versank, saßen sie auf einem Strohballen am Wegesrand, sahen ihr dabei zu und redeten.

Reden, das war das neue Wort dieses Sommers. Oft erzählte Agnes davon, wie sie mit einer Freundin oder einem Freund *noch lang geredet* hatte. Und er fühlte sich großartig dabei, dass er jetzt auch zum Kreis ihrer Freunde gehörte, mit denen sie *gute Gespräche* führen konnte, wie sie sagte. War er verliebt in sie? Natürlich! Aber es war ein noch unschuldiges Verliebtsein. Niemals hätte es zwischen ihnen mehr als diese Freundschaft geben können.

Wenige Monate später hatte er seinen ersten erfolgreichen Selbstbefriedigungsversuch:

Er war allein zu Hause, erregte sich an den Damenunterwäsche-Seiten eines Versandhauskataloges und war völlig überrascht, als ihm plötzlich sein Sperma auf den Ärmel seines beigefarbenen Nicki-Pullovers spritzte. Am selben Tag wiederholte er das aufregend Neue noch dreimal. Abends tat ihm dann sein Penis weh.

Im Radio lief jetzt *Another Brick in the Wall – Part 2*. Offenbar hatten sie gerade ihre Spätsiebziger-Phase.

Die trotzige Stimmung des Songs half Eric letztlich, seine bleierne Bettlägerigkeit zu überwinden. Er ging pinkeln, dann hinunter in die Küche und sah dort für eine Weile aus dem Fenster. Eine Krähe kämpfte mit einer anderen um ein Stück Weißbrot.

Er kochte sich einen Kaffee und stellte sein Telefon an. Es war eine Nachricht von Cora da:

„Hallo ihr Lieben, Nellys Wunde wurde genäht. Die Arme war vielleicht tapfer! Heute hat sie ihrer Oma stolz davon erzählt. Liebe Grüße, Cora."

Er ging erst am übernächsten Tag wieder zur Arbeit.

*

Die Wochen vergingen. Aus geschnitzten Kürbissen wurden leuchtende Laternen, die abends durch das Wohngebiet wandelten, und diese wiederum gingen schließlich über in eine allüberall üppige Adventsbeleuchtung. Lichterketten in Form von Rentieren mit Schlitten waren in diesem Jahr besonders angesagt.

Der Dezember kam. Früher war dieser Monat einer der Höhepunkte in Erics Jahresstimmungskurve gewesen. Es war ihm dann jedes Mal gelungen, in einen von Feiern und Genießen geprägten Grundmodus hineinzukommen – mit Weihnachten als Gipfelpunkt. Jetzt flackerte diese früher selbstverständliche Befindlichkeit nur noch augenblicksweise auf, beispielsweise wenn er in der Mittagspause bei leichtem Schneefall auf dem Weihnachtsmarkt Eierpunsch trank. Zu Hause erwartete ihn derselbe aufreibende Familienalltag wie zu jeder anderen Jahreszeit auch, nur dass er mit dem Singen von Weihnachtsliedern und dem hauserfüllenden Geruch des Kekse Backens, bei dem Elias Corinna begeistert half, angereichert war.

Er kaufte für Corinna nach ihrer genauen Beschreibung eine Umhängetasche aus schwarzem Rindsleder. Die Koordination der Geschenke für Elias oblag ihr.

Am zweiundzwanzigsten Dezember erhielt Eric gegen siebzehn Uhr eine Nachricht von Sven: Cora sei im Krankenhaus, sie habe Blutungen bekommen. Leider könnten sie an Weihnachten nun nicht kommen. Frohes Fest.

Am Heiligabend waren sie nun also nur zu dritt, so wie Eric es sich gewünscht hatte. Er bemühte sich, gute Stimmung zu verbreiten; aber Corinna war sichtlich genervt davon, dass ihre Vorbereitungen für ein Fest mit den Freunden und ihre Vorfreude ins Leere gelaufen waren. Solange Elias noch Geschenke auspackte, wurde gemeinsam gestaunt, geredet und gelacht. Als er schlief, verflachte der Abend jedoch zusehends.

Eric leerte die Flasche Bordeaux, von der er seit dem Essen trank, vollständig. Da Elias trotz der Aufregung unerwartet schnell eingeschlafen war, formten sich in Eric erste Gedankenansätze zu der Frage, ob es nicht angemessen sei, diesen besonderen Festtag auch mit trauter Zweisamkeit zu feiern. *Hochheiliges Paar.* Aber als Corinna den Fernseher einschaltete, erstarb in ihm der Wunsch, ihr diese Überlegungen näher zu bringen.

Sie sah ihn erstaunt an, als er in seiner Winterjacke im Wohnzimmer erschien und ihr erklärte, er werde noch eine Runde um den Block gehen.

Wie schön es draußen war!

Es fielen sanft weiße Flocken, es war nahezu still, und außer ihm war niemand auf der Straße. Er ging durch eine Wattewelt. Die Gärten und Wohnzimmer waren erleuchtet, aus den Schornsteinen quollen Dampf oder Rauch - je nach *Input*, dachte er. Alles, was er hörte, war das Geräusch seiner Stiefel im Schnee.

Er ging eine Weile so, summte ab und an etwas vor sich hin, eine Art Soul-Version von *Stille Nacht, Heilige Nacht* zum schneegedämpften Beat seiner Schritte.

Der Schneefall wurde dichter.

Als Eric in die Straße einbog, die ihn zurück nach Hause bringen sollte, tauchte hundert Meter vor ihm plötzlich eine Gestalt auf. Sie kam schnell auf ihn zu. Ihr Gesicht war tief in einer mit Pelz besetzten Kapuze verborgen, um die ein langer heller Schal in zahlreichen Windungen geschlungen war.

Erst als sie an ihm vorbei ging, erkannte er sie: Es war Joy Sanders. Obwohl er ihr Gesicht kaum hatte sehen können, war ihm, als ob sie weinte.

Er sah ihr noch lange nach.

„Frohe Weihnachten", sagte er dann.

5.

Die Velmerstot ist ein merkwürdiger Berg.

Schon ihr Name, aus dem man geneigt ist die Silbe -*tot* herauszulesen, kann den Neuling in die Irre führen, denn richtigerweise lautet der zweite Teil des Namenswortes -*stot*, was Steilhang oder Stute bedeuten könnte und zusammengefasst die Vermutung erlaubt, dass einst an ihren Hängen Pferde geweidet wurden. Außerdem wird diesem Berg ein weibliches Geschlecht beigelegt, was auch bei anderen Bergen der Fall ist; aber selten wird der Nichtheimische so versucht sein wie hier, dem Namen den männlichen Artikel voranzustellen, und schon hat er, ehe er noch richtig angekommen ist, bereits den zweiten Fehler gemacht. Das wohl Markanteste an dieser mittelgebirglichen Hochlandschaft aber ist ihre Zweiheit: Den Wanderer erwartet nicht etwa nur ein einziger Gipfel, sondern mit gleich zwei Erhebungen bekommt er es stattdessen zu tun, von denen die Preußische Velmerstot die etwas höhere ist im Vergleich zu ihrer benachbarten Schwester, die Lippische Velmerstot heißt. Und obwohl man als Ortsunkundiger beim Blick in die Karte zunächst annehmen könnte, beide seien Teil des Teutoburger Waldes, so irrt man, wie auch Eric vor der Abreise, bereits zum dritten Mal, denn diese gesamte doppelte Landschaftswölbung, die den Ankommenden zu so vielfältig falschen Annahmen verleiten kann, gehört noch voll und ganz zum Eggegebirge, dessen nördlichen Abschluss sie allerdings bildet, und erst jenseits der Lippischen Velmerstot, im Silberbachtal, verläuft die Grenze, hinter der der Teutoburger Wald beginnt.

Eric stand am Kofferraum von Nadines Bully, der im Schnee vor dem Ferienhaus am Fuße der Velmerstot geparkt war, und begann, die Taschen und die übrigen Dinge auszuladen, die sie mitgenommen hatten. Alexa, Nadine und Joy Sanders waren zusammen mit dem verschroben wirkenden Alten, der - einen beigefarbenen ausgeblichenen Cordhut auf dem Kopf und einen heruntergebrannten Zigarrenstumpen zwischen den Lippen - vor der Tür auf sie gewartet hatte, im Haus verschwunden. Joy Sanders hatte er auf großväterliche Art mit den Worten begrüßt:

„Na, liebes Mädchen, wie geht's euch im Städtchen?"

Eric hatte er mit einem vielsagenden Blick zugenickt.

Eric fühlte sich etwas benommen, denn Alexa hatte während der zweieinhalbstündigen Fahrt trotz der frühen Tageszeit schon Glühwein ausgeschenkt, der allerdings sehr lecker gewesen war. Insgesamt war Eric bis jetzt deutlich zufriedener mit seiner Entscheidung, an der Vorstandsklausur teilzunehmen, als er es vorher für möglich gehalten hatte. Lustig war es gewesen unterwegs, er konnte es nicht anders sagen. Das lag sicher auch am Alkohol, aber nicht nur: Die Frauen schienen sich von Anfang an darum zu bemühen, dass die Gruppe funktionierte. Insbesondere Nadine und Alexa, die vorn gesessen hatten, waren in ausgelassener Stimmung. Wortreich-witzig spielten sie sich gegenseitig bereits die Bälle zu, als sie Eric abholten, nahmen nichts und niemanden ernst, lachten mitreißend und drehten sich dabei oft zu Joy Sanders und ihm um. Alexa erwies sich als die zentrale Zeremonienmeisterin: Sie schenkte den Reisenden den dampfenden Glühwein aus einer Thermoskanne ein (für Nadine hatte sie extra Kinderpunsch dabei), legte ausgewählte, stets passende und Eric immer wieder überraschende Musik auf aus Nadines, wie er feststellen musste, unerwartet exquisiter und abwechslungsreicher CD-Sammlung, und irgendwo hinter Hameln rollte sie sogar einen kleinen Joint, den sie zusammen mit Nadine rauchte, die mit einem Blick nach hinten, der sagen sollte *kein Grund zur Sorge*, zweimal daran zog. Eric hatte abgelehnt – seit über zehn Jahren lebte er schon abstinent, was das betraf – und bei Joy Sanders schien klar zu sein, dass es für sie ohnehin nicht in Frage kam. Auch sie war sehr freundlich und ihm zugewandt, und da sie hinten nebeneinander saßen, kamen sie schon allein deshalb ins Gespräch. Sie erkundigte sich, wie es Elias in den ersten zwei Wochen im Kindergarten ergangen sei, ob er sich gut eingewöhnt habe, was Eric bejahte. Er fragte sie nach den Drillingen.

„Bei Jacob und Joshua gibt es überhaupt keine Probleme, da läuft alles wirklich prima, aber um Joseph mache ich mir ein wenig Sorgen…- er klagt über Bauchschmerzen und will morgens nicht in den Kindergarten. Mein Mann hat ihn schon von einem Kollegen untersuchen lassen, aber der konnte nichts finden. Sicher ist es psychisch. Er spielt auch nicht mit den anderen Kindern, wenn er dort ist, sondern zieht sich zurück…"

Eric zeigte sich überzeugt, dass sich das bestimmt bald alles geben werde. Sie kamen dann noch auf verschiedene andere Dinge zu sprechen. Eric erfuhr, dass sie im Alter von vierzehn Jahren mit ihren Eltern und ihrem älteren Bruder nach Deutschland gekommen war. Ihr Vater hatte in den USA in leitender Position in einem Verlag gearbeitet, der neunzehnhunderundachtzig von einem deutschen Medienkonzern gekauft worden war, und einige Jahre später hatten sie ihn in die Zentrale berufen, wo er dann rasch aufgestiegen war. Damals hatte er das Haus an der Velmerstot gekauft, und die Familie hatte dort einige Jahre gemeinsam gelebt. Danach sei es nur noch als Ferienhaus genutzt worden, erzählte Joy Sanders, und auch das eher selten.

Eric hatte inzwischen alles hineingetragen und in dem geräumigen dielenartigen Eingangsbereich abgestellt. Er putzte sich die Nase und begann die zahlreichen Fotos zu betrachten, die in unterschiedlichen Rahmen an den Wänden hingen. Einige zeigten offenbar Joy Sanders mit ihren Eltern und ihrem Bruder; auf anderen, die später aufgenommen worden waren, war der Bruder nicht mehr zu sehen.

Von oben her hörte Eric jetzt die Stimmen der Frauen und des Alten sich nähern, die gemeinsam die Treppe herunter kamen.

„Eric, das musst du dir ansehen, da oben gibt es sechs Schlafzimmer und zwei Bäder, Wahnsinn!" Nadine klang mädchenhaft in ihrer Begeisterung. „Wir haben uns alle schon ein Zimmer ausgesucht – deins liegt neben meinem!"

„Ich dachte, es sind sechs. Dann dürfte ich ja eigentlich die Wahl unter dreien haben, oder?" erwiderte Eric.

„Falsch", triumphierte Nadine , „morgen kommen noch die Kita-Leiterin und der Sportlehrer, Adam T. Myers! Und vielleicht auch noch jemand..."

„Aha, und wieso weiß ich nichts davon?" fragte er.

„Tut mir leid", antwortete ihm Joy Sanders. „Das hat sich erst kurzfristig ergeben. Ich wollte noch eine Mail schreiben, habe das dann aber, ehrlich gesagt, vergessen. Ich dachte, es könnte nur von Vorteil sein, wenn auch diejenigen dabei sind, die das, was wir uns überlegen, umsetzen sollen. Ich habe auch noch Dr. Kausky angefragt, ob er uns eine kurze Einführung in die Welt der Synapsen geben kann. Er wusste aber noch nicht, ob er es schaffen wird. Hängt davon ab, wann er den Kongress verlassen kann, an dem er gerade teilnimmt. Wie gesagt, Eric: Ich wollte dich mit all dem nicht so überfallen, ich hoffe, du bist nicht böse..."

„Ist schon okay", sagte er.

Wieviel Mühe sie sich gab! Ungewohnt. Aber sehr angenehm.

Der Alte hatte immer noch den heruntergebrannten Stumpen im Mundwinkel. Er legte die Hand zum Gruß an den Hut und sagte:

„So Kinders, ich muss dann mal los. Ist alles bereitet für Röckle und Hos'!" Er sah Eric verschmitzt an: „Und du, mein Junge, gib schön acht – bei dreien sei alles wohl dreimal bedacht!"

„Sie sind ja recht flott, Mister Oldschool-Reimgott!" erwiderte Eric spontan.

Nadine und Alexa brachen in Gelächter aus. Joy Sanders streichelte dem Alten über die Schulter:

„Mach's gut, Onkel Matthis, und vielen Dank für alles!"

Der Alte hob nochmals die Hand an seine ausgeblichene Kopfbedeckung und sagte

„Schon gut, schon gut – ich grüß' euch mit Hut!"

Dann ging er durch den Schnee davon.

Nadine und Alexa folgten ihm hinaus und begannen dort zu rauchen.

„Ich kenne ihn, seit wir damals hierher gezogen sind. Ich habe ihn sehr gern, und er mich auch, glaube ich. Reimen ist sein Hobby."

„Dann haben er und ich wohl was gemeinsam", stellte Eric fest.

Joy sah ihm in die Augen.

Es war unklar, was sie dachte. Jedenfalls dachte sie nach, dachte vielleicht nach über ihn, und das löste ein Gefühl froher Unruhe in ihm aus.

Von draußen rief plötzlich Nadine: „Hey, hier sind Schlitten – wir können rodeln!"

Onkel Matthis hatte offensichtlich an alles gedacht.

„Wollen wir?" fragte Joy. „Das muss Jahrzehnte her sein, dass ich hier das letzte Mal Schlitten gefahren bin!"

„Gern", sagte Eric.

Nadine übernahm das Kommando:

„Wir gehen hinüber zu dem Hang da hinten, der sieht am schnellsten aus. Du fährst mit mir, Eric, und wir werden gewinnen gegen diese beiden lahmen Enten!"

Sie kletterten den Hang, den Nadine ausgesucht hatte, ungefähr dreißig Meter hinauf. Eric war völlig außer Atem, als sie oben ankamen.

Nadine saß bereits auf dem Schlitten.

„Los, Eric, komm, setz dich hinter mich!"

Er folgte ihrer Anweisung. Wenn er nicht hinten herunterfallen wollte, musste er eng an Nadine heranrücken. Er umfasste ihre Hüften; ihr Hintern schmiegte sich in seinen Schritt. Ein solches Gefühl hatte er seit Jahren nicht gehabt.

Auch die anderen beiden waren soweit. Alexa, die vorn saß, schaute herausfordernd herüber.

Nadine zählte einen kurzen Countdown, und dann fuhren sie los.

Die Frauen kreischten, Eric spürte die mild-frostige Bergluft auf seinen Wangen, und es ging mit hoher Geschwindigkeit bergab. Nadine und er erreichten den Parkplatz vor dem Haus als erste.

„Revanche!" rief Alexa aus, als sie und Joy neben Nadine und ihm zum Stehen gekommen waren.

Sie stiegen wieder hinauf. Eric zog den Schlitten, Nadine ging vor ihm. Ihre Jeans saß gut.

Den nächsten Lauf gewannen Joy und Alexa. Es wurde ein Entscheidungsrennen gefordert. Eric richtete es so ein, dass er wieder hinter Nadine her gehen konnte, als sie hinauf stiegen.

Als er hinter ihr saß, flüsterte er ihr ins Ohr:

„Los, wir gewinnen!"

Sie machte eine Kopfbewegung, die ausdrückte, dass sie das Flüstern als angenehm empfunden hatte. Sie stießen sich dieses Mal im gleichen Rhythmus mit ihren Füßen ab – und wesentlich kräftiger als zuvor. Schnell lagen sie vorn. Irgendwie kam es jedoch zu einem Steuerungsfehler, und sie hielten auf einen Baum zu. Beide versuchten unkoordiniert, den Kurs zu korrigieren, dadurch kam der Schlitten in Schieflage, und ehe sie noch etwas dagegen tun konnten, stürzten sie in den Schnee. Nadine kam halb auf Eric zum Liegen, ihr Gesicht über seinem – atemlos sahen sie sich an.

Er wollte etwas sagen, doch in diesem Moment wurde er von einem Schneeball an der Schulter getroffen und kurz darauf von einem weiteren am Oberschenkel. Auch Nadine bekam etwas ab. Beide sprangen mit gespielt wütenden Ausrufen auf. Kurz darauf war zwischen den vier Erwachsenen eine ausgelassene Schneeballschlacht im Gange. Unter lautem Lachen und mit theatralischen Schmerzdarstellungen wurde bald dieser, bald jener Treffer bejubelt und beklagt, und eindringlich wurden sofortige Vergeltungsmaßnahmen angekündigt. Jeder gegen jeden.

Eric beobachtete gerade, wie Alexa über Nadine herfiel, da wurde ihm von hinten eine große Menge Schnee ins Gesicht gerieben, die kalt und feucht unter seine Kleidung rutschte bis hinab auf seine Brust.

Er drehte sich mit Schwung um.

Joy lachte ihn frech an.

„Na warte!" rief er aus - und schon lief sie davon.

Er verfolgte sie eine Weile durch den tiefen Schnee, bis sie schließlich an einem Baum stehen blieb, sich mit einem Arm an seinem Stamm abstützte und vorgebeugt lachend nach Luft rang.

Eric, der ebenfalls stehen geblieben war, griff mit beiden Händen in den Schnee und ging dann langsam auf sie zu.

Sie verharrte in ihrer Position, sah ihn an und fragte:

„Und – was soll jetzt werden? Zahlst du mir es jetzt heim?"

Eric grinste nur und kam ihr immer näher.

Plötzlich stieß sie, indem sie sich gleichzeitig dabei aufrichtete, einen Freudenschrei aus:

„Da kommt Gerlinde!"

Sie zeigte mit dem Arm, mit dem sie sich eben noch abgestützt hatte, hinunter auf den Parkplatz, wo ein schwarzer Van vorfuhr, dessen Seiten mit einem großen geschwungenen Schriftzug bedruckt waren. *La Musette*, las Eric. Er erinnerte sich: Joy hatte bei dem Vorstandstreffen von einem Restaurant mit diesem Namen erzählt.

„Gerlinde!" rief Joy der Frau zu, die dem Wagen entstieg. Sie winkte und lief der Angekommenen entgegen. Als sie unten war, fiel sie ihr um den Hals.

Eric formte aus dem Schnee, der immer noch in seinen Händen lag, einen Schneeball und warf ihn gegen den Baumstamm. Als er sah, dass Alexa und Nadine mit den beiden Schlitten bereits hinuntergefahren waren, stieg auch er hinab. Also noch jemand. Hatte irgendwer ihm vorher gesagt, dass die Köchin auch kommen sollte? Hatte Joy es vorhin erwähnt? Eigentlich nicht, oder?

Er sah auf die Uhr: Fünfzehn Uhr dreißig. Er hatte Hunger. Und Durst.

Gerlinde Dittermann war der mütterliche Typ: Eher klein, gut genährt, mit üppiger Oberweite, gelockten nackenlangen Haaren, in denen schon viel Grau zu sehen war, und mit einem überaus herzlichen Ausdruck in ihrem rundlichen Gesicht, in dem immer-rote Wangen leuchteten.

Sie gab Eric freundlich die Hand, und dann gingen alle unter viel Stimmengewirr, das von den Frauen ausging, ins Haus.

Für Eric war das Wesentliche, das aus dem allgemeinen Geplauder hervorging, dass Gerlinde Dittermann offenbar das Abendessen bereiten würde. Gehobene Küche also. Das war eine Perspektive.

Und es gab weitere:

Das Haus war großartig – und zwar im Wortsinne. Eric stieg die breite Treppe hinauf, die auf eine weite Galerie führte. Das späte Licht des Januartages, das durch den Schnee vervielfältigt wurde, fiel durch eine große Glasfront auf einige mit Geschmack gewählte Gemälde, die geradlinig angeordnet der gegenüberliegenden Wand ihre Gestalt gaben. An der Stirnseite, zwischen Treppenaufgang und Fensterbereich, hingen Schwarzweiß-Fotografien in Glasrahmen, die Teile der Skyline einer Großstadt zeigten. Da es nicht New York ist, wird es wohl Boston sein, dachte Eric.

Hinter der Galerie schloss sich der eigentliche obere Wohnbereich an, dessen dunkelbraune Zimmertüren aus der Ferne alle identisch aussahen, und deren genaue Anzahl Eric auf den ersten Blick gar nicht erfassen konnte.

Es waren neun. Sechs von ihnen, die in einer Reihe hintereinander lagen, waren mit goldenen Buchstaben von A bis F bedruckt. Ihnen gegenüber lagen nur drei Türen, zwei davon relativ dicht beieinander; durch einen ebenfalls goldenen Aufdruck, der einen stilisierten Duschkopf darstellte, waren sie als Bäder gekennzeichnet. In größerem Abstand zu ihnen, gegen das hintere Ende dieser Wand hin, lag noch eine einzelne Tür: Auf ihr war in schwarzen Buchstaben das Wort *private* zu lesen.

Eric hatte Zimmer A, das hatte Nadine noch einmal betont, bevor er hinauf gegangen war, während sie selbst sich Zimmer B ausgesucht hatte. Alexa habe, so Nadine, Zimmer F bezogen, während Joy in der *private suite logiere*. Sie drückte sich tatsächlich so aus.

Im Zimmer sah es aus wie in einem modern eingerichteten Hotel: Doppelbett mit strahlend weißer Bettwäsche, die größtenteils unter einer gesteppten Überdecke verschwand, großer Flachbildschirm gegenüber, schräg darunter diverse Kommunikationsanschlüsse. Schwere Vorhänge aus dunklem Rot, ein dicker Teppich in Tiefblau, partielle Mustertapete in schwarzweißer Jugendstil-Ornamentik, Wiederholung des Dunkelrot und des Schwarzweiß im Schirm der Nachttischlampe, und natürlich lag eine Bibel im Nachttischschrank. Eine Schublade tiefer was Buddhistisches. Fehlte nur noch die Minibar. Nassbereich mit Glaskabine und Bidet. Vom Fenster aus Blick auf den Parkplatz und den Hang, an dem sie vorhin gerodelt waren.

Er ließ sich rückwärts auf das Bett fallen.

Die anfangs noch offenen Augen zur Zimmerdecke gerichtet, genoss er das Alleinsein an diesem ihm unbekannten Ort. Erschlaffend und angenehm ermattet sank er mit der ganzen

Schwere seines Körpers in die Weichheit seiner Schlafstatt, und mit dem Anschwellen der Stille um ihn herum begannen ihm die Bilder des heutigen Tages ineinanderzulaufen, seine Gedanken verwirrten sich: Alexa mit dampfender Thermoskanne, ihr zuckendes Lächeln, wenn sie sich umwandte. Die sich ihm öffnende Joy, erzählend, lachend, vor ihm davon laufend. Rücklichter von Autos und Ampeln auf Grün und dann auf Rot. Get up, get on up, Dancing Queen, Among the fields of gold. Miles Davis so unendlich gefühlvoll, dazu der Geruch eines Joints und dann fahrnfahrnfahrn auf der Autobahn, Ampeln in Grellrot, Rücklichtstreifen, Leitplanken und lachen, reden, lachen, lachen... Onkel Matthis und sein Hut, der hat drei Ecken, take 'em to the bridge, take 'em to the bridge, like a lovin' machine gerlinde dittermann mit großer servierplatte voll heißer grillwürste riesig und gierig aßen sie tauchten in ketchup und in sämige pfeffersauce dass die münder verschmierten das musste aber sauber gemacht werden nadine nackt in seinem zimmer nackt hinter der offenen glaskabine das wasser schoss in ihren mund und perlte an ihren brüsten troff aus der scham ihre sportlerinnenbeine makellos ihr arsch auf dem schlitten splitternackt seifte er ihre titten die nippel starrend steil vor kälte und geilheit knetete er ihr das weiche fleisch so hart sein schritt und vorfreudig feucht stieß er ihre backen sie schrie und da lagen sie im schnee er auf ihr keuchend und stieß stieß stieß stieß...

Als er erwachte, war es dunkel.

Seine Stimmung hatte sich vollständig verändert.

Am liebsten wäre er jetzt nach Hause gefahren. Er dachte sehnsuchtsvoll an seinen Sohn, stellte sich vor, wie er jetzt zu Hause spielte, mit welchen Worten er sein Spiel kommentierte, wie er lachte, wie er wütend wurde, weil manches nicht so klappen wollte, wie er es sich vorgestellt hatte. Wäre ich jetzt bei ihm, wäre ich vermutlich müde, unaufmerksam und gereizt, dachte er. Warum konnte er diese sehnsuchtsvolle Liebe nur dann empfinden, wenn er so weit entfernt war wie jetzt? Wenn er verstrickt war in den Nahkampf des Alltags, wurde sie dagegen schnell verdrängt von etwas anderem, das mit der Unmöglichkeit zusammenhing, das Geschehen zu kontrollieren, und mit der Unfähigkeit, sich in einer Gruppensituation zu entspannen. So war es ja auch jetzt wieder einmal, und deswegen hatte er auch zunächst nicht mitfahren wollen: Die Euphorie von vorhin, und auch das Prickelnde, waren fort, und er hatte nicht die geringste Lust, jetzt hinunter zu gehen und wieder auf die anderen zu treffen. Wie gern hätte er jetzt mit Elias telefoniert... – aber dann hätte er auch mit Corinna sprechen müssen.

Er ging ins Bad um zu duschen. Er stand mit dem Kopf an die Wand gelehnt, das Wasser rann seinen Rücken hinab; einige Minuten lang blieb er einfach so stehen. Schließlich trocknete er sich ab und zog frische Sachen an. Komplett schwarz. So fühlte er sich einigermaßen sicher. Er betrachtete sich im Spiegel, schnitt sich eine Grimasse. Dann noch eine. Schließlich musste er lachen. Zurück im Zimmer kippte er das Fenster. Mild-frostige Bergluft strömte herein. Wie konnte sie frostig und mild zugleich sein? Er legte seine Armbanduhr an. Den Ehering ließ er auf dem Nachttisch liegen. Halb und halb hatte er ein schlechtes Gewissen dabei.

Unten traf er zunächst niemanden.

Durch die Diele kam er in einen geräumigen Essbereich, dessen Tisch bereits eingedeckt war. Aus der angrenzenden

Küche hörte er Kochgeräusche. Dort drinnen war Gerlinde Dittermann am Werke, deren grau-gelockter Kopf im Neonlicht hin und her eilte. Eric ging weiter. Es ging ein paar Stufen hinab, und dort öffnete sich ein hallenartig wirkender Wohnraum, der trotz seiner Größe Gemütlichkeit ausstrahlte. Zwei ausgesprochen ausladende Ecksofas mit cremefarbenen Lederbezügen standen einander diagonal gegenüber an den Wänden, an denen zum Teil Efeu rankte; die Mitte bildete ein spiegelnder runder Mahagoni-Tisch, um den sechs Lehnstühle aus demselben Holz gruppiert waren. In ihren samtenen Stoffbezügen wiederholte sich als Muster der echte Efeu, der die Wände bedeckte. Eric wandte sich um und kehrte zurück in den Essbereich, wo er sich an den Tisch setzte und wartete. Durch den sich köstlich verströmenden Duft, der von Gerlinde Dittermanns Tun herrührte, wurde ihm seine Hungrigkeit schmerzhaft bewusst.

Die Stimmen der Frauen näherten sich; dieses Mal von unten und nicht, wie vorhin bei der Ankunft, von oben her. Ihm war bisher gar nicht klar gewesen, dass das Haus auch einen Keller hatte. Sie hatten sich – natürlich, dachte er - ebenfalls alle umgezogen. Alexa hatte einen eng geschnittenen schwarzen Cashmere-Pullover mit V-Ausschnitt an, darunter eine hellgraue Bluse mit einem filigranen Paisley-Muster in schwarz, violett und gold. Ihre ursprünglich schwarze Jeans war stark ausgeblichen, dazu trug sie schlichte schwarze Stiefeletten.

Joy trug ein längeres weißes Hemd, dessen Kragen sie aufgestellt und dessen Ärmel sie halb aufgekrempelt hatte; in perfektem Sitz endete es hinten gerade eben rechtzeitig, um die außerordentlich ansprechende Apfelform, zu der sich ihre hauteng sitzende Bluejeans wölbte, sichtbar zu machen. Die

Hose steckte in fast kniehohen Stiefeln aus mattem schwarzem Leder, die oben am Schaft einen Riemen mit einer Schnalle hatten.

Nadine schließlich hatte sich für ein schlichtes, aber gerade durch Schnörkellosigkeit und guten Schnitt wirkungsvolles, weißes T-Shirt entschieden. Dazu trug sie eine dunkelblaue Jeans, die ebenfalls nicht besser hätten sitzen können, und rote flache *adidas*-Turnschuhe aus Veloursleder.

„Oh, Eric, da unten wartet etwas Tolles...", machte Alexa ihn neugierig, als sie am Tisch Platz nahm.

„Ich freue mich schon auf nachher!" setzte Nadine hinzu.

Joy hatte sich ihm gegenüber hingesetzt. Erst jetzt bemerkte er eine silberne Kette, die um ihren Hals lag, mit einem ovalen Anhänger, der einen Deckel zu haben schien und möglicherweise ein Foto barg. Sie saß sehr aufrecht auf ihrem Stuhl, ohne sich anzulehnen. Eine blonde Strähne aus ihrem ansonsten zurückgebundenen Haar hing ihr ins Gesicht. Sie sah schön aus.

In diesem Moment erschien Gerlinde Dittermann mit einem silbernen Tablett, auf dem sie das heiß dampfende und würzigen Wohlgeruch verbreitende Abendessen servierte.

„Voilá" sagte sie, „Königinpastete Hermine an Sauce Varus. Bon appetit!"

Nachdem sie mit einem hervorragenden Chardonnay angestoßen und die ersten Bissen unter wiederholten Lauten des Lobes zu sich genommen hatten, fragte Eric:

„Was ist denn da unten im Keller, das euch so freudig erregt hat?"

„Warte es doch ab", meinte Alexa, „nach dem Essen gehen wir sicher irgendwann zusammen hinunter."

„Auf jeden Fall!" bekräftigte Nadine.

Joy lächelte nur. Für sie war es ja nichts Neues.

Sie begannen über den Ablauf des Wochenendes zu sprechen. Am kommenden Morgen sollte Ella Hoppenworth-Gierfeld, die heute noch in der Kita gebraucht wurde, eintreffen. Eric war besonders gespannt auf sie, da sie neben ihrer Leitungstätigkeit auch in Elias´ Gruppe mitarbeitete, und er erhoffte sich nebenbei von ihr eine Einschätzung dazu, wie sie seinen Sohn in einem sozialen Gefüge aus Erzieherinnen und Erziehern und vielen ihm bisher unbekannten Kindern wahrnahm. Außerdem würde Adam T. Myers zu ihnen stoßen, der dem Klischee entsprungene ehemalige Quarterback und Schwarm aller High School Girls; Eric hatte ihn noch nicht kennenlernen können, da er erst im Frühjahr, wenn es draußen wärmer sein würde, seine Sportstunden anbieten sollte. Unklar war, wie Joy bereits bei ihrer Ankunft mitgeteilt hatte, ob Dr. Kausky, der Synapsenmann, auch kommen würde.

Alexa erläuterte ihnen dann die Inhalte:

„Wir wollen morgen um elf Uhr mit einem Vortrag von Ella, ich meine, von Frau Hoppenworth-Gierfeld starten, den sie mit einem Bericht über die ersten beiden Wochen des Kita-Betriebes verknüpfen wird. Dr. Kausky hält anschließend, wenn seine Teilnahme klappt, ein höchst interessantes Impulsreferat über das Innenleben unseres Gehirns. Passend dazu wird uns Mr. Myers einen Film aus den USA zum Thema *Bewegung und Lernen* mitbringen. Danach machen wir eine längere Mittagspause, in der Frau Dittermann uns mit einem kleinen Imbiss verwöhnen wird. Anschließend, ich denke das wird so ungefähr ab vierzehn Uhr dreißig sein, werden wir eine Arbeitsgruppenphase haben, die bis zum Abendessen andauern wird. Am Sonntagvormittag tragen dann die Arbeitsgruppen ihre Ergebnisse vor, anschließend ziehen wir ein gemeinsames Fazit, und gegen vierzehn Uhr fahren wir zurück nach Hause. Alles klar? Gibt es Fragen dazu?"

Nadine wollte wissen, ob der Film in englischer Sprache sein würde. Alexa sah Joy fragend an; die wusste es aber nicht. „Zur Not müssen sich Joy und Mr. Myers als Dolmetscher betätigen", schlug Alexa vor.

Eric fragte sich, warum sie eigentlich heute schon angereist waren, wenn es doch erst morgen richtig losgehen sollte, und wie groß die Arbeitsgruppen bei dieser geringen Teilnehmerzahl wohl werden würden.

Aber da das Kalbsfleisch weich in seinem Mund zerging, in seinem Geschmack genauestens ergänzt durch das winterliche Aroma der Pilze und die zitronigen Kopfnoten der Sauce, eingerahmt und untermauert von der angenehm angefeuchteten Brüchigkeit des Blätterpastetenteiges, und schließlich gekrönt durch den charaktervollen goldgelben Chardonnay, von dem Eric gerade das zweite Glas leerte, und der sich der kulinarischen Komposition wie ein weich-seidener Mantel anschmiegte, nahm für Eric die Wichtigkeit, sich diese und andere Fragen zu beantworten, zusehends ab.

Stattdessen tupfte er sich die Lippen mit der bereit liegenden Stoffserviette, ließ sich von Nadine Wein nachschenken und sagte nur: „Schön hier!"

Darauf stießen alle an.

Nach dem Hauptgang saßen sie bequem zurückgelehnt auf ihren Stühlen, tranken weiter von dem Wein und stöhnten dann und wann wohlig vor sattem Behagen, da jeder von ihnen, hingerissen von der geschmacklichen Verführung, mehr zu sich genommen hatte, als im Grunde gut gewesen wäre.

Nach einer längeren Pause mutete ihnen Gerlinde Dittermann schließlich noch einen Nachtisch zu: Ein luftiges Zitro-

nenparfait mit gerösteten Mandelsplittern und einem siruparti-
gen Dip aus dunkler Schokolade. Dazu servierte sie einen
bernsteinfarbenen Dessertwein in kleineren bauchig gewölbten
Gläsern. Er schmeckte eher wie ein Likör; unerhört gut auch
er.

Anschließend tranken sie Espresso. Nadine fragte nach
Grappa. Kurz darauf erschien Gerlinde Dittermann mit einer
wuchtig wirkenden Flasche und entsprechenden Gläsern. Auch
Alexa und Eric sahen in dem Schnaps eine sinnvolle Maß-
nahme, die ihren schwer arbeitenden Verdauungstrakten die
Bewältigung des üppigen Mahls erleichtern würde. Die drei
stießen miteinander an, ihrer Gläser klangen hell aneinander,
und Joy prostete ihnen mit ihrem Weinglas zu. Anschließend
stand sie auf, ging wohl zur Toilette, und Eric sah ihr nach, bis
sie aus seinem Blickfeld verschwunden war. Alexa und Nadine gingen durch das hallenartige Wohnzimmer hinaus auf die
Terrasse, um zu rauchen.

Joy kam zurück und setzte sich zu ihm.

Er spürte, wie Alkohol und Koffein ihn durchströmten. Er
würde sich sehr um eine klare Aussprache bemühen müssen,
wenn sie ihn jetzt etwas fragte. Etwas beschämt lächelte er sie
an, und er hoffte, dass er nicht zu betrunken aussah dabei.
Aber sie sagte nichts.

Erneut fiel ihm ihr Kettenanhänger ins Auge. Sie schien
das zu bemerken. Er tippte, während er sie ansah, mit den
Fingern zweimal kurz auf die entsprechende Stelle seiner
Brust und versuchte sich dabei an einem fragenden Gesichtsausdruck. Oh Gott, wie besoffen musste das auf sie gewirkt
haben, das sah ja aus, als ob er überhaupt nicht mehr reden
konnte! Und tatsächlich hätte er jetzt auch kein Wort heraus-
gebracht. Was sie darüber dachte, war nicht zu ergründen.

Verlegen begann er sein Weinglas auf dem Tisch hin und her zu drehen und starrte dabei in das schwappende Goldgelb.

Glücklicherweise kamen Nadine und Alexa zurück. Nadine, als erste wieder am Tisch, blieb stehen, leerte ihr Grappaglas, indem sie den Kopf dabei zurücklegte, in einem Zug, stellte es anschließend geräuschvoll zurück auf den Tisch und sagte, wobei unklar blieb, ob es eine Feststellung oder eine Aufforderung sein sollte, lediglich ein Wort: „Party!"

„Dann lasst uns mal absteigen in die Katakomben und die Ekstase suchen!" sagte Alexa. Es muss nicht erwähnt werden, wie sich ihr Mund bewegte dabei.

Was war da unten? Wollten sie alle drei über ihn herfallen? Gab es einen Dark Room, einen Folterkeller? Gab es Latexspielwiesen, Liebesschaukeln, Handschellen? Neunschwänzige Katzen und Marterwerkzeuge? Eric folgte willig den drei Frauen und war freudig erregt und verwirrt zugleich. Besonders Alexa, aber auch Nadine traute er solche Neigungen ja durchaus zu – aber Joy?

Sie stiegen über eine Wendeltreppe hinab, während Gerlinde Dittermann hinter ihnen den Tisch abzuräumen begann, wie Eric mit einem letzten Blick zurück feststellte. Dann schluckte auch ihn der dunkle Treppenabgang, der nur von unten her durch einen rötlichen Lichtschein beleuchtet wurde. Die lauten Trittgeräusche, die Joy und Alexa mit ihren Stiefeln erzeugten, klangen wie Herzschlag. Letztere war vorangegangen, und als Eric ebenfalls unten ankam, sah sie ihn mit einer Miene an, die *Was sagst du nun?!* bedeutete.

Er sah sich um.

Das rote Licht kam von zwei ungewöhnlich großen Lavalampen, in deren Flüssigkeitsstrom sich das erhitzte Wachsmaterial konvulsivisch auf und ab bewegte und dabei teils bizarre

Formen annahm, die es dann rasch wieder verlor. Außerdem waren an drei Wänden des Raumes in Fußleistenhöhe rote Lichtschläuche verlegt. Von der Deckenmitte hing eine große spiegelnde Discokugel herab, die sich, als Alexa nun den entsprechenden Schalter betätigte, von einem roten Spot angestrahlt, langsam zu drehen begann und das Rotlicht des Raumes hundertfach in rotierende Bahnen lenkte, die die Körper der Frauen und alles andere in wiederkehrendem Glitzerrhythmus überliefen.

Eric war ausgesprochen positiv überrascht von dem, was er hier unten vorfand – wenngleich das, was er sah, etwas anderes war als das, was zunächst seine Gedanken aufgeregt hatte.

Es gab in diesem Haus also, und das hätte er wirklich nicht erwartet, einen komplett eingerichteten *Discokeller*. Und zwar nicht einen von der holzvertäfelten Sorte, die standardmäßig die Kulisse boten, wenn sich bei Susi und Bernd oder bei Kalle und Ingelore Kegelvereine oder Siedlergemeinschaften mit Bier, Himbeergeist und kleinen Feiglingen in die Besinnungslosigkeit soffen. Nein, das hier hatte etwas entschieden Clubmäßiges, etwas Großstädtisches, und die Ausstattung war *amtlich*:

Im ersten Viertel des gut fünfzig Quadratmeter großen Raumes standen im Bereich der linken Stirnwand und der angrenzenden Längswand, die der Wendeltreppe gegenüber lag, sieben Bistrotische aus poliertem Aluminium, an denen man in schwarzledernen Clubsesseln versinken konnte. Auf den Tischen standen auf gusseisernen Haltern dicke rote Stumpenkerzen und schwarze Aschenbecher aus Glas mit *Budweiser*-Schriftzug. Die Wände waren weiß getüncht. Der Fußboden, auf dem Eric und die Frauen standen, war Parkett - aber das war nicht im ganzen Raum so:

Im Zentrum des Partykellers war glattes Metallblech verlegt, an dessen Rändern schwach glimmende Spots in den Boden eingelassen waren, und das von beeindruckend aufragenden Boxentürmen eingefasst wurde, so dass allein der sich dem Besucher bietende Anblick schon Tanzlust verursachen musste. Rechts von der Wendeltreppe, an deren Fuß Eric weiterhin staunend verharrte, stand eine kleine Bar mit einer Steinplatte als Theke, vor der einige Barhocker standen, die in demselben Stil wie die Clubsessel gearbeitet waren.

Doch hinter der Tanzfläche, im letzten Viertel des Raumes, schlug das Herz der gesamten Szene, dort lag die *sakrale Zone*:

Alle drei Wandabschnitte, die das Heiligtum umliefen, waren ein einziges, hunderte, nein tausende Exemplare bergendes Plattenregal. Vom Boden bis zur Decke stand LP an LP, dicht gedrängt; einige, die vermutlich zuletzt gespielt worden waren, leicht vorgezogen. Dazu rechter Hand mehrere mittelhohe Türme aus schwarzen Kisten, die vermutlich Singles beinhalteten.

Und im Zentrum dieser fast schon Erschrecken erregenden Vinylsammlung erhob sich in Form einer schwarzen Marmorplatte, die auf vier aus Backstein gemauerten Säulen gravitätisch ruhte, und die von den sich glutvoll wälzenden Strömen der beiden Lavalampen, die an ihren Enden postiert waren, in dämmerndes Rot getaucht wurde, der Altar:

Das DJ-Pult.

Auf den ersten Blick erkannte Eric (denn er hatte selbst zu einer anderen Zeit an einem anderen Ort schon einmal die Gelegenheit bekommen, diese glückverheißenden Instrumente bedienen zu dürfen), dass es sich bei dem, was die Marmorplatte trug, um zwei der legendären *Zwölfzehner* handelte.

Gemessenen Schrittes näherte er sich ihnen nun, betrachtete die beiden Plattenspieler, wie sie in ihrer zeitlosen Ästhetik im Rotlicht ruhten; und doch waren sie jederzeit bereit, wie er wusste, in wechselseitiger oder gleichzeitiger Rotation all ihre willigen Jünger in die erlesensten Erregungszustände zu versetzen.

Wer das hier eingerichtet hatte, hatte gewusst, was er tat!

Fast zärtlich blieb Erics Blick an den Plattenspielern hängen, als er nun weiterging, um den Inhalt der Regale zu begutachten. Es war alles da. Und zwar nicht etwa alphabetisch, sondern chronologisch geordnet, sofern er das mit seinen gezwungenermaßen nur grob über die Massen hinfliegenden Blicken feststellen konnte. Oben links begann es mit Blues und Ragtime, dann kamen die ersten Jazzjahrzehnte, Armstrong, Duke Ellington, Lester Young, Charlie Parker, Miles Davis und Coltrane natürlich, dann Rhythm and Blues, Rock´n´Roll, auch ein paar abgedrehte Surfbands, von denen er schon einmal gehört hatte, und frühe Sachen von Johnny Cash. Dann praktisch alles von den Beatles und von Hendrix. Extrem viel Funk and Soul, einiges von Tangerine Dream und Kraftwerk und jede Menge Zappa. Frühe Punksachen und üppiger Discoglitzer, der allein eineinhalb Regale füllte. Die ersten Maiden-Platten, Metallica, Slayer. Und zwischen, über und unter all dem ohnehin schon Mannigfaltigen befand sich noch massenhaft Unbekanntes; blockweise fand Eric Namen von Interpreten und Bands vor, die er noch nie zuvor gehört hatte. Ganz am Ende erschien seinem staunenden Blick dann auch noch eine Abteilung mit *ernster* Musik. Anschließend durchblätterte er die oberste der Kisten. Es befanden sich, wie vermutet, Singles darin: *Heart of Glass* fiel ihm in die Augen, sowie *Born to be alive* und *Das Model*.

Als er sich umdrehte, stand Alexa vor ihm und hielt ihm einen der beiden Grappas hin, die sie mitgebracht hatte. Ihre Augen schwammen. Eric nahm den Drink, prostete ihr zu, und nippte dann ein wenig daran. Er wusste, dass er sich seine Kräfte einteilen musste, wenn er den Abend überstehen wollte. Im Moment hatte er einen angenehmen Anfangsrausch. Der würde beherrschbar bleiben, wenn er sein Trinktempo verlangsamte, vielleicht noch etwas aß, und sich dann bewegte. Die Tanzfläche mit den sie umgebenden glimmenden Spots sah verlockend aus. Sicher gibt es hier auch Chips, dachte er.

Nadine schien eine etwas andere Trinkstrategie zu verfolgen. Denn als sie, ebenfalls ein Grappaglas in der Hand, mit ihnen angestoßen hatte, kippte sie den gesamten Inhalt erneut in einem Zug in sich hinein, indem sie den Kopf dabei mit der Eric schon bekannten Bewegung in den Nacken legte.

„Aaaah - wie früher!" sagte sie.

„Mit deinen Mädels?" fragte er sie intuitiv.

„Ja, nach dem Freitagstraining sind wir oft feiern gegangen..."

„Welche Sportart?"

„Volleyball. Wir haben in der Regionalliga gespielt. Zwölf Mädchen und ein verdammt gutaussehender Trainer. Leider stellte sich heraus, dass er schwul ist. Er war relativ klein, hatte schwarze Haare und immer Gel darin. Er trug eine weiße Brille, meist mintgrüne oder rosafarbene Poloshirts mit aufgestelltem Kragen und kurze weiße Leggings, in denen er einen scharfen Knackarsch hatte. Leider war der für die Typen reserviert. Echt schade. Nachdem er es uns gesagt hatte, duschte er immer mit uns zusammen. Er sagte, er fühle sich jetzt als eine von uns. Wir sahen es auch so. Von da an waren wir ein reines Frauenteam. Nun kam er manchmal im *Biene Maja*-T-

Shirt zum Training - ohne Scheiß! Er hieß Thorsten. Wir haben ihn dann nur noch Thora genannt..."

Eric lächelte. „Hast du noch andere Sachen gespielt?"

„Sport meinst du?"

„Ja."

„Ja, Badminton und Squash. Spiele ich auch heute noch. In der Grundschulzeit habe ich mal Judo gemacht, aber irgendwann habe ich damit wieder aufgehört. Und auf dem Gymnasium dann Hockey."

Also doch! Er war zufrieden. Er war einfach ein Menschenkenner. *Menschenscanner,* dachte er und musste wieder lächeln. Gibt es eigentlich ein deutsches Wort, das sich auf *Mensch* reimt? fragte er sich.

In diesem Moment ging die Musik los: *Night Fever.*

Er hatte es gar nicht bemerkt, da er sich so stark auf das Gespräch mit Nadine hatte konzentrieren müssen, aber jetzt sah er, dass Alexa offenbar ihre Rolle als Zeremonienmeisterin weiterspielen wollte. Sie hatte sich zwei Kisten mit Singles auf die Marmorplatte gestellt und sah sie durch. Den *Sennheiser* cool auf einem Ohr, bediente sie mit geübten Griffen die Regler des Mischpultes und wiegte zum grandiosen Groove der Bee Gees ihren Oberkörper. Sie hatte sich eine Zigarette angezündet.

Er sah hinüber zur Theke, wo Joy mit lebhaften Gesten in ein Gespräch mit Gerlinde Dittermann vertieft war, wobei letztere eher zuzuhören schien:

Auch Joy wurde in Momenten, in denen sie ihr Weinglas nahm und daraus trank, von der Musik erfasst, und ihre zunächst noch etwas zaghaften, dann aber zunehmend selbstbewussteren, fließend-weichen und wohltuend unaffektierten Bewegungen bannten Erics Blick.

Nadine, die jetzt auch rauchte, bemerkte das, und es schien ihr zu missfallen. Denn als Alexa nun, nahtlos hinter ihrem DJ-Pult weitergroovend, *Ma Baker* auflegte, drückte sie ihre Zigarette aus und zog Eric, der schon ein wenig damit gerechnet hatte, auf die Tanzfläche.

Er kam gut rein in den Song, der allerdings auch ein hervorragender *Opener* war, so dass er sich rasch sicher und geschmeidig genug fühlte, um Nadine offensiv anzutanzen. Sie reagierte darauf, indem sie beide Arme nach oben ausstreckte, so dass sich ihre Fingerspitzen berührten, und schlangenartig, mit ausladend wiegenden Bewegungen ihres Hinterteils, auf der Stelle tanzte. Er dagegen umkreiste sie zunächst Schritt für Schritt, näherte sich ihr dann mit absichtlich aufgesetztem Flamencotänzer-Gehabe, ergriff schließlich ihre Hand und ließ sie langsame Pirouetten drehen. *Ma-ma-ma-ma, Ma Baker...* Aus den Augenwinkeln bemerkte er, dass Joy und Gerlinde Dittermann sie beobachteten, was ihn zusätzlich beflügelte. Alexa stand rhythmisch kopfnickend über die Kisten auf dem Pult gebeugt, um nach weiteren Freuden für die Tanzenden zu suchen. Es war sehr anregend anzusehen, wie Nadine ihren Arsch für ihn kreisen ließ, und nachdem er dies eine Weile genossen hatte, schloss er die Augen um ganz in dem Song aufzugehen und auf die nächste Ebene zu surfen. Alexa hatte inzwischen auch die Lightshow hochgefahren: Die große Kugel drehte sich glitzernd über ihnen, während wechselnde Lichtkegel über die Tanzfläche wanderten. Es hätte neunzehnhundertsiebenundsiebzig sein können. Nach einem gekonnten Crossfade schälte sich vollkommen organisch *Stayin' alive* aus dem vorherigen Song, und das war in der Tat die nächste Ebene: Denn nun hielt es auch Joy und sogar Gerlinde Dittermann nicht mehr am Tresen. Mit etwas zu übertriebenen Anfangsbewegungen, wie sie gerade Frauen oft unterlaufen, wenn sie noch nicht warm getanzt sind, aber zeigen wollen, wie sehr sie die Musik mögen (im schlimmsten Fall noch unterstrichen von nur semi-textsicheren Lippenbewegungen), begannen die beiden, nah voreinander zu tanzen und lachten viel dabei. Doch schnell wurden sie sicherer. Gerlinde Dittermann baute während der Refrain-Zeilen sogar schon einige Drehungen ein, und Joy fand zunehmend zurück zu ihrer fließenden Weichheit, die Eric vorhin schon bemerkt hatte. Er half ihnen, so gut er konnte, indem er teils lächelnden Blickkontakt herstellte, teils die beiden aber auch wieder gar nicht zu bemerken schien, und indem er in einem Moment eine Art cool-ironischen Pseudo-Travolta gab, der allein mit dem Magnetismus seiner Körperbewegungen alle Frauen im Raum in die von ihm gewünschten Bahnen hätte lenken können, während er im nächsten Augenblick scheinbar wieder ausschließlich Nadine umwarb, die dann zunehmend enthemmt ihren Körper an dem seinen zu reiben begann, wenn die Bewegungsabläufe es hergaben. Dafür, dass sie es taten, sorgte Alexa, die sich nach einem Ritt durch die Discogeschichte zeitlich etwas zurückarbeitete, um dann für längere Zeit bei heißen Funk- und Soulnummern der späten sechziger und frühen siebziger Jahre zu verweilen. Eric und die Frauen schwitzten, und Nadine kippte nach jedem zweiten oder dritten Stück einen weiteren Grappa in sich hinein. Eric fragte sich, wie lange das gutgehen konnte. Die Stücke hatten oft lange Instrumentalpassagen, und die mitreißenden Soli von Posaune, Saxophon oder Trompete wirkten entfesselnd auf die kleine Gruppe. Es gab sogar Trockeneisnebel, den Alexa jetzt wiederholt einsetzte, so dass Eric, wenn er nach minutenlangem tranceartigem Versinken in den genialen Gebläseteppichen eines Maceo Parker oder Fred

Wesley die Augen wieder öffnete, das Gefühl hatte, sie alle seien in derselben klebrigen Masse aus Fleisch, Schweiß, Rauch und Dunst wie durch pulsierende Schnüre miteinander verbunden. Während Nadine nun doch in einen Bereich jenseits möglicher Willenssteuerung zu geraten schien, hatte er bei Joy den Eindruck, für sie sei das eine Art Marathonlauf, bei dem sie gerade erst die Zehnkilometermarke passiert hatte - sie wirkte frisch. Gerlinde Dittermann sah aus wie Tante Rosamunde beim Schützenfest; sie würde nichts umhauen. Nadine dagegen bekam immer öfter erkennbare Gleichgewichtsprobleme, konnte diese aber in all ihrem Schwung zuerst noch einigermaßen überspielen. Häufig tanzte sie nun sehr eng an Eric, wandte ihm dabei den Rücken zu und nahm andauernd seine Arme, die er zwischendurch wieder zu entfernen versuchte, und legte sie sich um die Hüften. Es war wie das Schlittenfahren heute Nachmittag, nur heißer. Wenn sie sich zurückfallen ließ, spürte er, wie nass ihr T-Shirt war. Alexa hatte, sensibel für solche Situationen, wie sie war, erkannt, dass einigen der Tanzenden ein Moment der Beruhigung ganz gut tun würde, und legte nun eine ruhige Nummer von Lyn Collins auf - und danach eine von Al Green mit inbrünstigstem Soulschmerz gesungene Verlassenheitsballade, die sich auch auf einem Album befand, das Eric besaß. Währenddessen hing Nadine an seinem Hals, eng an ihn geschmiegt mit ihrem ganzen Körper, ihr Atem an seinem Ohr, und er hatte die Illusion, als spüre er ihren Pulsschlag von ihrer Vagina her, wenn er seinen Oberschenkel bei den langsamen Gewichtsverlagerungen, die sie beide vollzogen, zwischen ihren Beinen bewegte. Sie hauchte etwas in sein Ohr, von dem er nur das Wort *hochkommen* verstand. Er war sich sicher, dass er sie hätte haben können, wäre er jetzt mit ihr hinauf gegangen. Vorausgesetzt, sie wäre nicht sofort eingeschlafen. Denn Nadine knickte nun ab und zu ein, und ihre Wange rutsche dabei ruckartig ein Stück an der seinen hinunter. Er wollte Blickkontakt zu Joy suchen, doch als er dorthin sah, wo sie eben noch getanzt hatte, war sie verschwunden. Eric und Nadine waren als einzige auf der Tanzfläche zurückgeblieben: Denn auch Gerlinde Dittermann war nicht mehr bei ihnen; sie flanierte mit ihrem Weinglas in der Hand zunächst die Plattenregale entlang und verließ dann ebenfalls den Raum. Alexa baute die Stehblues-Atmosphäre konsequent weiter aus: Es erklang das Orgelintro von *Whiter Shade of Pale.* Eric gab sich ganz dem leichten Tanz hin. Er fühlte sich gut, doch für Nadine war die wimmernd-wabernde Hammondorgel wohl zu viel: Mit wirklich bleichem Gesicht riss sie sich plötzlich von Erics Hals los und torkelte wie seekrank durch den Trockeneisnebel davon.

Eric stand allein.

Er blinzelte im blendenden Licht der Scheinwerfer.

Er trank einen Schluck Grappa und wartete dann mit geschlossenen Augen.

Er wusste, dass Alexa das Richtige tun würde. Er hätte nicht sagen können, was es sein würde, aber eine bestimmte Idee beherrschte spürbar den Augenblick; es war einer dieser magischen Momente, in denen eine wirkliche Verbindung da ist, in denen etwas eigentlich nicht Fassbares für die Beteiligten greifbar zu werden scheint.

Zuerst hörte er nur eine Hi-Hat. Als dann der Basslauf begann, bekam er eine Gänsehaut. Wie konnte diese Frau so genau wissen, was er brauchte? Ihm war, als sei sein Körper ein Instrument, das den Song mitzuspielen begann, der sich nun um ihn herum und in seinem Innern aufbaute:

Rock'n'Roll Gypsy.

Im Alter von zwölf oder dreizehn Jahren hatte ihn dieses Stück schon elektrisiert, aber erst später, in seiner *exzessiven Zeit*, hatte er mit den Wahrnehmungsmöglichkeiten eines jungen Erwachsenen die hypnotische Wirkung dieser Musik voll und ganz erfahren können.

Und es handelte sich hier, wie er sogleich feststellte, um eine Live-Version.

Sie begann ähnlich wie die Studiofassung, die er kannte. In dem fortgeschrittenen Stadium, in dem er sich befand, versetzten ihn der unglaublich flüssig laufende Bass und die schraddelige Bluesgitarre sofort in einen expressiven *Nordic Walking*-Schritt, in dem er eckig-abgehackt über die Tanzfläche lief. Doch plötzlich fühlte er sich abrupt auf einen Punkt am Boden festgenagelt, als Helen Schneiders schnoddriger, partiell rockabillyesker Gesang anhob, dessen Off-Beat ihn in mit vielfachen Verzierungen versehene Zuckungszustände versetzte, bei denen er zeitweise mit den Armen ruderte, als sei er Joe Cocker in Woodstock. Gerade fühlte er sich schon auf dem Weg ins All, da gab es einen Bruch. Er hatte allerdings gar keine Zeit darüber enttäuscht zu sein, denn prompt wurde offenbar, wozu die kurze Irritation diente: Helen Schneider, die schon in der Albumfassung zum Ende des Songs hin in erheblichem Maße sexuelle Erregung andeutete, schwang sich hier vor dem Live-Publikum voll und ganz zu einem Quasi-Geschlechtsakt auf. Vielsagend rief sie mehrfach *I got to go, I got to go!* - um sich danach in ein katzenhaft erotisches *Tschcke-tschcke-tschcke-tschcke-tschcke-tsch-aaaah, tschcke-tschcke-tschcke-tschcke-tschcke-tsch-aaaah* hineinzusteigern, das nahtlos in ein rhythmisches, in der Tonhöhe ansteigendes Stöhnen überging, welches dann, denselben Rhythmus beibehaltend, zu einem lauter werdenden, gesungenen Schreien wurde, das schließlich mit einem letzten lasziv langgezogenen und wunderbar haarmähnig wilden Komm-Laut wieder in den regulären Song zurückführte. Eric war völlig außer sich. Auf dem Boden kniend, seine imaginäre Gitarre in den Händen, hatte er das Stöhnen der Sängerin mit wilden Stößen seines Unterleibes begleitet. Jetzt sprang er auf und ging, weiter seine Gitarre spielend, auf einen der beiden Boxentürme zu, denn er fühlte, dass sich gleich ein Gitarrensolo anschließen musste. Helen sang noch einmal Strophe und Refrain, und dann kam es: Es war neunzehnhundertneunundsechzig, er stand am Verstärkerturm, hatte ein pinkfarbenes Stirnband um die üppige Afrofrisur geschlungen, und weich untermalt von den sich wie Gräser im Wind wiegenden Fransen an den Ärmeln seines weißblauen, indianisch anmutenden Oberteils, bearbeiteten seine Hände mit all ihrer kunstfertigen Kraft die weiße *Stratocaster*, liebkosten und malträtierten seine Zunge und seine Zähne ihre metallisch schmeckenden Saiten, und schließlich quälte er mit Hebel und Wah-Wah die letzten entlegenen Töne, alles, was sie in sich hatte, aus ihr heraus, und während unkontrolliert der Speichel an seinem Kinn herunter lief, fickte er seine aufstöhnende und jammernde Geliebte unerbittlich gegen die bebenden Boxen, wobei er mit aufgeworfenen Lippen in seinem entgleisten Gesicht aus glasigen Augen zu der von Rot erstrahlendem Haar gekrönten Silhouette Alexas hinüber schielte, die in komplettem Gleichklang mit seinem Jahrhundertsolo hinter dem marmornen Altar ihren schwarz bekleideten Oberkörper schwang, und die ihm, als er jetzt in letztem Zucken ein final übersteuertes Quietschen aus seinem

116

geschundenen Instrument herausholte, mit den gespreizten Fingern ihrer linken Hand ein *Victory-Zeichen* darbot, während sie mit der rechten zu ihren auf markante Weise bewegten Lippen ihre brennende Zigarette führte, die bläulich kringelnden Rauch hinter sich her zog...

Wie wohltuend das warme Wasser war, das er minutenlang über seinen nackten Körper strömen ließ!

Die Glaskabine seiner Dusche war vollständig beschlagen, und Eric stand unbewegt unter dem Duschkopf, mit locker hängenden Armen und vorgeneigtem Kopf, und sah regenwaldartige Schauer an sich niederstürzen.

Wann hatte er sich das letzte Mal so gut gefühlt?

Er blieb noch lange so stehen, bis er sich ganz aufgeweicht fühlte und seine gesamte Haut dieselbe Temperatur zu haben schien. Denn als er eben auf sein Zimmer gekommen war, hatte er in seinem Gesicht, obwohl er auch ansonsten komplett durchgeschwitzt war, eine übermäßige Hitze verspürt. Wen sollte das wundern nach diesem Hexenritt, den er in den letzten Stunden, im Grunde bereits seit heute Morgen, hinter sich gebracht hatte!

Er entstieg der Duschkabine und trat in den Nebel, der das kleine Bad erfüllte. Er trocknete seine Haare ein wenig und schlang dann eines der großen Handtücher aus dickem weißem Frottee, die neben dem Waschbecken bereit lagen, um seinen Unterleib, bevor er ins Zimmer ging, um dort in großen Zügen aus einer gläsernen Flasche, die mit frischem Leitungswasser gefüllt war, seinen immensen Durst zu stillen. Im Zimmer war es angenehm kühl. Er trat ans Fenster: Es schneite ein wenig. Nadines Bully und Gerlinde Dittermanns Wagen waren mit einer feinen Schicht überzogen.

Hätte er Nadine nachgehen sollen? Sie hatte sich sicher übergeben müssen, so wie sie am Ende ausgesehen hatte. Aber schließlich war sie erwachsen und nach dem zu urteilen, was sie über die Zeiten in der Volleyballmannschaft erzählt hatte, sicher abgehärtet genug, um allein klar zu kommen. Wie eng das da unten mit ihr gewesen war...

Plötzlich bekam er Lust zu rauchen. Ach wie schön, dachte er, auf *Lady Sucht* ist Verlass! Zehn Jahre haben wir uns nicht gesehen, aber sie vergisst dich nie...

Er tat den Gedanken ab.

Gerade wollte er zurück ins Bad, da klopfte es an seiner Zimmertür. Es durchfuhr ihn: Wer war das? Sollte es Nadine doch besser gehen als vermutet?

„Moment!" rief er.

Er suchte hastig ein T-Shirt aus seiner Tasche und zog es an, das Handtuch ließ er um die Hüften gewickelt. Er blickte in den Spiegel, bevor er den Drehknauf umfasste und die Tür aufzog.

Es war Joy.

Eric spürte seinen Herzschlag.

„Oh, entschuldige bitte", sagte sie. „Ich wusste nicht, dass du schon...- "

„Macht nichts", entgegnete er.

„Ich wollte dir nur sagen: Nadine schläft jetzt. Sie hat sich wohl etwas übernommen."

„War es sehr schlimm?"

„Na ja, ich kam gerade von der Toilette, da fiel sie mir fast entgegen. Ich habe ihr dann geholfen, so gut ich konnte."

„Lecker!" sagte er.

Joy musste unwillkürlich lachen.

Eric entspannte sich.

„Du weißt ja, wie es ist: Wenn du Kinder hast, und noch dazu gleich drei, von denen irgendwie immer eines krank zu sein scheint, dann schockt dich so schnell nichts mehr! Trotzdem war es ganz schön heftig. Aber ich glaube, jetzt ist alles raus."

„Das ist gut so", antwortete Eric. „Sie hat aber auch echt richtig Gas gegeben!"

„Du warst aber auch nicht schlecht."

„Wie meinst du das?" Er kratzte sich am Ohr.

Joy strich eine Haarsträhne aus ihrem Gesicht.

„Ich meine, ich hätte gar nicht gedacht, dass du so ein energischer Eintänzer sein kannst!" Sie lächelte ihn an dabei.

„*Eintänzer?*"

„Na, eben einer, der die Frauen zu bewegen weiß. Schade, dass es zu einem – sagen wir mal – so abrupten Ende gekommen ist. Ich hätte sonst bestimmt auch gern noch mit dir getanzt…"

Wieder durchlief es ihn.

Er forschte in ihrem Gesicht; sie schien das ernst gemeint zu haben.

Er sagte: „Na ja, wir könnten ja noch. Ich zieh mir eben was an, und dann gehen wir nochmal runter. Alexa war noch da, als ich gegangen bin…"

„Nein, lass mal, für heute ist es genug, glaube ich. Außerdem müssen wir ja morgen auch endlich mal etwas arbeiten. Schließlich sind wir nicht nur zum Vergnügen hier!"

„Nicht?" fragte er mit gespielter Enttäuschung. „Aber ich fühle mich gerade so gut und immer noch so frisch, der Abend war so toll bisher – na okay, nicht für alle von uns, aber sonst doch schon, oder? Was spricht dagegen, wenn wir noch ein kleines Abschlusstänzchen wagen?"

„Nein, Eric, heute wirklich nicht mehr. Wir sind ja noch eine Weile hier. Morgen ist auch noch ein Tag."

Eric versuchte sich an einem kindlichen Schmollmund: „Och nöööööööö, immer alles morgen, morgen. Immer nur vernünftig sein. Das hätte eben auch meine Mutter so sagen können wie du!"

Joy sah ihn mit einem Blick an, den er in den folgenden Wochen nicht mehr vergessen sollte: Vollkommen ernst sagte sie:

„Wie eine Mutter auf dich zu wirken, das ist nun wirklich das letzte, was ich will!"

Beide schwiegen eine Weile und sahen sich an.

Dann machte Joy dem ein Ende, indem sie ihm ihre Hand hinstreckte - eindeutig, um sich zu verabschieden.

Er nahm sie in die seine.

„Gute Nacht, Eric, schlaf schön!" sagte sie.

Wie ihre Stimme klang dabei…

„Danke, du auch. Gute Nacht!" antwortete er ihr.

Er sah ihr nach, wie sie den Flur hinunter zu ihrem Zimmer ging. Dann schloss er die Tür.

Es dauerte lange, bis er eingeschlafen war.

Gerlinde Dittermann servierte das Frühstück am Esstisch, an dem sie bereits am Abend zuvor gespeist hatten. Er war üppig gedeckt: Goldgelbes Rührei in einer großen Glasschüssel, neben der kleinere Schalen mit angerösteten Schinkenwürfeln, Schnittlauch und Cocktailtomaten standen, ein großer Korb mit Brötchen, italienische Salami, diverse Käsesorten, die großlöchrig nebst der unvermeidlich sie begleitenden Weintrauben auf einem Holzbrett drapiert waren, dazu Bananen, Mangos, Äpfel, Orangen und Avocados, eine Platte mit

Wildlachs, einige Sorten Marmelade, Honig, sowie Butter und Erdnussbutter, mehrere Obst- und Gemüsesäfte, Kaffee, Milch und Tee...

Eric saß neben Joy, die ihm den Korb mit den Brötchen reichte:

„Selbst gebacken!" betonte sie dabei mit einer Kopfbewegung in Richtung der Köchin.

Ihr gegenüber saß Alexa. Diese befand sich in gewohnt guter Stimmung, scherzte mit der aufwartenden *Gerlinde* (war sie eigentlich mit jedem sofort per Du?) und sandte an Eric immer wieder Signale, die eine geheime Kumpanei in Bezug auf den gestrigen Abend herstellen sollten. Eric ging mit angedeutetem Lächeln darauf ein. Er fühlte sich im Großen und Ganzen recht gut. Joys Nähe empfand er als warm und schön, und auch die Nachwirkungen des Alkohols schienen – zumindest was seinen Kopf betraf – eher milde abzulaufen; vermutlich hatte er schon gestern im Keller Einiges sofort wieder ausgeschwitzt. Jedoch spürte er schon jetzt, dass sich in seinem Verdauungstrakt deutlicher Druck aufzubauen begann, und durch das Frühstück - dessen er allerdings dringend bedurfte, und bei dem er, hätte er sich nicht Joys wegen etwas gebremst, wohl noch gieriger zugegriffen hätte - würde sich das, was sich da in ihm zusammenbraute, mit Sicherheit noch zusätzlichen Nachdruck erfahren.

Joy reichte Eric gerade einen Apfel, den sie auf seinen Wunsch von dem silbernen Obsttablett genommen hatte, dessen Ränder mit Ornamenten in Form von buschigem Blattwerk verziert waren, da erschien Nadine.

Sie setzte sich Eric gegenüber an den Tisch. Sie sah blass aus, mit farblosen Lippen, und sie trug einen schwarzen Kapuzenpullover, auf den in Form eines weißen Schriftzuges die

Buchstabenkombination *USC* gedruckt war, die von einer hellblauen Linie in Form einer offenen Ellipse umrundet wurde. Sie würdigte Eric keines Blickes.

„Mal die Butter bitte!" sagte sie nach einer Weile zu Alexa. Das waren die einzigen Worte, die sie für längere Zeit überhaupt sprach.

Eine Weile lang aßen sie alle schweigend.

Eric belegte sich gerade ein weiteres Brötchen mit Wildlachs, da klingelte Alexas Telefon. Sie runzelte die Stirn beim Zuhören, benutzte immer wieder Worte wie *aha, soso, na gut, wie schade,* und schließlich sagte sie „Okay, dann gute Besserung - und bis bald!" Dann legte auf.

„Es war Ella. Sie hat abgesagt. Ihre Tochter ist krank."

„Ach, nein!" rief Joy aus. „Ausgerechnet sie! Und was machen wir nun?"

„Wir müssen umdisponieren", sagte Alexa. „Sie mailt mir gleich ihre Unterlagen. Gibt es hier einen Drucker?"

Joy bejahte es.

„Dann drucken wir das aus und verteilen es auf die Arbeitsgruppen. Wir haben ja durch den Ausfall sowieso mehr Zeit für die Teamarbeit."

Eine Viertelstunde später sah Joy sah auf ihr Telefon, das gerade auf dem Tisch vibriert hatte:

„Wie es aussieht, können wir den ganzen Tag umplanen: Dr. Kausky hat eben auch abgesagt!"

Sie war verärgert.

Sieht süß aus, dachte Eric.

„Fehlt nur noch unser Sportler!" Alexa lächelte schon wieder vielsagend.

„Wenn der nicht kommt, geh ich wieder ins Bett, damit das mal klar ist!" stieß Nadine genervt hervor.

„Also, auf Adam ist eigentlich immer Verlass, für den würde ich meine Hand ins Feuer legen!" versicherte Joy.

War da mal was gelaufen mit diesem Footballhengst? Eric nahm noch etwas Rührei aus der Schüssel, die auf einer Warmhalteplatte stand.

„Na hoffentlich!" gab Nadine mürrisch zurück und biss in eine Banane.

„Zwei Gute gehen krachen, ein dritter wird's machen!" warf Alexa mit Triumph in ihrem wässrigen Blick ein.

„Vielen Dank, Onkel Matthis!" kommentierte Eric trocken.

Sogar Nadine konnte nicht anders, als ein wenig mitzulachen.

So saßen sie vielleicht noch eine halbe oder Dreiviertelstunde lang zusammen, Gerlinde (wie auch Eric sie jetzt innerlich zu nennen begann) brachte ab und zu etwas Nachschub, und die Frauen, vor allem Joy und Alexa, redeten über dies und das. Gelegentlich sagte Eric dazu *ja* oder *nein*, oder er lachte auch mal.

Er hatte jetzt andere Probleme. Im Grunde war es ihm gleich klar gewesen, dass es keine gute Idee sein würde, in seiner Verfassung am heutigen Morgen Kaffee zu trinken. Und dennoch hatte er sich nicht zurückhalten können. Zu sehr hatte er Verlangen gehabt nach einem Koffein-Flash, der ihn auf die richtige Bahn bringen würde, und zu verlockend hatte der mit Kakaostaub bestreute Milchschaum auf dem farblich geschichteten Latte Macchiato ausgesehen, den die gute Gerlinde eben Alexa in einem großen wuchtigen Glas serviert hatte. Also hatte auch Eric sich solch eine kunstvoll hergerichtete Kreation bestellt, in der Hoffnung, durch ihre Milchigkeit abgemildert, werde sie mit seinem Körper nicht so brutal umspringen, wie es der schwarze Kaffee, den er normalerweise trank, zu tun pflegte.

Leider traf das nicht zu.

Das braunweiße Getränk fuhr ihm mit aller Macht ins Gedärm, und es beschleunigte dort wie eine Art Enzym die zuvor ohnehin schon spürbar in Gang gekommene Verdauungsreaktion. Es war, als habe sich der Kaffee mit dem Restalkohol des Vorabends gegen ihn verbündet. So musste Eric nun innerlich gepeinigt auf seinem Stuhl sitzen und das gut hörbare Glucksen, Gurgeln und manchmal sogar Pfeifen, das aus seinem Bauch drang, mit Räuspern, Messerklappern oder schnell eingeworfenen Fragen zu übertönen versuchen. Aber das war nicht alles. Er spürte, wie in ihm eine Luftmasse von mit Sicherheit unheilvoller Qualität schmerzhaft anzuschwellen begann. Bereits seit längerer Zeit musste er die Schwachstelle, die sie sich früher oder später aus physikalischen Gründen für den Druckausgleich suchen musste, durch aktives Anspannen verschlossen halten, wollte er nicht in die wohl peinlichste Situation geraten, die sich in weiblicher Gegenwart denken ließ...

Warum stand er nicht auf und verließ den Tisch?

Er wusste es selbst nicht.

Irgendwie hatte er sich in die Vorstellung hineingesteigert, dass für die Frauen der Grund offensichtlich sein würde, wenn er jetzt hinaus ging. Und das wäre ihm fast ebenso peinlich gewesen wie eine ungewollte Ausgasung. Also versuchte er, so harmlos wie möglich weiter zu frühstücken, um dann einen günstigen Moment für einen später vielleicht weniger eindeutigen Abgang abzupassen.

Doch das würde bald geschehen müssen, denn seine Kraftanstrengung führte inzwischen schon zu einem bedrohlichen ringmuskulären Zucken, und er fühlte, wie Schweiß seine Unterhose zu nässen begann. Seine Darmwehen verliefen wellenartig, und als er nun einen besonders schlimmen Höhepunkt mit all seiner Erfahrung gerade eben noch hatte meistern können, und als zudem jetzt Gerlinde Dittermann aufgeregt von einem enormen Erdrutsch mit vielen Toten in Italien erzählte, der gerade Thema in den Radio-Nachrichten gewesen war, sah Eric seine letzte Chance gekommen und verließ eilig das Esszimmer.

Eigentlich hatte er vor, schnell zu seinem Zimmer hinauf zu laufen. Doch als er aus dem Raum, in dem er die Frauen zurückgelassen hatte, heraus war, merkte er, dass er das nicht mehr schaffen würde. Zum Glück wusste er schon, wo hier unten die Toilette war (es musste dieselbe sein, die Nadine in der letzten Nacht vollgekotzt hatte), und so eilte er den schlauchartigen dunklen Flur bis zum Ende entlang, schlug krachend die Klotür hinter sich zu, schloss ab und erreichte im letzten Moment den Erlösung verheißenden Keramikgegenstand, dem er all das, was ihn so unsagbar bedrückte, in einem brachialen Befreiungsschlag (der einem Orgasmus nicht unähnlich war) und mit einer tief empfundenen ästhetischen Befriedigung, die aus dem vollendeten Klang- und Geruchserlebnis resultierte, überantworten konnte.

Nachdem die postorgasmischen Wellen in ihm abgeebbt waren, zog er das Telefon aus der Tasche seiner Hose, die ihm auf den Knöcheln hing, und schrieb eine Nachricht an seinen langjährigen Freund Sebastian, den er, seit dieser für eine Weile in Brasilien gelebt hatte, nur noch *Ze* nannte.

Sie bestand allein aus dem folgenden Begriff: *Analinferno 2.0!*

Die Antwort kam prompt: *Arschgewitter of Death: Hol' alles aus deinen Schläuchen!* ☺.

Eric war gerührt.

Ze war der Bruder, den er nicht hatte.

Ob es auch Frauen gab, die so kommunizierten?

Nach dem Händewaschen betrachtete er sich eine Weile im Spiegel. Ganz okay, befand er. Der Bartwuchs färbte seine Wangen dunkel. Er ordnete einzelne Haarsträhnen. Er drehte sich um und prüfte mit einem Blick über die Schulter den Sitz seiner Jeans, die noch neu war. Er putzte sich die Nase, wusch sich nochmals die Hände, öffnete dann mit Schwung die Klotür – und schrak zusammen:

Vor ihm stand Alexa.

„Na, fertig?" fragte sie und sah ihn dabei forschend an.

„Du – du kannst da jetzt nicht rein!" Eric versuchte, die Tür hinter sich zu schließen, was schwierig war, weil Alexa sich so dicht vor ihn gestellt hatte.

„Warum nicht?" fragte sie.

„Weil es – weil, ähm..., weil die Sauerstoffversorgung *suboptimal* ist." Eigenartigerweise errötete er nicht.

Sie lächelte ihn an. Die Furchen, die von ihrer Nase an abwärts verliefen, traten dabei noch stärker als gewöhnlich hervor. Die dünne Haut ihrer Lippen war so stark gespannt, dass sie hätte bersten können, so schien es. Dann sagte sie:

„Weißt du, Eric, ich dachte wirklich, dir sei inzwischen klar, dass mich der Mensch am meisten dann interessiert, wenn er alles rauslässt!"

Damit schob sie ihn beiseite und legte ihre Hand auf die Türklinke.

Sie drehte sich noch einmal um. Ihre Augen schimmerten.

„Und ich glaube, darin sind wir uns sehr ähnlich!" fügte sie hinzu.

Dann verschwand sie dort, wo Eric hergekommen war, und ließ ihn sprachlos vor der Tür zurück.

Adam T. Myers saß am Frühstückstisch, löffelte mit dynamischen Bewegungen Obstsalat, den er mit Naturjoghurt und Cornflakes angereichert hatte, und plauderte, auch wenn er kaute, sehr lebhaft und offenbar gut gelaunt mit Joy und Nadine. Er saß am Kopfende des Tisches, links von Erics Stuhl, auf dem dieser, nachdem sich die beiden Männer die Hand gegeben und ihre Vornamen genannt hatten, wieder Platz nahm, während Adam ungestört das Gespräch mit den Frauen fortsetzte.

Nadine war wie verwandelt: Mit erregter Konzentration und zurückgekehrter Gesichtsfarbe moderierte sie das Gespräch der drei (denn Eric nahm nicht daran teil), obwohl ja eigentlich Joy die natürliche Brücke zwischen ihnen allen war. Sie stützte sich dabei wie sprungbereit mit ihren Armen auf die Tischplatte, wenn sie nicht gerade mit ihnen gestikulierte. Während sie munter und fröhlich drauf los plapperte, wanderten ihre Blicke Aufmerksamkeit einfordernd von einem zum andern, und wenn die anderen sprachen, begleitete sie deren Rede beständig mit Kopfnicken, lebendiger Mimik und zahlreichen teilnehmenden und bestätigenden Zwischenäußerungen.

Dem Neuankömmling war sie dabei auffällig zugewandt; er war offenbar der Gaststar ihrer kleinen Talkrunde.

Sieht ja auch aus wie ihr schwuler Volleyballtrainer, dachte Eric.

In der Tat hatte Adam T. Myers äußerlich Vieles von dem, wie sich Eric diesen Thorsten – oder diese *Thora* - vorstellte: Auch der Amerikaner neben ihm hatte schwarze Haare, die mit Hilfe eines Hairstyling-Produktes in Form gebracht waren, den Kragen seines – allerdings schwarzen – Polohemdes, aus dem muskulöse und dunkel behaarte Arme hervorstießen, hatte er aufgestellt, und auch er trug tatsächlich eine weiße Brille, deren breite Bügel jeweils von zwei dünnen roten Streifen durchzogen waren, die über den Ohren in blauen Endstücke mündeten, so dass Eric nicht anders konnte, als hierin die amerikanische Flagge zu erkennen. Jedoch musste Adam T. Myers ungefähr doppelt so groß sein wie die kleine Honigbiene, die mit Nadine und den anderen Mädels geduscht hatte. Zumindest war das zu vermuten, denn bisher hatte Eric den breitschultrigen Footballtrainer nur sitzend gesehen.

Der sprach, übrigens ganz im Unterschied zu Joy, mit breitestem amerikanischem Akzent, zeigte dabei sehr blendende Zähne und wirkte unglaublich aufgeschlossen, freundlich und... – *banal.* Er entsprach so sehr Erics Klischeevorstellungen, dass er ihn zwischendurch manchmal als nicht real ansah. Vielleicht war er einfach nur ein Nebenprodukt oder eine Art Flashback des gestrigen Abends...

Das Einzige, was Eric wirklich an ihm interessierte - oder genauer gesagt war es eigentlich vielmehr sein Interesse an Joy, dass ihn aufmerksam Blicke, Gesten und Aussagen in dieser Hinsicht analysieren ließ - war die Frage, ob die beiden einmal etwas miteinander gehabt hatten.

Eindeutige Indizien ließen sich aber nicht finden dafür.

Joy schien über seine Gegenwart erfreut zu sein, verfiel auch des Öfteren in kurze englische Wortwechsel mit ihm, nahm überhaupt aktiv am Gespräch teil, das sich gerade um Adams letztes Engagement als Trainer einer polnischen Footballmannschaft drehte - aber das alles wirkte nicht übermäßig intim, so dass Eric einigermaßen beruhigt war.

Allerdings war es auch vor allem Nadine, die Adam, in dem sie ihr sportliches Pendant in dieser Gruppe erblickt hatte, permanent mit Nachfragen überzog, und die dazwischen auch immer wieder detaillierte Berichte über die Erfolge ihrer Mannschaft in der Volleyball-Regionalliga Nordwest in die Unterhaltung einflocht. Adam erkundigte sich ebenfalls sehr vertieft bei ihr, vor allem über den genauen organisatorischen Aufbau des Ligabetriebes, so dass es mehr und mehr ein Fachgespräch zwischen diesen beiden wurde. Eric hätte im Prinzip eine Unterhaltung mit Joy beginnen können, wenn er nur etwas gewusst hätte, was er sie hier am Tisch in Gegenwart der anderen hätte fragen können.

Plötzlich stand Alexa hinter ihm.

Sie legte ihm eine Hand auf die Schulter (stellvertretend für die gesamte Gruppe, mutmaßte er, aber irgendwie doch auch speziell *ihm*). In der anderen hielt sie einen dicken Stapel losen Papiers, den sie in die Höhe streckte.

„Aaar--beit!" verkündete sie gedehnt.

Dann hob sie die Berührung an Erics Schulter auf, ging halb um den Tisch herum und begann ihnen den Ablauf zu erklären:

„Wir werden uns jetzt zuerst den Film über Bewegung und Lernen ansehen. Er dauert fünfundvierzig Minuten, sagte mir Adam. Danach starten wir wegen der ausgefallenen Vorträge direkt in die Arbeitsgruppenphase; wir werden die Zeit auch brauchen. Ich habe hier das aktualisierte Konzept von Ella Hoppenworth-Gierfeld, das wir prüfen müssen. Dann gibt es eine Abhandlung, die Dr. Kausky geschickt hat. Das ist ein neurologischer Fachaufsatz mit zahlreichen Fußnoten und Verweisen, wie ich festgestellt habe. Ich würde mich bereit erklären, dieses vertrackte Werk durchzuarbeiten. Und außerdem wollen wir ein Bewegungs- und Sportprogramm aufstellen - da sehe ich natürlich Adam als Hauptideengeber, der aber sicher auch Unterstützung gebrauchen kann, vor allem was die Einbindung in die organisatorischen Abläufe in der Kita angeht. Vorher würde ich noch gern eine Zigarette rauchen gehen. Kommst du mit, Nadine?"

Die Angesprochene erklärte, sie wolle jetzt gerade nicht.

Zehn Minuten später saßen sie alle im Wohnzimmer rund um den Mahagonitisch, und die DVD lief. Da sie nur über einen englischsprachigen Kanal verfügte, hatte Adam seinen Stuhl schräg hinter den Nadines geschoben und übersetzte ihr mit gedämpfter Stimme das Wesentliche. Dabei beugte er seinen Oberkörper nach vorne, während seine behaarten Unterarme locker auf seinen Oberschenkeln lagen. Nadine saß sehr gerade und schaute sehr aufmerksam.

Als der Film zu Ende war, war keine Diskussion nötig: Es war klar, dass Adam und Nadine sich um das Thema Sport kümmern würden.

Alexa blickte Joy an: „Würdest du dann mit Eric…?"

Sie nickte.

Dieses Mal hatte Nadine Lust, mit Alexa rauchen zu gehen, und Adam kam auch mit. Joy und Eric konnten die drei vom Tisch aus auf der verschneiten Terrasse beobachten.

„Hast du Lust auf eine Wanderung?" fragte Joy ihn unvermittelt. „Das Konzept können wir mitnehmen."

„Wohin möchtest du denn gehen?" fragte Eric zurück. Er war sehr aufgeregt.

„Auf den Berg!"

„Was? - Ich meine, geht das denn bei dem Schnee?"

„Natürlich! Es gab ja nur wenig Neuschnee."

„Und wie lange wird das dauern?"

„Bevor es dunkel wird, sind wir auf jeden Fall wieder hier. Vertraue mir, ich kenne mich hier aus. Das war schließlich mal mein Zuhause..."

„Na gut, warum nicht. - Ich meine: Ja, gern! Wann wollen wir denn los?"

„So in zwanzig Minuten vielleicht? Ich bitte Gerlinde, uns mit etwas Proviant zu versorgen. Wir treffen uns dann draußen. Zieh dich nicht zu warm an!"

„Okay."

„Schön! Dann bis gleich."

Sie stand auf und ging in die Küche.

Eric hatte gerade ein kleines Muster in den Schnee auf dem Dach des Vans gezeichnet, da kam Joy schwungvoll und lächelnd aus dem Haus, schwenkte eine durchsichtige Plastiktüte und rief:

„Sandwiches a la Gerlinde – du wirst sie lieben, Eric!"

„Da bin ich mir sicher", antwortete er.

Er nahm seinen Rucksack ab, um das Lunchpaket, das Joy ihm gab, darin zu verstauen. Sie trug ebenfalls einen Rucksack.

Sie sah bezaubernd aus: Sie trug eine eng sitzende schwarze Hose aus weichem dünnen Stoff, der in der Sonne glänzte, die sich jetzt erstmals an diesem Wochenende zeigte. Dazu hatte sie eine sportlich-funktional geschnittene und mit Sicherheit *atmungsaktive* Jacke an, die einen hellbraunen Farbton hatte, und deren Nähte und Taschen rosa abgesetzt waren. Außerdem weiße Wollhandschuhe, einen ebensolchen Schal und eine ebenfalls weiße, mit einem Markenschriftzug versehene, Skimütze, unter der ihr blondes Haar frech aussah. Dazu trug sie wildlederne Wanderstiefel, die feminin und robust zugleich wirkten. Sie erschien Eric insgesamt wie ein optimistischer Traum aus einem Wintersportprospekt.

Als sie den schneebedeckten Wanderweg beschritten, der in leichtem Anstieg ein Stück hinter dem Haus in den Wald hinein führte, versuchte Eric nochmals zu erfühlen, ob womöglich, wie er befürchtete, aufgrund der aufregenden Situation in seinem Verdauungstrakt mit weiterem Aufruhr zu rechnen sein würde. Doch momentan herrschten Leere und Ruhe. Und je länger er an Joys Seite war, je mehr sie beide sich im Gespräch erwärmten - indem sie zunächst noch einmal mit heiteren Bemerkungen den gestrigen Abend rekapitulierten - umso mehr trat das nervöse Eigenleben, das Erics Gedärm zu führen imstande war, und das ihm schon verschiedentlich in massive Schwierigkeiten in Situationen ohne Fluchtmöglichkeit gebracht hatte, in den Hintergrund, entglitt zusehends seinen Gedanken und spielte dann auch tatsächlich während der gesamten Wanderung keine Rolle mehr.

„Ich dachte wirklich, bei dir und Nadine, das wird noch was, gestern!" Joy sah ihn lächelnd an.

„Was denkst du denn von mir... – ich bin ein verheirateter Familienvater!" entgegnete Eric mit absichtlich überspitzter Entrüstung.

„Nadine ist schon ein ziemlicher – wie sagt man – Feger. Ganz anders, als ihre Mutter, Luds Schwester Hannah..."

Eric sah sie überrascht an:

„Nadine ist deine... – ich meine, sie ist die Nichte deines Mannes?"

„Ja. Hannah ist um Einiges älter als er. Sie ist, wie soll ich sagen – *anders*. Ein sehr feiner, ruhiger, selbstloser Mensch.

Sie engagiert sich sehr im sozialen Bereich, hat viele Ehren-
ämter."

Sie machte eine Pause.

„Für Nadine standen immer andere Dinge im Vordergrund:
Sport, Vergnügen, Ausgehen. Mit Anfang Dreißig hatte sie
noch immer keine abgeschlossene Ausbildung. Lud hat ihr
dann einen Job verschafft in der Klinik, in der er damals arbeitete. Und dass sie jetzt hier dabei ist, ist natürlich auch seine
Idee."

„Und Alexa? Du sagtest einmal, sie sei eine gute Freundin
eurer Familie. Woher kennt ihr sie?"

„Auch Lud. Auch Krankenhaus."

Sie lächelte.

„Alexa war als Erzieherin auf der Kinderstation tätig. Sie
war dort Nadines Chefin, wenn man so will. Nadine hat mit
den Kleinen gespielt und gebastelt und so weiter. Lud und
Alexa konnten aber vorher schon gut miteinander, haben mit
Kollegen auch öfter was zusammen unternommen. Wenn ich
es nicht hätte besser wissen müssen, hätte ich annehmen können, dass zwischen den beiden was lief. Im letzten Sommer,
als Alexa mal wieder zu Besuch war bei uns, hat Lud sie dann
gefragt, ob sie den Vorsitz der Kita übernehmen würde. Sie
hat sofort ja gesagt. Ich hatte Bedenken, da ich meine, diese
Ämter sollten aus der Elternschaft besetzt werden. Aber die
beiden haben das vom Tisch gewischt. Lud sagte, wer das
Geld gibt, bestimmt die Regeln. Na ja, sie macht das ja auch
gut, finde ich. Leiten kann sie. Aber sie ist eben auch ein Stück
entfernt von all dem, sie hat kein Kind…"

Eric spürte ihren Worten eine Weile nach.

Sie gingen durch dichten Laubwald. Der Schnee lag dick
auf den kahlen Ästen.

„Wie kommt ein so professionell ausgestatteter Discokeller in euer Haus?" fragte er schließlich. „Wer hat diese unglaubliche Plattensammlung angelegt?"

„Mein Bruder. - Frank." Sie sah beiseite.

Es entstand ein längeres Schweigen, nur ihre knirschenden Schritte im Schnee auf dem ansteigenden Weg und ihr Atem waren zu hören.

Dann sagte Joy, indem sie sich Eric mit sichtbarer Entschlossenheit wieder zuwandte:

„Er ist tot."

„Was? Wer? Er? - Oh nein, entschuldige bitte, wie grauenhaft!"

„Es ist nächstes Jahr fünfundzwanzig Jahre her" fuhr sie fort. „Frank war siebzehn, als mein Vater entschied, dass wir nach Europa gehen. Er war furchtbar verliebt zu der Zeit, hatte seine erste richtige Freundin. Er wollte nicht mit. Aber er musste. Ich glaube, wenn er allein in *America* zurückgeblieben wäre, hätte er auch da den Halt verloren. Obwohl er unsere Eltern oft heftig kritisierte, brauchte er sie trotzdem noch sehr. Aber genauso brauchte er eben auch seine Freunde. Er und seine Freundin waren in so einer musikverrückten Clique, sie hatten auch eine Band, und jedes Wochenende waren sie alle zusammen unterwegs in irgendwelchen Clubs und auf Konzerten, tranken auch viel, und was weiß ich, was sie sonst noch genommen haben. Als wir hier waren, begann er sich zu verändern. Ich hatte schnell Freundinnen in meiner Klasse, aber er war meistens allein. Er ging auch hier nicht aus am Wochenende. Für mich war alles aufregend und neu, aber er fand es provinziell und langweilig. Ich glaube mit dem Keller wollte er sich ein Stück Zuhause zurückholen. Oft hörte ich die Musik bis hinauf in mein Zimmer, und wenn ich hinunter kam,

134

saß er allein da, rauchte und legte sich Platten auf. Einmal habe ich mit ihm zu einem langsamen Stück getanzt, und da hat er geweint. Später fing er dann an, am Wochenende ins Ruhrgebiet zu fahren oder nach Köln. Oft kam er erst am Montagmorgen nach Hause. Ich denke, er hat dort die falschen Leute gefunden – oder auch die richtigen, wie man es nun sehen will. Heute denke ich manchmal, dass es vielleicht alles so sein musste. Ich bemerkte, wie er sich sehr schnell sehr stark veränderte. Er kam seltener nach Hause, war manchmal zwei oder drei Wochen weg. Wenn er dann hier auftauchte, sah er grauenhaft aus…"

Sie blieb stehen und putzte sich die Nase. Es war still im Wald.

„Den Heiligabend neunzehnhundertsiebenundachtzig werde ich nie vergessen. Seitdem werde ich an Weihnachten immer traurig sein. Wir warteten mit dem Essen auf ihn. Die Kerzen am Baum waren schon fast heruntergebrannt. Mein Vater war sauer, meine Mutter und ich waren nervös. Schließlich hörten wir einen Wagen vorfahren. Es war die Polizei. Er war sofort tot, als sein Auto gegen den Baum prallte. Später teilten sie uns mit, dass er eine hohe Dosis Heroin im Blut gehabt hatte."

Sie weinte.

Eric nahm sie in den Arm, und es fühlte sich so an, als sei sie schon immer dort gewesen.

„Ich hab dich gesehen am Heiligabend", flüsterte er, und dann streichelte er ihr über den Kopf.

Schließlich löste sie sich von ihm und putzte sich erneut die Nase.

„Puh, jetzt weißt du nach einem kurzen Gespräch aber schon ziemlich viel von mir!" sagte sie, und ihr Weinen verwandelte sich allmählich in ein kleines Lächeln, wenn auch noch unter Tränen.

Anstelle einer Antwort fragte er sie:

„In dem Kettenanhänger – trägst du da sein Bild?"

Sie nickte und strich mit einer zärtlichen Bewegung dort über die Jacke, wo diese das Erinnerungsstück verbarg.

Neunzehnhundertsiebenundachtzig, wiederholte Eric sich innerlich. Die *Reign in Blood* war sechsundachtzig erschienen, und sie stand ziemlich weit unten rechts in der chronologisch geordneten Sammlung, die Frank Sanders angelegt hatte.

„Und war das dann gestern nicht total furchtbar für dich? Ich meine, wir hätten da unten ja gar nicht unbedingt… -"

„Nein, das war gut so, auch wenn das vielleicht komisch klingt. Es ist gut, wenn dort Leben ist. Ich möchte dort kein Frank-Museum haben. Wir haben schon öfter dort gefeiert – *absichtlich*, sozusagen."

Eric lächelte: „Bei mir war es gestern eher unabsichtlich, ich fühlte mich da irgendwie total reingezogen. Aber es war gut!"

„Sah auch nicht so aus, als sei das für dich eine völlig neue Situation gewesen." Er mochte den Unterton, den ihre Stimme dabei hatte.

„Nein, das stimmt. Ich hatte früher auch Zeiten, die, na ja, die wesentlich partyorientierter waren als mein jetziges Leben."

„Ach tatsächlich? Erzählst du mir davon?"

„Wo soll ich da anfangen? Als ich von zu Hause auszog, war ich zweiundzwanzig. Ein normales Alter dafür, sollte man denken. Ich wollte es auch, weil ich frei sein wollte, weil ich diese kleinkarierte Enge im Haus meiner Eltern und diesen ganzen Rechtfertigungsdruck, den vor allem mein Vater aufbaute, nicht mehr aushalten konnte – einerseits. Andererseits brauchte ich meine Familie noch sehr. Was du eben über deinen Bruder gesagt hast, hat mich sehr an mich selbst erinnert. Ich glaube, alle Menschen, mit denen ich jemals über das Ausziehen gesprochen habe, sahen das als einen rein positiven Vorgang. Viele jubelten darüber, die Bevormundung endlich los zu sein. Aber für mich war das, wie so vieles in meinem Leben, eine zweischneidige Sache. Ich bin nicht so gut darin, zu sagen, ich habe mich jetzt so und so entschieden, und fertig, keine Diskussion mehr. Im Gegenteil. Bei mir verlaufen diese Dinge in einem Zickzackkurs, beim dem ich getroffene Entscheidungen immer wieder in Frage stelle, und so war es mit dem Alleinleben auch. Ich hatte nun beides: Den Rausch der Freiheit... - und den Schmerz über die für mich unwiederbringlich verlorene Kindheit. So könnte man es ausdrücken, wenn es nicht so ungeheuer pathetisch klingen würde."

„Und dann?"

„Eine Weile lang erhielt ich das saubere und ordentliche Leben, zu dem ich erzogen worden war, noch aufrecht, ein halbes Jahr lang ungefähr. Dann war meine Ausbildung zu Ende, und ich fing an zu kiffen. Es war eigentlich total bescheuert, wie es dazu kam: Ich hatte, wenn ich mich richtig erinnere, schon seit zweieinhalb Jahren nicht mehr geraucht. Und dann kam diese gemeinsame Abschlussfahrt aller Auszubildenden. Ein Mädchen aus meinem Lehrgang hatte etwas Dope mit, und gemeinsam mit einem anderen Typen wollten wir uns damit einen Tee kochen. Das hatte ich vorher schon ein paarmal gemacht - die ersten Male sogar schon zu der Zeit, als ich noch bei meinen Eltern wohnte, wenn auch natürlich nicht zu Hause. Der andere Junge und ich rauchten nicht, und so waren wir auf Tee gekommen. Ich wusste, dass man das

Zeug in Honig auflösen muss, aber wir hatten keinen Honig. Ich weiß nicht mal mehr, ob wir überhaupt Tee hatten, ich glaube fast, eher nicht. Na egal. jedenfalls kamen wir schließlich auf die Idee, uns das Haschisch einfach auf Kartoffelchips zu streuen, die wir dann aßen. Diese geschwungenen *Chipsletten* waren das, daran erinnere ich mich noch ganz genau. Lange Zeit passierte gar nichts. Vielleicht anderthalb oder zwei Stunden vergingen, und wir dachten schon, die Aktion sei schiefgegangen. Und dann plötzlich waren wir alle drei total breit. Wir begannen über alles Mögliche zu lachen, und wir waren irgendwie auch sehr kreativ und voller neuer Erkenntnisse - so kam es uns zumindest vor. Das Einzige, was ich heute noch genau weiß, ist, dass wir ein neues Wort erfunden haben: *Stitzen.* Ich glaube, zwei von uns standen, und einer saß. Wenn ich genauer darüber nachdenke, scheint mir, dass die beiden anderen vor mir standen, angelehnt an die Fensterbank, während ich auf einem Stuhl saß. Wir zogen jedenfalls folgenden Schluss: Wenn zwei stehen und einer sitzt, dann *stitzt* logischerweise die Gruppe als Ganzes. Wir bekamen Bauchkrämpfe vor Lachen wegen dieses Wortes. Ich weiß, jetzt klingt es nicht besonders lustig, aber wenn du Anfang zwanzig bist, und du bist in dieser Situation und hast gerade gemeinsam gekifft und ein solches Wort erfunden – glaube mir, dann findest du das extrem witzig, dann findest du so ziemlich alles witzig..."

Joy schwieg und streifte im Vorbeigehen mit der Hand den Schnee von einem tief hängenden Ast.

Eric war warm geworden, und er war außer Atem, da während seiner Rede der Anstieg steiler geworden war.

„Und wie ging es dann weiter nach eurem... - *Stitzen?*" fragte sie ihn schließlich.

„Am nächsten Abend gab es nichts zu kiffen. Stattdessen haben wir in einer größeren Runde auf einem Zimmer Bier getrunken. Irgendwer spielte Gitarre, und ich erinnere mich, dass wir *Mull of Kintyre* sangen. Irgendwann bat ich einen Jungen aus einem anderen Lehrgang, Thommy, um eine Zigarette. Es war eine *Lucky Strike* – seltsam, wie viele Details mir plötzlich wieder einfallen, dabei ist das fast zwanzig Jahre her... Ich glaube, ich rauchte dann ungefähr eine halbe Packung an dem Abend. Spät in der Nacht knutschte ich dann noch mit einer Frau aus Thommys Lehrgang, während wir auf einem Billard-Tisch lagen..."

Joy lachte: „Aber eigentlich warst du verliebt in die Frau mit dem Haschisch, stimmt´s?"

„Ja, genau! Woher weißt du das?" Eric sah Joy überrascht an.

Aber sie lächelte nur.

„Ähm, wo war ich stehengeblieben?" fuhr er schließlich fort. „Ach ja... - Drei Tage später kam ich von der Arbeit nach Hause und hatte plötzlich unglaubliche Lust, eine Zigarette zu rauchen. Das erzählte ich meinem Mitbewohner, mit dem ich auch schon einmal einen Haschisch-Tee getrunken hatte. Ich erwähnte auch die halbe Packung *Luckies*, die ich einige Tage zuvor geraucht hatte. Daraufhin meinte er, wenn ich also jetzt offenbar wieder rauche, seien wir auf Tee nicht mehr angewiesen, so dass er uns jetzt mal einen Joint bauen werde, wenn ich einverstanden sei. Ich war einverstanden: Es war vier Uhr am Nachmittag, die Sommersonne schien in sein Zimmer, und wir beide waren *stoned*. Von da an begann für mich eine neue Zeit mit einem völlig neuen Lebensgefühl. Ich verabredete mich nun oft, na ja, genau genommen schon bald täglich mit Freunden, die schon seit längerer Zeit kifften, und die ich bis dahin nur ab und zu mal getroffen hatte. Jetzt sahen wir uns, wann immer es ging, und wir rauchten immer etwas. Es war eine kleine friedliche Clique, die im Kern aus sechs bis sieben Leuten bestand. Wir rauchten, wir hörten Musik, wir *machten* Musik. Dann rauchten wir wieder, gingen raus, gingen in den Park oder in den Wald, nahmen Trommeln mit, manchmal auch eine Gitarre. Alle hatten irgendwas mit Kunst zu tun, spielten Instrumente, malten, schrieben – oder auch alles parallel. Es fühlte sich für mich wie eine neue Familie an – nur eben, dass hier nicht Enge, sondern Freiheit im Vordergrund stand. Mein Musikgeschmack veränderte sich auch sehr in dieser Zeit. Davor konnte ich zum Beispiel Zappa nicht ausstehen; jetzt hatte ich das Gefühl, ihn, der gerade gestorben war, zu verstehen..."

„Ich finde seine Musik anstrengend. Frank hat sie auch oft gehört."

„Wie gesagt, früher ging es mir auch so, und inzwischen auch manchmal schon wieder. Aber damals war er ein Held für mich. Musik war zu dieser Zeit wichtiger denn je für mich, sie war für uns alle eine Art mentales Nahrungsmittel. Einige von uns gingen oft tanzen, auch an Wochentagen, und ich denke, ich war derjenige, der am meisten von allen nachts unterwegs war. Ich erinnere mich an eine Woche im Frühling, da war ich an allen sieben Abenden in unserem Stammclub. So kam ich auch zum Deejaying. Ein Freund, den ich irgendwann über einen Freund oder über dessen Freund bei einem Joint kennengelernt hatte, machte das auch. Er hatte zu Hause zwei Plattenspieler und ein Mischpult und zeigte mir, wie es geht. Wir rauchten bei ihm zuerst immer Wasserpfeife und setzten uns danach schön zugedröhnt an die Turntables. Später habe ich zwei Jahre lang in einem Club aufgelegt. Deshalb war ich gestern auch so beeindruckt von dem, was dein Bruder hier unten eingerichtet hat."

„Aber heute kiffst du nicht mehr?"

„Nein, schon seit über zehn Jahren nicht mehr. Ich habe das einige Jahre lang wirklich exzessiv gemacht..."

Er sah weit nach vorn ins Leere. Alte Bilder stiegen in ihm auf. „So halbwegs habe ich auch mitbekommen, wie ich mich dadurch verändert habe. Alles, was irgendwie mit Pflichten zu tun hatte, habe ich, wann immer es ging, zu vermeiden versucht. Post aufmachen: Och nö, jetzt nicht. Saubermachen: Auf keinen Fall, viel zu anstrengend! Alles wurde immer schwergängiger, da mein Gehirn sich morgens wie in Watte gepackt anfühlte und ich bis zum frühen Nachmittag brauchte, um es einigermaßen wieder hochzufahren, wie man heute vielleicht sagen würde. Und wenn es dann gerade wieder besser wurde, wenn die depressiven Gedanken sich halbwegs verzogen hatten, bekam ich auch schon wieder Lust auf den nächsten Joint. Und so ging das Ganze wieder von vorne los. Oft habe ich bis nachts um zwei oder halb drei geraucht, musste aber morgens um halb acht wieder aufstehen und zur Arbeit gehen. Ich hatte tiefe Ringe unter den Augen - als ich später mal ein Foto aus dieser Zeit gesehen habe, habe ich mich erschrocken. Nach einigen Jahren hatte ich dann eine Art Schlüsselerlebnis: Ich saß nachts vor dem Fernseher, sah Bilder, hörte Töne - aber ich verstand nicht mehr, worum es ging, und ich konnte es beim besten Willen auch nicht herausbekommen. Da meldete sich von ganz weit hinten ein Vernunftimpuls, der mir mitzuteilen versuchte, dass es so nicht weitergehen könne. Es hat dann zwar noch eine ganze Weile gedauert, bis ich den endgültigen Absprung geschafft habe, aber der Ausgangspunkt dafür lag in dieser Nacht."

„Und heute hast du aber ein Leben, das dir keine Augenringe mehr verursacht? Zumindest sehe ich keine – von hier aus wenigstens nicht...“

Sie hatte ihn dabei mit einem raschen Blick fast ein bisschen verschämt angesehen, wandte ihre Augen jedoch schnell wieder zur Seite.

„Ach, *heute* habe ich bestimmt welche!“ Eric lachte. Dann fuhr er fort: „Zumindest ist mein Leben heute komplett anders. Du weißt ja selbst, wie es ist mit Kind. Und du hast gleich drei...“

Sie seufzte. Er beeilte sich weiterzureden:

„Es geht anscheinend nur noch darum, zu funktionieren. Dies muss, das muss - und danach schon wieder das nächste. Ich will so nicht leben! Doch ich bekomme es nicht hin, etwas zu ändern. Bei meiner Frau ist es noch wesentlich krasser. Vielleicht, weil sie sowieso ganz anders ist als ich. Wenn ich denke, ich sei schon auf geradezu ungesunde Weise von meinem ursprünglichen Selbst entfernt und zu einer Art *Lebensmanagement-Zombie* mutiert, der nur noch den tagtäglichen Routineplan abarbeitet, dem nichts mehr Spaß macht, der seit langem schon überhaupt keine Leichtigkeit mehr verspürt, dann muss ich immer wieder aufs Neue feststellen, dass sie, was das angeht, doch nochmal in einer ganz anderen Liga spielt! Das, was ich schon als viel zu viel und als fast schon krank machend ansehe, ist für sie nur ein kleiner, ein unzureichender Bruchteil all dessen, was *eigentlich* alles erledigt werden müsste. Sie hat immer noch Anschaffungen und Unternehmungen auf dem Plan, die ich nicht mal *gedanklich* an mich heranlassen würde, weil meine Kräfte ja sowieso schon lange ausgereizt sind. Und sie kann sich nur schwer, nur sehr, sehr schwer den schönen Seiten des Lebens zuwenden, bevor all diese selbstgewählten – aber aus ihrer Sicht objektiv vorhandenen - Pflichten abgearbeitet sind. Da kannst du dir denken, dass zum Beispiel für etwas Zweisamkeit als Paar, zumindest so, wie ich als Mann sie mir vorstelle, überhaupt kein Platz mehr da ist … "

Eric hielt inne und blickte auf seine Füße, während er weiterging. Dann sagte er:

„Entschuldige bitte, das war wohl etwas zu intim, das wollte ich eigentlich gar nicht. Ich hoffe, es war dir nicht zu viel!"

„Nein, überhaupt nicht, wirklich – mach dir keine Gedanken! Wollen wir vielleicht eine kleine Pause machen?"

Er war einverstanden, und so hielten sie an.

Es hatte sich wieder bewölkt inzwischen. Der Wald sah nun anders aus als zu Beginn: Vermehrt standen Fichten und dann und wann auch Kiefern zwischen den Laubbäumen. Joy wischte mit ihrem Handschuh die dünne Schneeschicht von einem kleinen Holzstapel, der links des Weges lag, und stellte ihren Rucksack darauf ab. Wie sich zeigte, hatte sie eine Thermoskanne mit Tee dabei. Schweigend goss sie Eric und sich selbst daraus ein. Dann lehnte sie sich an das Holz und begann, indem sie ihren Mund auf anmutigste Weise zu einer kleinen Öffnung formte, aus der dampfenden Tasse, die sie mit beiden Händen umfasst hielt, zu trinken. Sie richtete ihren Blick dabei an Eric vorbei in die Ferne. Er betrachtete sie, wie sie so da stand. Plötzlich begann sie zu lachen. Eric folgte ihrem Blick und sah nun auch, was sie amüsierte - ihn allerdings ließ der unerwartete Anblick erstaunen: Vielleicht dreißig oder vierzig Meter entfernt waren zwei Waschbären aus dem Unterholz auf den Weg gelaufen und jagten nun einander verspielt durch den Schnee, sprangen einer nach dem anderen in den auf der rechten Wegesseite gelegenen Graben und wieder aus ihm heraus, kugelten sich zeitweise scheinbar ineinander verbissen über den Boden, so dass ihr Fell mit den typischen schwarz-weiß gestreiften Partien ganz gepudert aussah, und verschwanden dann so blitzartig, wie sie erschienen waren, wieder zwischen den Bäumen.

„Waschbären!" rief Eric ungläubig aus.

„Das sind mit Sicherheit Nachfahren von Rocky und Sadie", meinte Joy.

„*Wessen* Nachfahren?"

„Rocky und Sadie waren zwei Waschbären, die Onkel Matthis eine Weile lang auf seinem Hof hielt. Er hatte sie hier am Berg gefunden, als sie noch ganz klein waren. Offenbar waren sie von ihrer Mutter getrennt worden. Er nahm sie mit und zog sie auf. Wir haben oft mit den beiden gespielt, wenn wir ihn besucht haben. Später, als sie alt genug waren, ließen wir sie gemeinsam mit Onkel Matthis frei. Ich war traurig und hatte Angst um sie, aber Frank sagte, es sei das einzig Richtige."

„Hat dein Bruder ihnen die Namen gegeben?"

„Ja! -Woher weißt du das?" Sie sah ihn erstaunt an.

„Ach, nur so ein Gefühl." Erics Mund zuckte.

„Aha, ein *Gefühl*!"

Offenbar war ihr sein Gedankengang nicht klar. Wie sollte er auch, wenn sie die Platte nicht oder nicht ausreichend genau kannte.

„Ich wundere mich, dass es hier überhaupt Waschbären gibt – ich meine, dass Onkel Matthis hier Jungtiere gefunden hat", sagte er.

„Tja, wir waren eben nicht die einzigen Einwanderer aus Nordamerika!" versetzte Joy mit etwas gereiztem Unterton.

War sie sauer?

Irgendwie hatte sich ihr Gesichtsausdruck vollständig verändert. Er beschloss, ihr die beiden Songs einfach am Abend im Keller vorzuspielen – das wäre noch viel wirkungsvoller, als es ihr jetzt zu erklären.

„Wollen wir weitergehen?" fragte er sie deshalb.

„Ja, gut, gehen wir!"

Sie packten die Sachen ein und setzten ihren Weg fort. Schweigend gingen sie nebeneinander in mäßiger Steigung bergan - Eric links, Joy rechts. Außer ihren Schritten, dem Rascheln ihrer Kleidung und ihren Atemgeräuschen war nichts zu hören. Eine dichte Wolkendecke lag bleiern über dem schmalen Spalt, den die Bäume frei ließen.

Eric hatte seit der Begegnung mit den Waschbären eine bestimmte Melodie im Ohr, die er innerlich vor sich hin summte. Was in Joy vorging, war nicht zu erkennen.

Er musste an Corinna und Elias denken. Ihre Familienroutine war so eingespielt, dass er genau wusste, was sie zurzeit taten. Elias würde gleich seinen Mittagsschlaf beginnen; Corinna würde sich dann mit der Zeitung und einem Stück Kuchen aufs Sofa setzen und den Fernseher einschalten.

Er bückte sich, griff etwas Schnee, formte einen Ball und warf ihn soweit er konnte bergauf.

„Sportlich, sportlich!" stichelte Joy.

Eric sah sie mit absichtlich gequält aussehendem Lächeln an.

Sie lachte.

Das, was sie eben beschäftigt haben mochte, schien verflogen. Trotzdem schwieg sie noch eine Weile.

Als sie dann Atem holte, wusste Eric im Vorhinein, dass sie etwas Fundamentales sagen würde. Dass sie so weit dabei gehen würde, wie sie es tat, ahnte er allerdings nicht - und auch nicht, wie lange sie sprechen würde. Denn es war sehr viel, was sie ihm zu sagen hatte, und was offenbar nach langer Zurückhaltung aus ihr herausdrängte. Als sie schließlich fertig war, hatten sie beide, von Eric zuvor kaum bemerkt, den Gipfel erreicht, und er hätte ihr noch viel länger zuhören mögen, wenn nicht das Angekommensein eine so mächtige Wirkung auf ihn gehabt hätte.

Ihre Rede lautete wie folgt:

„Schon als kleines Mädchen war mir immer klar, dass ich später mal mehrere Kinder haben wollte. Ich spielte das auch ständig mit meinen Puppen: Immer waren es mindestens drei Geschwister, deren Mutter ich war, oft auch vier oder fünf. Wenn es so viele waren, waren Barbie und Ken die älteren, die schon abends ausgingen, während zwei oder drei andere die jüngeren Nachzügler darstellten. Ein Vater kam in dem Spiel nicht vor, oder wenn, dann nur indirekt; er war immer bei der Arbeit. Erst als Erwachsene ist mir klar geworden, dass ich damit die Situation nachgestellt habe, die ich bei uns zu Hause erlebte: Mein Vater arbeitete extrem viel, war deshalb kaum präsent, und meine Mutter kümmerte sich um Frank und mich. Klassische Rollenteilung also. Über meine Mutter habe ich auch Lud kennengelernt, da war mein Vater schon tot. Hannah, Luds Schwester, hatte durch ihre ehrenamtliche Tätigkeit Kontakt zu einer der Stiftungen bekommen, denen meine Mutter vorsaß. Sie stellte die Verbindung zu dem Krankenhaus her, in dem Lud arbeitete, und schließlich förderte Mum's Stiftung dort ein Projekt. So lernte sie Lud kennen. Die beiden waren sich sofort sympathisch: Lud war schon damals genau so ein Workaholic, wie mein Vater es gewesen war, und meine Mutter verkörperte mit all ihrem Geld für Lud wohl das, was er *Gestaltungspotenzial* zu nennen pflegt. Sie arbeiteten jedenfalls sehr eng zusammen, und es dauerte nicht lange, bis sie damit begann, ihn zu den Gesellschaften einzuladen, die sie regelmäßig veranstaltete, und bei denen es natürlich vor allem um eins ging: Kontakte zu knüpfen. Ich weiß nicht, ob Mum auch für mich und Lud von Anfang an eine solche Kontaktanbahnung im Sinne gehabt hatte - jedenfalls machte sie uns auf einem ihrer Empfänge miteinander bekannt. Ich fand ihn nett, mehr zunächst nicht. Er konnte gut reden und hatte interessante Dinge zu erzählen. Lud ist zwölf Jahre älter als ich; damals war er fünfundvierzig, und ich war wohl auch von seiner Lebenserfahrung beeindruckt. Er hatte bereits zwei Scheidungen hinter sich, aber er hatte noch keine Kinder. Möglicherweise sah ich darin die Chance, eine besondere Frau für ihn zu werden – die Mutter seiner Kinder. Nun, zumindest wurde ich Mutter. Unser Anfang war toll. Lud führte mich permanent aus: Theater, Oper, Museen, Vorträge, Konzerte, Restaurants – am Wochenende waren wir immer unterwegs, oft in Berlin, Hamburg, Düsseldorf oder München. Irgendwann hatte ich dann das Gefühl, dass es nicht nur um unser Kulturbedürfnis und darum ging, dass er mich beeindrucken und unterhalten wollte, sondern dass er mit dem ständigen Unterwegssein auch vor irgendetwas davonzulaufen schien. Und ich hatte zunehmend den Verdacht, dass er Angst davor hatte, mit mir allein zu sein – ohne Programm. Manchmal schlug ich nun vor, am Wochenende einfach mal faul zu sein: In Ruhe zu frühstücken mit ausgiebiger Zeitungslektüre, einen kleinen Spaziergang zu machen, und danach vielleicht einmal intensiv die gegenseitige Nähe zu genießen. Aber so etwas kam für ihn gar nicht in Frage. Er wich meinen Vorschlägen aus, indem er mir zur Antwort aus der Zeitung oder dem Internet die neuesten Kulturtermine und Restaurantkritiken vorlas. Ich empfand ihn wirklich als interessanten Mann; er war anders als die Männer, mit denen ich vorher zusammen gewesen war. Bei denen hatte ich vieles von dem vermisst, was Lud mir nun bieten konnte, aber, wie soll ich sagen, sie hatten mir dafür das Gefühl gegeben, eine Frau zu sein, eine begehrenswerte Frau. Und dieses Gefühl fehlte mir bei Lud. Wie gesagt, er gab sich sehr viel Mühe, und ich spürte auch, dass ich mich in ihn zu verlieben begann, eben weil er einfach ein so präsenter und tätiger Mann war. Zu dieser Zeit war ich das Zentrum seiner Tätigkeit, und das war selbstverständlich ein gutes Gefühl - welche Frau würde das nicht mögen? Aber all seinen Eroberungsaktivitäten fehlte völlig das körperliche Element: Keine Berührungen, keine verlangenden Blicke, keine knisternden Wortwechsel, gar nichts. Sein Werben war gewissermaßen *keusch*, und noch lange Zeit, nachdem wir geheiratet hatten, fragte ich mich, warum ich diese Ehe dennoch gewollt hatte. Ich glaube, ich habe damals die Erfüllung all dessen, was wir noch nicht hatten, in die Zeit nach unserer Heirat projiziert. Ich war nun mit Sicherheit kein unbeschriebenes Blatt mehr, aber ich verband mit Luds spezieller Art wohl die Vorstellung einer jungfräulichen Ehe. Wenn ich mal wieder enttäuscht war, dass er mich nach einer interessanten Theatervorstellung mit dem Wagen an meiner Wohnung absetzte und es auch dieses Mal wieder keinen leidenschaftlichen Kuss gab, geschweige denn, dass er mit zu mir hinauf gekommen wäre, dann stellte ich mir vor, wie es sein würde, wenn wir uns später einmal mit dem Ring am Finger lieben würden. Denn das stand von Anfang an seltsam klar fest, dass er mich heiraten würde. Und so kam es dann auch. Wir hatten das, was man wohl eine *prunkvolle Hochzeit* nennt: Meine Mutter hatte die gesamte Organisation unter ihrer Kontrolle, und natürlich ließ sie es an nichts fehlen: Die

Feier fand auf einem Schloss statt, und für das Menü waren ausschließlich Sterneköche verantwortlich, die zusammen mit einem bestimmt vierzigköpfigen Service-Team für das Wohl der rund fünfhundert Gäste sorgten, die meine Mutter aus nahezu allen Lebensbereichen eingeladen hatte - darunter zahlreiche Politiker und Künstler, auch zwei amerikanische Schauspieler, die du vielleicht auch schon in der einen oder anderen Hollywoodproduktion gesehen hast. Sie spielten einen kurzen Einakter, der wohl so eine Art *Szenen einer Ehe* im Zeitraffer darstellen sollte. Als Krönung trat am frühen Abend ein Symphonieorchester auf, das Werke von Mozart und Beethoven spielte. Ich hätte ja lieber Mahler und Strawinsky gehört, aber meine Mutter sagte, für diesen Anlass gehöre sich etwas Klassisches. Später wurde das Orchester dann von einer Bigband abgelöst, und wir tanzten bis in den frühen Morgen... Auch um unseren Wohnsitz hatte sich meine Mutter bereits gekümmert. Sie hatte einige Grundstücke gekauft, und plante nun zusammen mit Lud eifrig den Bau der Villa, in der wir heute leben. Bis zu ihrer Fertigstellung bezogen wir eine Altbauwohnung in der Innenstadt. Wir mussten uns um so gut wie nichts kümmern, da meine Mutter alles organisierte, bis hin zum Ein- und Auspacken der Kartons. Also hätten wir viel Zeit als junges Ehepaar miteinander verbringen können, hätten einen *honeymoon* genießen können – ach was, genießen *müssen*! Denn nun war ja der heilige Stand der Ehe erreicht, der, wie zumindest ich es mir zurechtgelegt hatte, dazu führen sollte, dass wir jetzt endlich auch einmal einige nicht ganz so heilige Dinge miteinander tun würden. Aber es kam nicht dazu! Im Gegenteil: Auch das aktive kulturelle Leben, das wir vor der Ehe gehabt hatten, wurde nun immer weniger. Wir gingen kaum noch aus. Stattdessen nahm für Lud seine Arbeit einen immer größeren Raum ein, und ich bekam den Eindruck, dass der Weg zur Eheschließung für ihn eine Art Projekt gewesen war, das er nun, da das Ziel erreicht war, beendet hatte. Ich wollte jedenfalls mit aller Macht meinen Muttertraum verwirklichen - aber wie sollte ich schwanger werden, wenn mein Mann auch nach der Hochzeit nicht mit mir schlief? Ich fing an ihn massiv zu bedrängen, zuerst mit allen Mitteln weiblicher Verführungskunst, die dann aber allmählich von Vorwürfen abgelöst wurden und schließlich in der Forderung *Therapie oder Scheidung* gipfelten. Er sagte, wir könnten gern eine Therapie machen, wenn ich das wolle, aber aus seiner Sicht sei das vertane Zeit. Ich schrie ihn an, ob ich ihm das denn nicht wert sei. So habe er das nicht gemeint. Es werde nur nichts bringen. Und dann erklärte er mir ganz sachlich und ruhig, er sei *asexuell*. Das sei nichts Pathologisches, sagte er. Nach aktuellem Forschungsstand sei vielmehr davon auszugehen, dass Asexuelle vollkommen gesund seien. So wie ja beispielsweise auch Homosexualität keine Krankheit sei, die behandelt werden müsse. Er fühle sich völlig im Reinen mit sich und verspüre keinerlei Leidensdruck. Er habe einfach noch niemals in seinem Leben sexuelles Verlangen gehabt. Erst wollte ich ihm das alles überhaupt nicht glauben. Einen asexuellen Mann – wie sollte es so etwas geben können? Nach meiner Erfahrung schien doch Sex für die meisten Männer ihr eigentlicher Daseinszweck zu sein. Doch Lud nannte mir ein paar Internetseiten, und allmählich realisierte ich, dass es sich wohl wirklich so verhalten konnte, wie er gesagt hatte. Aber dennoch: Du kannst dir nicht vorstellen, wie mich das verletzt hat, Eric! Warum sagte er mir das erst jetzt? Wie hatte er zulassen können, dass ich ihn heirate?! Drei Wochen lang war ich völlig fertig und wusste weder ein noch aus. Aber dann kam plötzlich der Umschwung: Jetzt wusste ich, was ich wollte. Ich wollte trotzdem die Kinder haben, die mir meiner Meinung nach in unserer Ehe zustanden. Also sagte ich ihm, dass wir es durch künstliche Befruchtung machen würden. Er solle dafür nur seinen Samen zur Verfügung stellen. Aber auch das wollte er nicht. Diese Totalverweigerung bestärkte mich aber nur noch mehr in meinem Vorhaben. Ich war in Kampfstimmung! Er hatte mich in diese Ehe gelockt, wohl wissend, wie es um ihn stand. Er muss gedacht haben, er käme damit schon irgendwie durch. Was weiß ich, was er gedacht hat! Und jetzt, wo er es mir gestanden hatte, bewegte er sich trotzdem keinen Millimeter. Wie gleichgültig musste ihm das alles, wie gleichgültig musste *ich* ihm sein! Ich teilte ihm deshalb von jetzt an nur noch meine Entscheidungen mit: Wir würden uns nicht scheiden lassen, wir würden formell ein Paar bleiben. Wir würden Kinder haben, ich würde sie durch eine Samenspende empfangen, und ich würde das in *America* tun. Natürlich kannte meine Mutter dort entsprechende Spezialisten. Und ich wollte drei Kinder auf einmal. Lud dachte, er könne mich kinderlos bei sich behalten, aber ich drehte den Spieß nun um: Er würde sich künftig als Vater von Drillingen wiederfinden! Ich würde mir meinen Kindheitstraum nicht nehmen lassen! Und genau so machte ich es dann auch. Zwei Wochen nach dem Gespräch flog ich rüber, und als ich nach sechs Wochen zurückkam, war ich schwanger. In dieser Entschlossenheit hatte ich mich bis dahin selbst noch nicht erlebt, aber ich spürte, wie gut sie mir tat. Warum ich ihn nicht verließ, konnte keine meiner Freundinnen verstehen; einzig meine Mutter unterstützte meine Entscheidung. Ich sah es einfach nicht ein, mich zu trennen, verstehst du, Eric, ich sah es nicht ein! Sollte er doch die Scheidung einreichen; ich würde es nicht tun - niemals!

Aber natürlich fand er sich ab damit. Denn um sich zu trennen, dazu hatte die Verbindung mit mir, oder besser gesagt, die Verbindung zu meiner Mutter, für ihn dann doch wohl zu viel *Gestaltungspotenzial*. Letztlich ist er einfach ein Materialist. Das unterscheidet ihn von meinem Vater, dem er ansonsten in vielen Punkten sehr ähnlich ist. Mein Vater war ein *Idealist*! Bis zuletzt hat er für die Selbstständigkeit seines Verlages gekämpft, als euer deutscher Medienkonzern dort schon längst die Kontrolle übernommen hatte. Auf verlorenem Posten gekämpft hat er; und als er einsehen musste, dass es keinen Sinn mehr hatte, ging er nach Deutschland und nahm uns mit, weil er das Gefühl hatte, dort mehr für seine ehemaligen Mitarbeiter herausholen zu können. Das hätte Lud niemals getan! - Kann man denn nur noch aus Verachtung mit jemandem zusammen sein...?"

Sie machte zum ersten Mal, seit sie begonnen hatte, eine Pause, holte tief Luft und schwieg einen Moment lang. Ihre Wangen waren gerötet.

Dann fuhr sie fort:

„Und sollte man sich jemandem, den man eigentlich kaum kennt, so sehr öffnen, dass man ihm die intimsten Abgründe seiner Ehe erzählt? Eigentlich nicht, oder?"

Sie lächelte zaghaft.

„Aber irgendwie drängte es mich dazu, das zu tun. Erst seit Kurzem kenne ich dich, Eric, und doch kommst du mir wie von weither vertraut vor. Ich habe dir Einiges von meinem Bruder erzählt. Was ich dir noch nicht gesagt habe, ist, dass du Frank unglaublich ähnlich bist. Nicht so sehr vom Äußeren her. Aber die Art wie du sprichst, und worüber du sprichst, welche Sicht auf die Welt aus deinen Worten klingt... - wenn ich dir zuhöre, dann erinnert mich das an Frank. Wie ich ihn vermisse, Eric! Vorhin, als die beiden Waschbären auftauchten: Woher, wusstest du, dass *er* ihnen die Namen gegeben hat? Du wusstest es einfach. Und es hat mich nicht einmal überrascht. Im Gegenteil: Alles was du tust, erscheint mir selbstverständlich. Von Anfang an schon habe ich das gespürt, auch wenn ich dir das wohl nicht gezeigt habe; bestimmt habe ich sehr abweisend auf dich gewirkt. – Weißt du, wie oft ich auf diesem Berg war? Mit Frank, mit Mum und auch mit Dad war ich hier. Seit meiner Kindheit kenne ich ihn und all seine Wege und Eigenheiten. Da vorn ist der Gipfel, gleich werden wir ankommen. Ich habe dich nicht zufällig gefragt, ob du mit mir hier heraufkommen möchtest. Ich habe dich gefragt, weil ich dir, wie ich insgeheim wusste, sagen wollte, wie froh es mich macht, wenn du in meiner Nähe bist, und dass ich glücklich bin, dass wir jetzt zusammen hier oben sind, Eric!"

Mit diesen Worten nahm sie seine Hand und führte ihn durch die wie hingeworfen wirkenden schneebedeckten Obelisken, die in locker verstreuter Kreisform beieinander lagen. Sie schienen sich zu einer rohen und wilden Gipfelgemeinde zusammengefunden zu haben. In ihrer Mitte ragte - als ihr Oberhaupt - dunkel und kantig, fast ebenmäßig geformt und mit einer nur dünnen Schneeschicht bedeckt, ein einzelner Stein empor, der eine Inschrift hatte.

In dem Augenblick, als Eric die Worte las, sprach Joy sie laut aus:

„Komm gern zu mir,
doch schone mich.
Denn alles hier
geschah für dich."

Sie blieben eine Weile noch so, wie sie gekommen waren, Hand in Hand, vor dem Wegzeichen stehen.

Dann löste Eric die Berührung. Das dicke Wolkengemenge über ihren Köpfen wirkte wie schwanger. Eric hatte den Eindruck, den Schnee riechen zu können, der bald auf sie und die ganze Landschaft herabfallen würde. Die Stille lastete auf allem. Die gesamte Situation schien anzuschwellen.

Erics Lachen, das zunächst leise und eher innerlich begann, kurz fast schon wieder versiegen wollte, dann aber mit einem langen Anlauf, wie ein bergab rollender Stein, immer freier werdend aus ihm herausbrach, hätte in diesem Moment an diesem Ort fremder und befremdender nicht wirken können.

Joy war dementsprechend irritiert; doch schon begann es sie anzustecken.

„Was hast du denn plötzlich?" fragte sie noch mit einem Rest ehrlichen Unverständnisses in ihrer Stimme, konnte den Satz aber schon nicht mehr vollkommen ernst zu Ende bringen.

Eric deutete auf den Spruch auf dem Stein:

„Wie bescheuert!" konnte er nur mit Mühe sagen, die Tränen liefen an seinen kalten Wangen herab. „Wie missraten, wie absolut schlecht!"

Er trocknete sich mit einem Taschentuch das Gesicht.

„Warum schlecht?" fragte Joy. Sie schien aber nicht verletzt zu sein.

„Na ja…", begann Eric und musste noch ein wenig warten, bis er ausreichend Atem hatte.

„Man weiß natürlich, was der Spruch bedeuten soll." Er fuhr sich mit dem Taschentuch noch einmal über die Augen und putzte sich dann die Nase.

„Insofern hat er eines seiner Ziele erreicht. Aber die Formulierung liegt dennoch auf eine fast schon niedliche Weise so dermaßen neben dem, was eigentlich ausgedrückt werden soll, dass es einfach nur noch komisch ist. Oder es wurde absichtlich und nach sehr viel Denkarbeit so paradox formuliert, um Menschen wie mich zu Überlegungen wie diesen zu bringen. Kleine Denkübung auf dem Gipfel..." Wieder begann er zu lachen.

„Aber warum denn nur? Ich weiß gar nicht, was du meinst. Vielleicht liegt es daran, dass es nicht meine Muttersprache ist." Sie sah auf ausgesprochen süße Weise betrübt aus dabei.

„Also ich sehe das so", sagte Eric, nun wieder völlig ernst. „Der erste Satz ist klar und in Ordnung. Man ist erwünscht, soll aber aufpassen, dass man keinen Schaden anrichtet, dass man den anderen nicht verletzt. So sollte man natürlich im Idealfall immer handeln. Aber dann: Worauf es doch eigentlich hinauslaufen soll im zweiten Satz, ist, dass die Schonung deswegen erbeten wird, damit alles so erhalten bleibt, wie es ist, damit möglichst alle, *alle*, Joy, noch lange etwas von diesem in der Tat imposanten Gipfelobelisken-Gebilde hier oben haben. Aber warum dann *geschah für dich*? Natürlich ist der Einzelne Teil von allen und allem, und auf poetische Art könnte er hier stellvertretend für alle angesprochen werden. Aber man merkt eben, dass es hier nicht so ist. Der Spruchdichter sagt allein deshalb *dich*, weil *alle* sich nun einmal nicht reimen würde auf das *mich* des ersten Satzes. Und offenbar glaubt er, unser lokaler Sprüchemacher, dass er damit durchkommen kann, dass es dem Wanderer, der ja aus ganz anderen Gründen hier heraufgekommen ist, darauf nicht ankommen wird. Aber es kommt darauf an! Es kommt immer darauf an, dass die Worte vorsichtig und richtig gesetzt werden! Und welchen unlogischen Dreh das Ganze allein durch dieses *dich* bekommt: Denn wenn alles hier oben wirklich ausschließlich nur für den einen Betrachter geschah, oder anders gesagt, wenn diese fast schon mütterlich devote Haltung derjenigen, die dies hier schufen, wirklich ernst gemeint sein soll, bedeutet das dann nicht letztlich auch, dass, wenn alles nur für mich ist, ich dann damit auch machen kann, was ich will? Ich denke schon, dass man in letzter Konsequenz so weit gehen muss. Und das ist eben genau das Gegenteil von dem, was eigentlich gesagt werden soll, nämlich, dass ich eben hier nicht machen darf oder machen soll, was ich will…"

„Was würdest du denn hier jetzt gern machen, Eric?"

Er verstummte.

Es begann zu pochen in ihm.

Er schwieg.

Er schwieg ausgesprochen lange.

Letztlich zu lange.

Denn als er schließlich nach innerem Ringen doch noch anheben wollte, eine, wie er schon zu ahnen begann, gekonnt ambivalente Antwort zu geben, war der Moment auch schon wieder vorüber.

„Lass uns den Abstieg beginnen, es wird noch viel Schnee geben heute", sagte Joy nur noch und wischte ihm dabei die ersten dicken Flocken von den Schultern.

Ein Stück unterhalb des Gipfels kamen sie an einem Steinkreis vorbei, der sich zu ihrer Rechten in der Mitte einer platzartigen Lichtung befand. Im Gegensatz zu den Obelisken, die sie eben gesehen hatten, waren diese Steine hier sehr regelmäßig zu einer Spirale angeordnet. Eric betrachtete sie. Szenen des gestrigen Abends durchzogen seine Gedanken: Alexa am Altarpult, wie sie in bläulichem Rauch sich wiegend den Tanzenden die Rhythmen vorgegeben hatte; auch die eigenartige Begegnung mit ihr heute Morgen, als er von der Toilette kam.

Der Schneefall wurde dichter und legte sich wie ein Schleier um und zwischen sie.

Vermutlich lag es auch daran, dass sie sich beide während des gesamten Abstieges, der ihre Schritte nun gleichmäßig und bestimmt wieder zum Fuße des Berges zurückführte, sehr in ihre Innenwelten zurückzogen, und dass sie, indem sie sich durch ihre Körperhaltung gegenseitig signalisierten, ihre gesamte Konzentration für das sichere Durchschreiten der widrigen Witterung zu benötigen, die ganze Zeit über kaum ein Wort sprachen.

Als Eric mit dem festen Vorsatz, heute den ganzen Abend lang mit Joy zu tanzen, sein Zimmer verließ und die Treppe ins Erdgeschoss hinabging, war es schon nach halb neun. Er hatte eine ganze Weile geschlafen, hatte sich dann lange in seinem kleinen Bad aufgehalten und fühlte sich nun frisch, hungrig und tatendurstig. Er hatte Joy vorhin, nachdem sie auf dem letzten Stück ihrer Wanderung schweigend Gerlindes Sandwiches verzehrt hatten, noch in einigen vielleicht nicht ganz geschickten, aber zumindest ehrlich gestammelten Sätzen zu erklären versucht, dass ihm das alles etwas viel auf einmal gewesen sei: Die ganzen neuen Eindrücke, die durchaus anstrengende Wanderung, der intensive Austausch mit ihr... Gerade weil ihn das alles aber so sehr berührt und auch mitgenommen habe, habe er nicht sofort die Reaktion zeigen können, die er vielleicht hätte zeigen sollen; er wolle dies aber nachholen und freue sich schon darauf, am Abend ausgiebig mit ihr zu tanzen, wenn sich denn die Gelegenheit dazu ergeben sollte und sie Lust habe. Er hatte ihre eher knapp ausgefallene Antwort als Zustimmung gedeutet, und war dann, nachdem er sich bereits auf dem Parkplatz vor dem Haus flüchtig lächelnd von ihr verabschiedet hatte, rasch auf sein Zimmer gegangen – froh, für die nächste Zeit allein sein zu können.

Als er den Essbereich erreichte, war Gerlinde Dittermann schon fast fertig mit den Aufräumarbeiten. Sie sagte, sie habe ihm von dem Rindergulasch etwas warm gehalten. Er folgte ihr in die Küche und verspeiste es gleich dort im Stehen, während die Köchin noch Einiges abwusch und einräumte. Dann goss er sich ein Glas von dem offenen Barolo ein, ließ sich gern noch einen sehr dunklen Schokoladenpudding mit Sahnehaube mitgeben, der heute zum Nachtisch serviert worden war, und begab sich anschließend mit Wein und Dessert hinüber in das hallenartige Wohnzimmer, das dunkel und leer hinter dem Essbereich lag. Er setzte sich ans Ende eines der beiden cremefarbenen Sofas, so dass er auf die Terrasse hinausblicken konnte, die von einem vollen Mond beschienen wurde. Der Nachtisch und der braunrote Wein harmonierten bestens. Gedankenverloren ließ er den Barolo lange auf seiner Zunge liegen, bevor er ihn leicht durch die Zähne zog und in mehreren kleinen Einzeldosen schluckte. Annähernd eine halbe Stunde lang saß er so da. Er freute sich auf den weiteren Abend, und er hatte auch einen kleinen Plan. Zunächst würde er hier erst einmal vollends zur Ruhe kommen, bis er sich schließlich erheben und ins Nachtleben hinabsteigen würde. Dort würde er dann einen bestimmten Musikwunsch äußern. Schon jetzt hörte er die Bässe aus dem Keller heraufdringen. Sicher war die Party schon wieder in vollem Gange...

She is not here, dachte er, als er unten ankam. Unwillkürlich war er in ihre Muttersprache verfallen. Genau genommen war, abgesehen von Alexa und ihm, überhaupt niemand hier. Alexa hatte sich einen der schwarzledernen Clubsessel auf die Tanzfläche geschoben, saß mit weit zurückgelehntem Kopf genau im Schnittpunkt der Schallwellen, rauchte und hörte Pink Floyd.

Während Eric sich noch Gedanken darüber machte, wie er sich am besten bemerkbar machen sollte, drehte Alexa sich zu ihm um und lächelte ihn an, die Zigarette hing dabei zwischen ihren Lippen. Sie hielt ein Glas in der Hand, in dem sich Whisky befinden mochte. Eric ging zu ihr und stieß mit seinem Barolo, den er oben noch einmal nachgefüllt hatte, wortlos mit ihr an. Eine Weile lang stand er so neben ihr, und sie vertieften sich gemeinsam in die Musik. Shine on, dachte er. Als die Platte zu Ende war, ging Eric zu den Regalen hinüber. Er fand das *Weiße Album* sofort und legte dessen zweite Seite auf. Er setzte den Tonarm am Beginn des fünften Stückes auf. Während der Song lief, brachte er auf dem anderen Plattenteller das ebenfalls fünfte Stück auf Seite Drei des Doppelalbums in Position, so dass er diesen Song direkt im Anschluss abspielen konnte. Als beide gelaufen waren, ließ er eine absichtlich große Pause entstehen, in der er zu Alexa hinüber sah, die in ihrem Sessel saß und ruhig weiter rauchte. Schließlich ging er erneut nach hinten, zog das *Band of Gypsys*-Album heraus, legte *Machine Gun* auf, fuhr den Lautstärkeregler ganz nach oben und verließ den Raum. Peace, Frank! dachte er.

Oben lag der dunkle Flur mit den neun Türen vor ihm. An seiner eigenen Zimmertür ging er vorüber. Er hatte ein anderes Ziel, am Ende des Flurs. Aus einem der beiden Bäder auf der Rechten drang das Gekicher einer Frauenstimme zu ihm sowie das Geräusch plätschernden Wassers. Sollte sie etwa mit Adam...? An diese Tür konnte er auf keinen Fall klopfen! Er spürte sein Blut pulsieren, als er schließlich vor ihrer Zimmertür stand. Es war nicht zu erkennen, ob im Zimmer Licht brannte. Bestimmt eine Minute lang verharrte er dort, erfüllt von Adrenalin. Dann klopfte er.

Zunächst tat sich nichts. Also war es doch ihre Stimme gewesen, die er aus dem Bad gehört hatte, und nicht diejenige Nadines, wie er gehofft hatte!

Schon wollte er sich abwenden.

Dann schließlich doch noch das Drehen des Schlüssels im Schloss.

Pochen in der Endstufe.

Die Erscheinung, die nach dem Aufschwingen der Tür in sanftem Licht vor ihm erstrahlte, nahm ihm den Atem:

Joy hatte ein weißes Handtuch, das ein Muster aus blutroten strahlenbewehrten Sonnen und dunkelbraunen, afrikanisch anmutenden Tiergestalten erkennen ließ, turbanartig um ihren Kopf gewunden. Um ihren Hals lag die Kette mit dem silbernen Anhänger, der, wie Eric wusste, Franks Bild barg.

Sie trug einen hauchdünnen seidenen Morgenmantel in himmlischem Blau, der kaum noch zusammengehalten wurde von dem sehr tief sitzenden und nur locker geschlungenen Gürtel, so dass Eric ein unerlaubt tiefer Blick auf ihre milchigzarten Brüste gewährt wurde. Ihre Brustwarzen zeichneten sich so überaus deutlich unter dem luftig-leichten Stoff ab, dass der ohnehin schon mehr als aufgewühlte Eric seine Fassung nun vollends verlor.

Sie öffnete ihren Mund, und wie von weit her drangen ihre wunderbar von warmer Stimme gesungenen Worte an sein Ohr:

„Was möchtest du, Eric?"

Er starrte sie mit aufgerissenen Augen an.

„Eeeee-riiic…“, wiederholte sie, und dieses Mal hatte er das Gefühl, ihre Stimme züngele wie eine Schlange an seinem Hals.

„Oh nein!“ rief er plötzlich aus.

Mit aller Kraft wandte er sich von ihr ab und stürzte davon.

Er wollte hinaus, hinaus ins Freie, auf die Terrasse.

Als er diese erreichte, stand dort Alexa und blickte ihn vielsagend mit zuckenden Lippen an. Der volle Januarmond verwandelte ihre Augen in arktische Meere.

„Na, da hat wohl jemandem der Mut gefehlt, was?! Wie hättest du auch ein solch´ großes Übel tun können? Es ist die altbekannte Geschichte: Mut, Mut… - Mut-em-enet!“

Er hatte keine Ahnung, wovon sie sprach.

*

Am nächsten Morgen ging er nicht zum Frühstück.

Lange blieb er im Bett liegen, starrte nur an die Decke. Einmal klopfte es, doch er reagierte nicht.

Schritte entfernten sich.

Scheiß auf euer Konzept, dachte er. Joy und er hatten auch überhaupt nicht darüber gesprochen, wie ihm jetzt wieder bewusst wurde. Wozu auch, sagte er sich. Dreckskindergarten.

Schließlich packte er seine Sachen, stieg die breite Treppe hinab und verließ das Haus.

Der Parkplatz war tief verschneit. Er ging zu Nadines Bully, befreite dessen Dach über der Beifahrertür vom Schnee und stellte seine Tasche darauf ab.

Danach stieg er den Hügel hinauf, an dem sie gestern gerodelt waren. Oben lehnte er sich an einen Baumstamm und wartete.

Nach einer Weile sah er Onkel Matthis durch den tiefen Schnee stapfen. Nachdem er sich die Stiefel an den Eingangsstufen abgeklopft hatte, verschwand er im Haus.

Es dauerte einige Zeit, bis er als letzter von allen wieder herauskam und die Eingangstür abschloss.

Gerlinde Dittermann fuhr nach herzlichen Umarmungen mit den anderen Frauen als erste in ihrem Van davon. Nadine stieg bei Adam T. Myers ein; und dann waren auch diese beiden verschwunden.

Joy hatte wieder hinten im Bully Platz genommen.

Alexa stand neben der offenen Fahrertür, rauchte und unterhielt sich mit Onkel Matthis. Sie hatte nur einen schwarzen Rollkragenpullover an, und wenn sie gerade keinen Rauch ausblies, konnte man ihre Atemwolken sehen.

Eric stieg hinab.

Onkel Matthis lüftete kurz seinen Hut, als er an ihm vorbeiging, und Eric nickte ihm knapp zu. Dann stieg er auf der Beifahrerseite ein.

Alexa startete den Wagen. Sie fuhr langsam einen großen Bogen durch den Schnee und winkte Onkel Matthis zu, der etwas sagte, das aber nicht zu verstehen war. Vermutlich war es ein Reim.

Eric warf einen letzten Blick auf den Weg, der hinter dem Haus begann, und der sie von dort durch den Wald, an Waschbären und anderen eigenartigen Erscheinungen vorbei, auf den Gipfel geführt hatte. Auf einen von zwei Gipfeln, genauer gesagt.

Und so verließen sie nun allesamt die Velmerstot wieder, diesen seltsamen doppelten Berg, dessen Name, Gestalt und Lage zu so verwechselndem, verwirrendem und irrendem Gedankenspiel verleiten können, und der wohl auch noch einmal, vom aufgewirbelten Schneestaub der vorwärts drängenden Räder mehr und mehr verschleiert, als ruckartig verwackeltes Bild im Rückspiegel zu sehen gewesen wäre, wenn Eric nicht seine Augen die ganze Zeit über starr und fest durch die teils noch beschlagene Windschutzscheibe auf die vor ihnen liegende Landstraße gerichtet hätte.

6.

Der Wecker klingelte.

Eric tastete im Halbdunkeln danach, um ihn auszustellen. Er freute sich, wach zu sein, aber dennoch mochte er noch nicht aufstehen.

Neben ihm schnarchte Elias leise vor sich hin. Bald würde er ihn wecken müssen, damit sie wenigstens noch halbwegs pünktlich in der Kita wären.

Er betrachtete seinen schlafenden Sohn. Seit einigen Monaten schon kam er jede Nacht zu ihm ins Bett. So wie er jetzt da lag, hätte seine Niedlichkeit größer kaum sein können: Sein blondes Haar schmiegte sich zerzaust an sein Gesicht, der Mund war zum Atmen leicht geöffnet, die langen Wimpern (die er von Corinna hatte) lagen sanft und feingliedrig auf seiner milchig-glatten Haut, und aus den Ärmeln des so ungemein kuschelig wirkenden Schlafanzuges staken die kleinen Hände hervor, die als locker offene Fäuste wie zwei Mini-Satelliten zu beiden Seiten seines Kopfes auf dem Kopfkissen lagen, dessen Bezug mit den fröhlich gestalteten Gesichtern einer Tigerfamilie bedruckt war. Träum' noch ein wenig, kleiner Tiger, dachte Eric, und er streichelte seinem Sohn vorsichtig über das Haar.

Es war der letzte Februartag, und Eric hatte frei. Er war froh, dass der Februar nun zu Ende ging. Er hatte diesen Monat noch nie gemocht. Schon immer hatte er ihn als nichtssagend, als langweilig, als überflüssig empfunden. Alle anderen Monate hatten für Eric markante Besonderheiten:

Der Januar war der Monat des Jahresanfangs, des Neubeginns; er brachte eine neue Zahl, an die man sich erst gewöhnen musste, und auch sonst ein Gefühl von Unverbrauchtheit und neuen Akzenten.

Der März war, besonders von seiner Mitte an, voller Frühlingsahnung: Erste Milde und neue Hoffnung lagen in der Luft, die plötzlich helleren Abende ließen Eric in jedem Jahr innerlich jubeln, denn sie zeigten, dass der Winter den Kampf wieder einmal verloren hatte.

April: Zwar oft auch mit einer Neigung zu Wechselhaftigkeit und scheinbarem Rückschritt, aber dennoch auch voller Österlichkeit und erstem Erblühen; wenn es gut lief, konnte er am Ende sogar einen Vorsommer bereithalten.

Dann der Wonnige, der Üppige, der Buschig-Hellgrüne, der Monat der vollsten Entfaltung. Der Mai konnte nie schlecht sein, wie kühl er auch mitunter sein mochte.

Ebenso Juni und Juli, die Brüder: Unangreifbar beide – die Könige der Jahresmitte.

August schon mit Hang zum Verfall, aber doch auch äußerst mächtig in seiner oft schwer lastenden Hitze.

September: Oft still, mit nur langsam versiegender Sonnenkraft. Ein Schlusspunkt und Übergang, der stilvoll daher kam.

Dann Wind und Laubfall und erste Kälte, und doch auch goldene Schönheit mit drachenerfüllt zerfetztem Himmelsblau: Der weite und starke Oktober.

November, der dunkle, oft feuchte, oder auch schweigendgrau wie verstorben wirkende Monat. Doch positiv für Eric auch er.

Denn er war notwendiges Vorspiel, Vorbote, Vorreiter des Letzten:

Des festlichen, lichterglänzenden, herzerwärmenden, trotz aller Überladung doch noch immer hohen und heiligen Dezember.

Was hatte der Februar aufzubieten gegen all dies? Gar nichts! Nur Ödnis, Überlebtheit und Widerwillen brachte er.

Abgesehen davon, dass dieser nun endlich fast überwundene *Unmonat* an sich nun einmal so war, wie er war, hatte das, was die letzten Wochen an Lebensgehalt mit sich gebracht hatten, dieses Mal besonders gut zu ihrer Lage im Jahreslauf gepasst, wie Eric fand.

Nach der Rückkehr von diesem seltsamen Wochenendausflug, hatte ihn die wiederkehrende Wochenroutine sofort aufgesaugt, und sie war ihm eintöniger erschienen als je zuvor.

Montag: Elias zur Kita bringen, arbeiten, mit Elias zum Sport, Abendessen, Elias bettfertig machen und warten, bis er eingeschlafen ist. Selbst schlafen.

Dienstag: Arbeiten, Elias von der Oma abholen, Rest wie Montag.

Mittwoch: Arbeiten, Elias von der Kita abholen, mit Elias spielen, anschließend Abendroutine, schlafen.

Donnerstag: Elias zur Kita bringen, arbeiten, Rest wie am Vortag.

Dann: Arbeiten, Elias von der Kita abholen, mit ihm spielen – ah, schon Freitagabend! Vielleicht Wein? Mal ja, mal nein.

Schließlich das Wochenende (das alle Arbeitskollegen der Welt herbeizusehnen pflegten – nur er nicht!): Morgens Elias fertig machen und mit ihm frühstücken. Ab zehn Uhr nach Kindsübernahme durch Corinna saubermachen im Haus. Später Mittagsschlaf Elias, Kuchen/Prospekte/TV Corinna, sexuelle Frustration Eric. Anschließend Elias mühsam wecken, mühsam zum Anziehen bewegen, mühsam zum Obst oder Joghurt essen bewegen, mühsam zum Rausgehen bewegen. Dann endlich draußen: Gute Zeit meistens - Sauerstoff und Bewegung, die zuverlässigen Stimmungsaufheller. Währenddessen kocht Corinna. Achtzehnuhrdreißig Abendessen, danach Bettbringtätigkeiten wie werktags. Und am Sonntag noch mal dasselbe von vorn, sexuelle Frustrationsgarantie inklusive.

Natürlich war der fehlende Sex nur Teil oder Folge eines komplexeren Problems, das er mit Corinna hatte, wie Eric sich neben seinem schlafenden Sohn liegend zum wiederholten Male klar machte. Aber dadurch, dass dieses ihm so wichtige Bedürfnis so widernatürlich lange unbefriedigt blieb, bekam es für ihn eben auch einen widernatürlich hohen Stellenwert. Er war zutiefst gekränkt durch Corinnas körperliches Desinteresse, und er wurde auch allmählich wirklich krank dadurch. Eines der deutlichsten Zeichen dafür, dass bei ihm etwas ganz und gar nicht mehr stimmte, war eine Angewohnheit, die er in der letzten Zeit angenommen hatte, und die ihn im Grunde beschämte: Er fotografierte Frauenärsche. Er streifte durch die Innenstadt, durch Kaufhäuser, Einkaufspassagen, immer auf der Jagd nach einem gut geformten Hinterteil. Hatte er eins ausgemacht, verfolgte er die Frau diskret eine Weile lang, zog dann sein Telefon, das über eine gute Kamera verfügte, und täuschte vor, eine Nachricht zu lesen. In Wirklichkeit aber aktivierte er die Kamerafunktion und hielt den Auslöser gedrückt. Dann ließ er das Telefon nach scheinbarer Beendigung des Lesens sinken, näherte sich seinem Zielobjekt, bis er davon ausgehen konnte, den Arsch im Fokus zu haben, und ließ dann den Auslöser los. Zunächst experimentierte er mit dieser Methode im Gehen, was aber meistens zu sehr verschwommenen und dadurch unbrauchbaren Bildern führte. Dann hatte er die Idee mit der Rolltreppe. Sie war etwas aufwändiger, da die auserwählte Frau im Verlaufe der Verfolgung eine Rolltreppe benutzen musste – am besten eine, die nach oben führte – und er selbst genau in dem Augenblick, in dem sie die erste Stufe betrat, direkt hinter ihr sein musste. Außerdem war diese Vorgehensweise gefährlicher, da seine Aktivitäten eher auffallen konnten. Dennoch brachte sie, wenn sie klappte, wesentlich bessere Ergebnisse - und so mancher Arsch, dessen Trägerin lediglich von Einkaufslust erfüllt vor Erics Augen durchs Kaufhaus gefahren war, wurde einige Tage später als stark vergrößerter Fotoausdruck ausgiebig mit dem flüssigen Ergebnis der Lustvorstellungen unseres unglücklichen Fotografen überzogen.

Manchmal, wenn die Sehnsucht nach weiblicher Berührung übergroß geworden war, kaufte er sich teure Wellnessmassagen. Wobei die Ausführende, wie auch Eric vorher wusste, niemals über die Grenze, hinter der die Erotik beginnen würde, hinausgehen würde. Er buchte für gewöhnlich neunzig Minuten, von denen er sich jedes Mal wünschte, sie würden nie zu Ende gehen. Und er ging nur in solche Institute, von denen er wusste, dass man dort unter dem weißen Frotteehandtuch, das nur die allerintimsten Bereiche verbarg, komplett nackt sein konnte. Er wollte, dass die Masseurin, bevor sie ihn zudeckte, seinen nackten Hintern anblicken musste, und dass sie hinterher, falls sie nicht achtlos darüber hinwegging, an Hand der kleinen feuchten Stellen in der Mitte der Auflage, die von seiner Vorfreude zeugten auf etwas, das dann selbstverständlich nicht eingetreten war, Notiz davon nehmen konnte, dass zumindest ihr Kunde die besagte Grenze überschritten hatte - wovon Eric annahm, dass es der Dienstleisterin in ihrem tiefsten weiblichen Innern eine Art Bestätigung, ein dezentes *na bitte!* entlocken würde.

Es muss nicht gesagt werden, und auch Eric hatte es jeweils schon vorher gewusst, dass seine Begierde im Anschluss an ein solches Aufheizen im Wellnesstempel immer noch quälender war als zuvor.

Für wesentlich weniger Geld hätte er sich Sex kaufen können. Warum tat er es nicht? Und warum hatte er Joy und – mit allerdings alkoholbedingt in Anschlag zu bringenden Abstrichen – auch Nadine, die beide zum Greifen nahe gewesen waren, stehen beziehungsweise gehen lassen? Auf diese Fragen hatte er in den letzten Wochen keine Antwort gefunden, außer derjenigen, dass sein innerer Monogamiebefehl offenbar derart wirkmächtig war, dass selbst der verdurstende und verhungernde Soldat ihn nicht zu verweigern im Stande war. *Treue bis in den Tod*; eine solche Einstellung hatte noch nie zu guten Ergebnissen geführt...

Gedanken wie diese, die er an diesem nichtssagend grauen letzten Februarmorgen im Bett liegend an sich vorüberziehen ließ, während Elias, wie er hoffte, noch von Schönerem träumte, hatten Erics Grundgefühl in den letzten Wochen bestimmt. Joy hatte ihm tatsächlich ein Fluchtangebot gemacht; aber er hatte es nicht annehmen können.

Mit Corinna hatte er vor kurzem auch noch ein Erlebnis gehabt, das besonders ernüchternd gewesen war - oder auch bestätigend, je nachdem, wie man es sehen will:

Vor knapp drei Wochen war Eric durch die schlecht gemachten Werbeplakate, die plötzlich die Innenstadt überschwemmten, und auf denen es von roten Herzen nur so wimmelte, darauf aufmerksam geworden, dass in einigen Tagen Valentinstag sein würde. Noch nie hatte er an diesem Tag

Corinna ein Geschenk gemacht – natürlich nicht, denn solche Anlässe verschmähten sie grundsätzlich beide. Aber als er so durch die Stadt streifte, wo all das Liebesrot den öden Februartag aufreizend kontrastierte, kam ihm der Gedanke, durch eine ironische Brechung, durch eine extreme Übertreibung dieses von der Wirtschaft diktierten Romantikdatums könnte er Corinna vielleicht zumindest zum Lachen bringen, und dann könne man ja weitersehen, wie sich der Abend noch so entwickeln würde. Zwar wusste er schon gleich, dass der Plan, der jetzt mehr und mehr in ihm Gestalt anzunehmen begann, nicht im eigentlichen Sinne und völlig direkt Corinnas Humor treffen würde, aber er setzte darauf, dass das unerwartet Plakative und Extreme, das er in Szene zu setzen vorhatte, sie schon irgendwie erreichen und bestenfalls dann auch noch *erweichen* würde.

So hatte er nun nach seinen zuvor ziellosen Streifzügen plötzlich viel vor in der City, denn er musste mehrere spezialisierte und abgelegene Shops aufsuchen, um all die besonderen Dinge zu besorgen, die er für sein Vorhaben benötigte. Schließlich ging er mit vollen Einkaufstüten und einem aufgeregt-erhitzten Gefühl nach Hause. Die Befriedigung über die umgehende und beherzte Ausführung seines gerade erst gefassten Planes drängte seine unterschwellig vorhandenen Zweifel sehr weit in den Hintergrund, so dass sie ihn in der Folge kaum noch beeinflussten.

Als Corinna, die morgens zu ihrer Überraschung von Eric die Information bekommen hatte, Elias werde heute bei Nelly übernachten, am Abend des vierzehnten Februar die Haustür aufschloss, bot sich ihr das folgende Bild:

Der kleine Vorflur war übersät mit rot glitzerndem herzförmigem Konfetti. An der Zwischentür hatte Eric kleine, ebenfalls herzförmige Luftballons zu einem ausladend großen Gesamtherz angeordnet. In dessen Mitte hatte er einen größeren rosafarbenen Luftballon befestigt, der einen Penis mit Hodensack darstellte. Hinter der Tür erwartete die Eintretende eine Spur aus abwechselnd herz- und penis-mit-sack-förmigen Bierdeckeln, die die Treppe hinaufführte. Um die Richtungsanzeige noch zu unterstreichen, wiesen zwischen den unterschiedlichen Bierdeckeln drapierte glitzernde Pfeile ihr zusätzlich den Weg.

Eric, der oben in Corinnas Zimmer auf sie wartete, lauschte aufgeregt auf jedes ihrer Geräusche. Er hörte, wie sie ihre Tasche im Flur abstellte. Dann ging sie in die Küche und schaltete den Wasserkocher ein. Für Getränke hatte er doch schon gesorgt! Sie blieb eine Weile in der Küche, er hörte einen Teelöffel in ihrer Tasse klappern. Schließlich ging sie zur Toilette. Das Geräusch der Spülung war schon länger verklungen, doch sie kam noch immer nicht heraus. Vielleicht machte sie sich *frisch* für ihn? Er verspürte ein Ziehen im Lendenbereich.

Dann ihre Schritte auf der Treppe. Nervös setzte er sich in Pose.

Das Parkett im oberen Flur knackte. Er ließ zum letzten Mal seinen Blick prüfend über das von ihm geschaffene Gesamtkunstwerk gleiten. Was würde sie sagen?

„Eric?" fragte sie vor der Tür.

„Jaa-haa…", antwortete er langsam und mit belegter Stimme.

Ihr erster Blick sagte alles.

„Was soll das?" fragte sie, und dabei hatte sie eine Furche in der Mitte ihrer Stirn.

„Gefällt es dir nicht?"

„Nein. Aber was mir noch viel mehr missfällt, ist dass du hier offenbar mein Zimmer in eine Art Puff verwandeln willst!"

„Heute ist Valentinstag..."

„Ach so, und das gibt dir das Recht, hier einzudringen und diesen abstoßenden Quatsch da aufzubauen!?"

Sie zeigte dabei auf den vor sich hin plätschernden Zimmerbrunnen (mit Leuchtsteinfunktion), der reichhaltig umstreut war von den kleinen roten Konfettiherzen, die auch unten im Vorflur zum Einsatz gekommen waren. Eric hatte das Leuchtsteinprogramm auf *slow slide* gestellt, so dass das kopfgroße Gestein im Zentrum des Brunnens allmählich leuchtend rot wurde, bevor diese Rötung ebenso langsam wieder aus ihm entwich. Eric hatte, als er die Neuerwerbung das erste Mal getestet hatte, unweigerlich die Assoziation eines blutdurchströmten Gesichtes gehabt. Um dieses Bild auch für andere sofort erlebbar zu machen, hatte er auf die glatte steinige Oberfläche mit einem schwarzen Edding schöne große Augen mit langen Wimpern und einen sehr sinnlichen, halb geöffneten Mund gemalt. Direkt im Brunnenwasser, angelehnt an das sich abwechselnd er- und abregende Leuchtsteingesicht, stand ein zart rosafarbener und durch seine naturnahe Gestaltung, die zum Beispiel auch einige Adern beinhaltete, besonders geschmackvoll wirkender, großdimensionierter Dildo, dessen formschöne Eichel sinnigerweise sanft von den prallen Lippen, die Eric gezeichnet hatte, umschlossen zu werden schien.

Eric selbst saß an Corinnas Tisch, den er dem Anlass entsprechend gedeckt hatte: In seiner Mitte stand in einer lilagold gepunkteten Siebzigerjahre-Vase ein üppiges Straußgebinde aus pinkfarbenen Plastikrosen, und an Corinnas und Erics Plätzen stand auf herzförmigen Bierdeckeln jeweils eine

Flasche *Wolters Pilsener* mit pinkfarbenem Strohhalm und Schirmchen.

Eric trug ein schwarzes grobmaschiges Netzhemd über einem rassigen String-Tanga, der in Leopardenfell-Optik gearbeitet war, und dessen raffiniertes Zusatzfeature, der silberfarbene Reißverschluss, offen stand. So konnte Erics Penis, begünstigt durch die eingenommene breitbeinige Sitzposition, frei daraus hervorlugen. Gemeinsam mit dem Dildo im Brunnen bildete er ein ungleiches Brüderpaar, das solch interessante Begriffskonfrontationen wie die von *Leben* und *Kunst*, von *Hängen* und *Stehen* sowie von *Kleinheit* und *Größe* visualisierte.

Denn da Eric so aufgeregt und jetzt auch zunehmend enttäuscht und traurig war, war an eine eigene Erektion, die er sich als Gipfel seines Spaßes ausgemalt hatte, natürlich nicht im Entferntesten zu denken.

Später hatte er dann langsam und gedankenverloren alles wieder weggeräumt. Sie hatten dann auch nicht weiter darüber gesprochen.

Elias wurde unruhig neben ihm.

Eric sah auf den Wecker: Schon fast halb neun; sie mussten jetzt wirklich aufstehen!

Als er aufgewacht war, sagte Elias als erstes:

„Ich bin ein lieber Tiger. Lieber Tiger… – reimt sich das?"

Eric küsste ihn.

Er hatte gar nicht angenommen, um diese Zeit noch andere Eltern an der Kita anzutreffen. Vor dem Grundstück half er Elias aus dem Fahrradanhänger, setzte ihm anstelle des Helmes wieder die Mütze auf, und blickte hinüber zum Gebäudeeingang, wo Cora, deren Schwangerschaftsbauch sich deutlich unter der Winterjacke abzeichnete, und Suleyka, die Frau seines Nachbarn Ahmed, des Schichtarbeiters, sich mit erhobener Stimme und sehr gestenreich unterhielten.

„Hi Mädels, schon so emotional am frühen Morgen?"

Eric fand seinen Satz, den er Cora und Suleyka im Vorbeigehen hingeworfen hatte, anschließend auch gleich selbst unpassend, nachdem er die Blicke der Frauen gesehen hatte.

Als er wieder zu ihnen zurückkehrte, nachdem ihn Elias, wie es ihr Ritual war, nach kurzem Countdown aus dem Kindergarten geschubst hatte, nahm Cora seinen Tonfall von eben wieder auf:

„Hi Vorstandsmitglied, seit wann lasst ihr hier Kinder quälen?"

Eric war in mehrfacher Hinsicht überrascht. Zum einen natürlich von ihrer Aussage: *Kinder quälen* – was sollte das bedeuten? Zum anderen hatte es zwischen ihm und Cora noch nie eine Schärfe im Ton gegeben. Im Gegenteil. Sie waren miteinander immer besonders vorsichtig umgegangen, weil sie sich auf besondere Weise sympathisch waren, wie es ihm erschien. Das hätte er Cora auch gern einmal gesagt, aber die spezielle Chemie zwischen ihm und ihr hatte das bisher nicht zugelassen. So wie jetzt hatte sie jedenfalls noch nicht mit ihm gesprochen.

„Wieso?" fragte er deshalb irritiert.

Anstelle von Cora antwortete Suleyka:

„Erzieherin gesagt, Nelly komm Hölle!" Ihre dunklen Augen funkelten.

„Wie bitte!?" rief Eric aus.

„Seit wann wird hier im Kindergarten gebetet, Eric? Seit wann gibt es hier einen Gebetszwang mit Psychoterror für die

Kinder, die dabei nicht mitmachen wollen? Was habt ihr da bei eurer komischen Vorstandsklausur beschlossen, Eric? Von religiöser Ausrichtung ist in der Satzung keine Rede!"

„Ich, ich - ich weiß es nicht, Cora. Ich meine, ich wusste nichts davon, echt nicht. Gebetszwang... - Was ist denn überhaupt passiert?"

„Soll das heißen, du bist nicht darüber informiert?"

„Nein. Worüber denn eigentlich genau?"

Mit einem unguten Gefühl musste er an das Wochenende mit Joy und den anderen denken. Was mochten die da am letzten Morgen ohne ihn alles entschieden haben? Aus guten Gründen hatte er sich ferngehalten von ihnen und von allem, was mit der Kita zusammenhing, seit sie zurückgekehrt waren. Aber das gab denen noch lange kein Recht zu einer fundamentalistischen Alleinherrschaft!

„Wenn das hier Kirche, muss abmelden Aaliyah, sofort!" erregte sich Suleyka nun.

Cora legte ihr die Hand auf den Arm.

„Am Freitagvormittag rief mich die Hoppenworth-Gierfeld an. Ich solle Nelly abholen, weil sie so weine und sich nicht beruhigen lasse. Ich also hin. Die arme Maus war völlig fertig, Eric, völlig! Sie hat nur noch geweint. Selbst zu Hause hat es noch eine halbe Stunde gedauert, bis ich allmählich aus ihr herausbekommen konnte, was passiert war."

Eric hatte den Eindruck, Suleykas Angriffslust *riechen* zu können. Er spürte ihren wütenden Blick auf seiner Haut; aber er sah sie nicht an.

Stattdessen fragte er Cora: „Wie wäre es, wenn wir beide das bei einem Kaffee weiter besprechen, oder vielleicht lieber bei einem... – Kakao?"

Er deutete dabei auf ihren Bauch.

175

Fünf Minuten später standen sie am Bäckerstand im Eingangsbereich des Supermarktes. Eric leckte sich den Schaum seines Latte Macchiato von den Lippen und biss in ein Vollkorn-Zimtbrötchen. Cora rührte ihren Früchtetee nicht an; dampfend stand er vor ihr auf dem dunkelbraunen Stehtisch. Sie sah blass aus.

„Dann erzähl' mal", forderte Eric sie auf.

Die Bäckereifachverkäuferin erinnerte ihn ein wenig an Nadine. Draußen setzte Schneeregen ein. Innerlich sah er sich an einem griechischen Strand: Gleißend steiniges Weiß vor unbewegtem Azur. In seinem Rücken aus einer Strandbar leise Musik, die nach Sonnenmilch roch. Woher kannte er nur diesen entspannten Basslauf? Er wollte schwimmen gehen, Wein trinken, tanzen...

Die ersten Worte Coras, die er wirklich wahrnahm, lauteten *christlich-imperialistische Giftschlange.*

„Von wem sprichst du?" fragte er sie überrascht.

„Na von Joy Sanders, von wem wohl sonst?!"

„Schöner Begriff..." Eric lächelte.

„Eric, hast du überhaupt verstanden, was ich dir erzählt habe?"

„Ja, sicher."

Er lauschte Coras längst verklungener Rede nach, deren Höhen gut zu dem relaxten Bass aus der Strandbar gepasst hatten. Neben vielen emotionalen Verzierungen, die nicht im Einzelnen an ihn herangedrungen waren, hatte es einen kurzen *Sachkern* gegeben, und den hatte er mitbekommen: Alle sollten beten, Nelly wollte dabei nicht mitmachen unter Berufung auf eine in diesem Punkt eindeutig ablehnende Haltung ihrer Eltern, deshalb musste sie während des Frühstücks in der Ecke stehen, und ungünstiger Weise hatte sie sich dabei zusätzlich zu der ohnehin schon grausamen Strafe auch noch in die Hose gemacht.

„Ich kann mir das überhaupt nicht vorstellen, ich meine, das sind doch eigentlich ganz nette Leute da…"

„Eric, kapierst du denn gar nicht, was das bedeutet?"

„Doch, natürlich. Ich rede mal mit Joy darüber, ja?"

Die Bäckereifachverkäuferin schob ein Blech mit Brötchen in den Ofen. Nadines Jeans hatte besser gesessen.

Cora war immer noch sehr blass, hatte jetzt aber auch eine Stirnfalte. Sie schüttelte den Kopf:

„Was ist nur los mit dir, Eric?" fragte sie ihn.

„Was soll los sein? - Alles gut."

Alles gut – wie er diese Formulierung hasste! Jede zweite dieser Neubaugebietsmütter benutzte sie. Dabei war überhaupt nichts gut, weder bei ihm noch bei ihnen!

Nichts ist gut in Afghanistan.

Darüber musste er lächeln: Er stellte sich das Neubaugebiet als ein von fundamentalistischen Taliban-Müttern beherrschtes Terrorcamp vor: Männer, die sich der Erinnerung an längst nicht mehr erlaubte Vergnügungen hingaben, wurden dafür öffentlich hingerichtet – durch Steinigung auf dem Spielplatz. Oder ihnen wurden die Genitalien abgeschnitten, die dann alle gemeinsam in einem rituellen Frühlingsfeuer verbrannt wurden. Und dann marschierten die US-amerikanischen Befreiungstruppen ein…

„Nein, Cora, es ist wirklich alles okay. Ich werde Joy nachher anrufen. Wenn das so passiert ist, wie du es erzählt hast, ist das nicht in Ordnung. Ich kümmere mich darum, versprochen, ja?"

Cora sah ihn an. Die Stirnfalte hatte sich vertieft. Sie fasste sich an ihren Bauch.

„Gut, dann melde dich bitte anschließend bei mir. Ich muss nach Hause, mir geht´s nicht so gut."

„Soll ich dich hinbringen?"

„Nein, danke, ich schaff das allein. Mach´s gut, Eric."

Sie ging hinaus in den Schneeregen. Ihre Teetasse stand unberührt. Sie hatte das Geld daneben gelegt.

Als Eric hinaus trat, begann es sich etwas aufzuhellen. Eine Ahnung von Sonne färbte die Wolkenschicht gelblich.

Er war unruhig. Seit sechs Wochen hatte er Joy nicht gesehen; jetzt hatte er einen Grund sie anzurufen.

Aber er zögerte.

Er wusste, warum er sie anrufen wollte. Und eben dies hielt ihn davon ab. Obwohl er nach Befreiung lechzte. Aber am Ende richtete die ersehnte Befreiungsmacht selbst Foltergefängnisse ein, das kannte man ja.

Er würde stattdessen Kontakt zu Alexa aufnehmen.

Aber noch nicht sofort - nicht heute.

Er geht durchs Neubaugebiet. Die Straßen glänzen schwarz. Es ist ruhig. Die Väter sind dreißig Kilometer entfernt im Weltkonzern, die Kinder in den Betreuungseinrichtungen. Die Mütter in ihren Halbtagsjobs oder mit den ganz Kleinen zu Hause. In jedem zweiten Garten ein Schaukelgestell aus Holz; Regentropfen hängen an den metallenen Haken. *Die Imprägnierung muss erst auswittern, bevor Sie den ersten Anstrich aufbringen können!* Vor der Kita steht sie, er erkennt sie sofort. Ihr blondes Haar unter der weißen Mütze, ihre funktionale und doch so sexy wirkende Jacke. Unvermittelt hält er Ausschau nach Waschbären. Wie er sich freue, sie zu sehen. - Was denn für Probleme? Fundamentalismus, so ein Unsinn.

Ob er mit nach *America* kommen wolle über Ostern, Lud bleibe hier mit den Drillingen.

Pochende Schläfen. Seine Gedanken ein Knäuel aus vor und zurück, aus oben, unten, seitwärts. Ein Kurztrip nach Boston - hatte sie ihm das eben wirklich vorgeschlagen? Er sah spiegelnde Hochhausfassaden, Automassen auf Highways, Kunstausstellungen, Jazzkonzerte in kleinen Clubs... - und das alles mit ihr. Corinna würde ihn kreuzigen, wenn er ihr davon erzählen würde: Schon wieder allein mit Elias! Er verdrücke sich wohl jetzt nur noch! Aber das kenne sie ja schon, dass sie immer alles allein machen müsse! Und was sei da überhaupt mit dieser Joy?! Was soll da schon sein, dachte Eric. Ja, er wollte sie. Nein, er würde sie nicht haben. Ja, das war im Himblick auf sein Eheversprechen ehrenvoll. Nein, dieser Gedanke konnte ihm nicht helfen, denn er bedeutete, dass er in der Sackgasse, in der er mit Corinna steckte, weiter verharren musste. Aber wäre Joy denn wirklich der Weg in ein glücklicheres Leben? Er war zu desillusioniert, um sich das vormachen zu können. Letztlich wäre es *dasselbe in grün,* wie seine Mutter es ausgedrückt hätte. Nach anfänglicher Ekstase wäre irgendwann *der Lack ab*, und er würde sich in einem neuen Gefängnis wiederfinden. Ließ sich denn das, was er wollte, nicht in Freiheit leben? Was wollte er denn überhaupt? Wollte er tatsächlich nur *ficken*, wie Corinna behauptet hatte? Er glaubte das nicht. Er wollte Glücksgefühle im Allgemeinen. Sex und Zärtlichkeiten waren ein Mittel, sie zu erreichen. Musik, Schokolade, Vogelgesänge im Frühling oder Alkohol waren weitere Wege dorthin. Was er nicht brauchte, war dieser ganze Überbau, dieses ausufernde *Brimborium*, das Frauen immer veranstalten mussten, diese ganze Alltagsscheiße, die sie für das Leben hielten. Ihm fiel auf, dass er diese ihm neu erscheinenden Gedanken schon einmal, nein, schon allzu oft gedacht hatte. Es schien einfach keinen Fortschritt zu geben; alles, was es gab, war die Sackgasse.

So kam er nach Hause (schloss das Gefängnistor auf). Sein Plan für die unmittelbar bevorstehende Zukunft lautete:

Erstens Selbstbefriedigung, zweitens möglichst schnell einschlafen, bevor die Postorgasmus-Depression sich richtig entfalten kann.

Zu seinem Leidwesen war Corinna auch schon da. Sein Magen zog sich zusammen. Er atmete tief durch.

„Na?!" rief er in den Flur.

Keine Antwort.

Sie war wohl oben.

Er ging in die Küche, sah eine Weile aus dem Fenster und betrachtete das immer noch unvollendete Gartenhochhaus, dass der schlaue Axel mit seinem Vater zu bauen begonnen hatte. Konnte es einen deprimierenderen Anblick geben als die im nasskalten Februarwind flatternde, partiell losgerissene Plastikplane, die die regennasse Teerpappe überlappte, zu deren Füßen sich eine tief stehende milchig-kalte Wintersonne in schlammigen Pfützen spiegelte?

Er fand Corinna in ihrem Zimmer vor dem Notebook.

Anstelle eines Grußes sagte sie:

„Cora schreibt, dass sie Nelly aus der Kita nehmen will. Was weißt du davon, Eric?!"

Man kann leicht erahnen, dass das darauffolgende *Ehegespräch* zwischen den beiden sich für Eric in höchstem Maße unangenehm entwickelte, und dass er währenddessen und auch danach noch des Öfteren und mit großer Sympathie an die Reize amerikanischer Großstädte dachte.

7.

Vielleicht lag es an dem in diesem Jahr ungewöhnlich, fast schon unwirklich späten Zeitpunkt der *tollen Tage*, die am Ende der ersten März-Woche begannen, und in deren Bütten-reden sich eine Vorahnung duftender Frühlingspoesie mischte, dass Eric, als er am Abend des Rosenmontag von seinem Therapeuten nach Hause zurückkehrte, das Gespräch und die darin gewonnenen Erkenntnisse in Form eines *Minidramas* niederzuschreiben begann. Später erschien ihm dieses stets, je länger das Gespräch zurücklag, umso mehr, als seine eigentli-che Gestalt - die es denn auch nach seinem Sinn, Ablauf und Stellenwert wohl wirklich hätte haben können und eigentlich, wenn man es tiefer besah, so dachte Eric, auch tatsächlich gehabt hatte.

*

„Rosenmontagstherapie"
Minidrama

7.3.2011

Personen: G., *Therapeut*
E., *Patient*
P., *Postbote*

182

Zwischen sanierten Gründerzeitbauten ein kleineres Haus aus
älterer Zeit; mit Rosenstöcken im vorderen und einem Boots-
anleger im hinteren Teil des Gartens. Dr. G., psychologischer
Psychotherapeut und Urologe, Anfang siebzig und nur noch in
Privatsprechstunde praktizierend, von kleinem Wuchs und mit
freundlichem Blick, öffnet E. die schwere Eichenholztür.

G.:   Wir grüßen Ihn! – Mit Ihm, so scheint's,
           weht zarter Frühlingshauch in diese alte Halle.
           Ist nicht in jedem Jahr das Wunder neu,
           ist's nicht der März anstatt des vielbesung'nen Mai,
           der allererste Hoffnung ins winterliche Herz uns trägt
           und uns'ren fast schon toten Leib mit jungem
           Schwunge neu belebt?
           Tret' Er nur ein und leg' Er ab -
           wie ging es Ihm seit unserm letzten Male?

E.:   Ich spür's wohl auch, was diese Zeiten Neues bringen
           könnten…
           Allein, ich kann nicht allzu fröhlich daran denken.
           Denn eben, wenn mir Hoffnung das Gefühl erregt,
           wenn Fantasie zum Himmel fliegt
           und die Erfahrung fast besiegt,
           ist's doch Erkennen eines alten, abgeschmackten
           Spiels,
           so dass, sobald ich mich beweg',
           ich unten gleich am Boden lieg'.

G.:   Nur zu, wir sind gespannt. Erzähle Er!

E.: Ein halbes Jahr ist es schon her,
dass ich zuletzt hier Rat gesucht´
und wie schon oft, so einmal mehr,
dabei des Lebens Lauf verflucht´.
Ich sprach vom Stande meiner Ehe,
vom Ehestande allgemein, davon,
dass Ehe*stand* ein treffend´ Wort,
das Statisches bezeichne, sei.
Nicht nur bei uns hab ich´s erfahren,
ich sah es auch bei anderen Paaren,
wie Anfangsschwung und neues Leben
zuerst in Alltag
und dann... - in Zähigkeit sich wandeln.
Wie geile Lust in Unzufriedenheit und Leid,
wie Liebe sich in tiefen Hass verkehrt.
„Dran arbeiten muss man!" sagen alle
und werden doch, weil sie danach nicht handeln,
am Ende eines Schlechteren belehrt.
Und kann man´s denn mit Arbeit schaffen?
Soll das angefochtene Ich sich immer, immer,
immer wieder sagen:
Dies kann ich, und das auch noch
und jenes kann ich obendrein ertragen?
Soll es sich jeden Tag wohl an die zehen Mal be-
schwören,
dass *dieser* Wunsch und *jener* Trieb und alles,
was ihm zu seinem Kern gehören schien,
im Kern dann Egoismus nur und damit abzutöten
sei?
Wird denn sein Selbst dem Menschen nie verzieh´n?
Im besten Fall ist´s anderen einerlei!

Wie kann ich da noch Hoffnung haben?
Stets wandelt man auf gleichen Pfaden!
Das Alte kann ich nicht ertragen
und soll nun gleiches *Neues* wagen?
Da bleib ich lieber im vertrauten Leid...

G.: Uns scheint, noch ist es nicht soweit,
dass Er sich schon entschieden hat.
Trotz des Verzagtseins scheint Er doch bereit,
das Neue wenigstens zu denken.
Mag Er Uns reinen Wein einschenken
über den *neuen*, alten Pfad?

E.: Vom neuen *Pfade* sprach ich nicht,
es gibt doch nur den ewig gleichen.
Mag noch so schön sein ihr Gesicht,
so trägt es doch bekannte Zeichen...

G.: Ah! Nicht umsonst erwähnte Er
ein hold' Gesicht... - Spiegel der Seele!
Verrat' er mehr von der Verehrten:
Sput' Er sich, Amor, und erzähle!

E.: Amor, Seelenspiegel... - Hohe Worte brauchet Ihr,
höher kann man sie nicht hängen!
Doch trifft es zu: Es wogt in mir,
wollt' warm und wohlgeborgen hold mich ihr
an ihren weichen Busen drängen.
Warum ich's ließ? Davon im Späteren mehr.
Wie es denn kam, dass ich hätt's können,
dies Euch zu sagen ist mir näher:

Es war erneut die Mutter-Heilige,
die mir in ihrem Bild erschien.
Wie schon vor Jahren in Gestalt Corinnas
erschien sie nun im Weib Jocelyne.
Mit blondem Haar und weißer Haube,
von ebenem Wuchs,
mit Kindersegen reich beschenkt.
Mit arger Last auf ihrem Herzen,
die rührt von der Familie her... -
Woher auch sonst? Ist sie doch der
Ursprung aller Schmerzen!
Die Holde also quält nun sehr,
was einst dem Bruderherz geschah,
und als sie sich am Weg mir öffnet,
da sind wir uns vertraut und nah.
Zuvor dacht' ich, sie sei sehr kühl,
erfolgsverwöhnt und arrogant,
doch eine zarte Frau mit viel Gefühl
am Wegesrand dort vor mir stand.
Und auf dem Weg ging es noch weiter
bis oben hin zum Gipfelpunkt.
Da sagte sie mir schließlich offen,
dass sie sich mir sehr nahe fühlt.
Auf neues Glück konnte ich hoffen... -
Ach, wie war ich aufgewühlt!
Dann nahm sie meine Hand in ihre,
führte mich sanft zum Gipfelstein
und gab mir deutlich zu verstehen:
Ein Kuss von mir, und sie sei mein!

G.:   Sie forderte den Kuss, Er gab ihn nicht?

Wie dies? Fahr´ Er nur fort mit dem Bericht!

E.:   Nun: *Fordern*? Was heißt das denn genau?
Was sie gern will, ließ sie mich *spüren*,
denn schließlich ist sie eine Frau...

G.:   Führen, Spüren... - wohl auch Verführen?

E.:   Genau!
Denn als ich droben lachen muss
beim Anblick jener Stein-Inschrift,
die dämlich zwar, aber *ihr* wichtig ist,
da ist die Chance vorbei zum Kuss.
Für sie zwar nicht, sie fragt mich noch,
aber ich kann nicht... - und ich wollte doch!
Wir steigen ab, und lautes Schweigen
begleitet unsern Weg ins Tal.
Am Abend will sie sich nicht zeigen,
doch ohne sie wird es mir schal.
Hab´ nur noch sie in meinem Kopfe:
So such´ ich sie, steig´ auf und klopfe
bebend an ihre Zimmertür... -
Und als sich diese schließlich öffnet,
steht die Verführerin vor mir!
In ihr Gemach will sie mich locken
und wohl danach in ihre Scheide...!
Ich flieh´ sogleich, zutiefst erschrocken,
fleh´, dass ich dieses Unrecht meide,
und wünscht´, ich wär bei Frau und Sohn.
Dann unten... – ach, egal. Das war es schon!

G.:   Er nahm sich nicht der Werbung Lohn?

E.:   Nein, Er wählte Ehe-Fron.

G. hebt erstaunt die Augenbrauen und sieht E. fragend an.

E.:   Denn wohin würd´ es mit ihr führen?
        Zuerst, da würd´ ich mich verlieren,
        im Drogenrausch der Opioide
        der Göttin opfern, dass sie bliebe,
        was sie doch ohnehin nie war.
        Und dann, nach einem halben Jahr,
        würd´ Alltag wieder kalt und klar
        sein öde-graues Zepter führ´n.
        Und eine Andere zu berühr´n
        würd´ abermals mein Streben sein.
        Da dien´ ich lieber dem, was mein:
        Ein weit´res Mal muss ich im Kreis nicht gehen.
        Fürs Kind bleibt die Familie fortbestehen,
        die Eltern in Vernunft vereint.
        Da lacht der Sohn. Doch Papa weint!

G. notiert Einiges des Gehörten, blättert dann in den Unterlagen, liest dort etwas und wendet sich schließlich E. zu.

G.:   So weit war´n wir schon letztes Mal:
        Er bleibt; doch Bleiben ist ihm eine Qual.

Denk Er daran: Er hat die Wahl,
Er darf *entscheiden* diesen Fall.
Sein Urteil heißt: „Ich wähl' Vernunft"?
Zuvor klang's, mit Verlaub, nach Brunst!

E.:   Wie Recht Ihr habt!
Wie sollt' sie nicht mit Macht ausbrechen,
wenn sie daheim nicht nachgefragt?
Wie sollt' ich nicht nach Freude lechzen,
wenn mir das Mannsein wird versagt!
Ach, es hat die gute Joy
der Leidenschaft ein Ziel gebracht!
Und ich war angstvoll hocherfreut,
als sie mich nach dem Urlaub fragt'…

G.:   Urlaub? *Liebesurlaub?* Wo und wie?
Wer ist sie überhaupt, wie lebet sie?

E.:   Vor einer Woche fragt sie mich,
als ich sie auf der Straße treff',
ob ich mit ihr nach Boston käm'.
Kurz über Ostern will sie hin,
ohne den Gatten, ganz bequem:
Der bleibt mit ihren Kindern hier.
Und ich? Vereine mich mit ihr?
Denn er tut's nicht, was sie sehr grämt.
So sind wir zwei in gleicher Lage,
und aufregende Ostertage
verspricht das lockend' Weib nun mir…
Des Fastens sind wir beide satt,
hat man denn da noch eine Wahl?

Sie ruft mich in die Heimatstadt
an Tisch und Bett zum Liebesmahl!

G.:   Das heißet nun: Er fliegt doch mit?
Lässt *weinend* Sohn und Weib zurück?

E: Nein, ja… - ja, nein… -
Drum bin ich hier,
weil's mich entzweit!
Was meint denn Ihr?

G.:   Halt! … - Hierbei stehen Wir zurück,
nur *Er selbst* schmiedet sein Glück!
Wir helfen gern bei der Erhitzung;
doch Er bestimmt des Hammers Richtung!

E. sieht G. betroffen an und schweigt.

G.:   Helf' Er Uns doch noch mehr verstehen:
Er sprach vom „auf den Gipfel gehen"
mit einer Frau, Uns kaum bekannt.
Den Namen hat er schon genannt,
auch manches über sein Gefühl… -
an Vorgeschichte fehlt noch viel!

E.:   Im Herbst des letzten Jahres war's,
da traf ich sie das erste Mal.
Ein Kindergarten wurd' gegründet;
wer sich darin im Vorstand findet,

sind sie und ich... - und eine andere.
Wenn ich in der Erinn´rung wandere
zu diesem ersten Tag zurück,
war´s wohl vor allem diese andere... - und
auch Nadine, die Nummer Drei im Bund,
die ich zuallererst erblickt´.
Nadine hab ich dann in Gedanken
am selben Abend noch gefickt.
Entschuldigung! Das war missglückt...

G.:   Das ist ja ein gar munteres Treiben!
Er schwanket zwischen *vieren* Weibern?
Ist das für den Erfolg geschickt?
Uns deucht´, Er sollt´ sich fokussieren...

E.:   ...statt mich im Wechselspiel verlieren,
ja... - ich weiß.
Doch jede unter diesen Vieren
ist doch auf ihre Weise heiß!

G.:   Drei Namen nannte er uns schon:
Corinna, Joy und auch Nadine.
Wie ist der Name jener Vierten,
die auch dem Kita-Vorstand dient?

E.:   Alexa.

G.:   Ein sehr vielschichtiger Name,
den die geheimnisvolle Dame
zuletzt doch preiszugeben hat.

E.:   In der Tat.

Es entsteht eine Pause. E. sieht aus dem Fenster nach drau-
ßen, wo der laue Frühlingswind die noch kahlen Äste bewegt.
Es scheint, als ob er sich von etwas losreißen muss, bevor er
fortfährt:

E.:   Wo war´n wir noch, thematisch, eben?

G.:   Will Er über *sie* nicht reden?

E.:   Nein. - Doch. – Nein!
        Denn eine Lösung meines Knotens
        wird ja wohl kaum Alexa sein.

G: Aus all´ den Chancen, die sich boten
        - oder soll man *bieten* sagen?
        Was gedenkt er draus zu machen,
        welchen Schritt will er jetzt wagen?

E.:   Wie schon gesagt´, noch ringt in mir
        Vernunft mit Trieb: Gehe ich fort?
        Such´ ich mein Glück an neuem Ort?
        Oder ist´s hier, bei meinem Kind und ihr?
        Akzeptieren müsst´ ich, dass nicht alles
        wird, wie ich es haben will.
        Dann könnte ich, im Fall des Falles,
        beleben, was schon lang steht still.
        Blickwinkel-Änderung wär´ vonnöten

und schätzen lernen, was ich hab.
Ich denk´, dass sich dann Chancen böten,
bei ihr zu bleiben bis zum Grab.
Aber, ach! - Wenn ich *das* sage,
dann fühl´ ich, wie die Kraft mir schwindet,
wie, was mich an Corinna bindet,
mich lähmen wird für alle Tage...
Wie soll ich je dem Fluch entfliehen,
ohne gleich gänzlich fortzuziehen?
Ach, ich habe keinen Mut mehr.
Ich fühl´ mich tot, verbraucht und blutleer!

Es klingelt laut und schrill an der Tür.

G.:   Aufweckender kann ein Ton nicht sein!
        Wir lassen schnell den Boten ein...

*G. erhebt sich trotz seines Alters sehr behände, bedeutet E. mit
einer Geste, Platz zu behalten, und begibt sich dann raschen
Schrittes zur Haustür, wo er dem Postboten öffnet.*

P.:   Trara, trara, die Post ist da! ☺

G: O Postillion, sag er Uns knappstens,
        was Er Uns heute bringt zur Praxis!

P.:   Ich bringe, was im Postfach war:

Einladungsschreiben zu Kongressen… -
Ach, dieser hier ist wohl in Essen?
Und eine Karte von Mama,
natürlich ungelesen!

G.:   Er kommt doch stets zu seinen Spesen!
Hat Er noch mehr in seinem Sack?
Wenn nicht, dann gehe Er und plag´
nun andere. Wenn ja, dann pack
Er alles vor Uns auf den Tresen!

Während P. den Inhalt seiner Tasche durchsieht, liest G. mit
Rührung die Karte seiner Mutter.

P.:   The person you have called
is temporarily not available.

G.:   Ist fast schon hundert Jahre alt,
doch jugendlich ihr Reise-Faible.
Toskana… - Klassisch kultiviert!
Und auch die Sprache dort studiert…

P.:   Ich hatt´ ihn fälschlich einsortiert.
Ein ganz besonderes Kuvert!

P. reicht G. mit einigem Triumph einen violetten Umschlag,
dessen linke Schmalseite ein golden-schwarzes Muster ziert.
G. nimmt den Brief an sich und steckt ihn in die Brusttasche

seines Oberhemdes, das er unter seinem Pullover trägt. Er
verabschiedet mit knappen Gesten den Postboten und spricht
im Zurückkommen bereits vom Flur aus den im Sprechzimmer
wartenden E. an.

G.: Verzeihe Er, doch dies war wichtig!
Wir blieben steh´n - sagen Wir´s richtig? -
am *Totpunkt* Seines Frauen-Berichts.
Wie soll nun enden die Geschicht´?

E.: Ach, ich habe nachgedacht,
als Ihr bei dem Boten wart.
Hab´ manches doppelt heut´ gesagt
oder auch dreifach... - oder mehr.
Und wenn ich tausendmal Euch frag´,
es bleibt doch stets genauso schwer.
Oder auch leicht - wie man es nimmt.
Denn letztlich läuft es drauf hinaus:
Am besten ist´s, ich bleib´ zu Haus´.

G.: Das hört sich nun gefestigt an.
Und wenn´s so sein soll, soll´s so sein.
Wie plant er denn den Neuanfang
im altvertrauten Ehe-Heim?
Dass es nicht weitergehen kann,
wie es die letzten Jahre war,
das ist ja wohl Uns Beiden klar.
Wie brechet Er den Alltagsbann?

E.: Ich weiß es noch nicht. Ich weiß nur,

Entspannung, Wechsel müssen her.
Unsere Ehe muss zur Kur!
Ich denk', wir sollten mal ans Meer.

G.: Eine hervorragende Idee!
Salz-klare Luft und raue See
mit Wogen, Gischt; dann heißer Tee... -
Und fort ist allerley Wehweh!

E.: Ich hoff', ich werd's genauso sehen...

G.: Ach, Er wird dort schon bestehen
und kraft-erfrischt Uns wiederkehren!
Ist Er erst da, schreib' Er Uns Karten!
Wir bleiben hier daheim und warten,
was Er erzählt von ihr und Ihm:
Kalender raus... - Neuer Termin!

*

Was Eric bei diesen Erwägungen, die er bei und mit seinem
Therapeuten angestellt hatte, übersehen hatte – beziehungsweise, der Natur der Sache nach, im Konkreten nicht hatte
sehen *können* - war die Möglichkeit des Eintritts unerwarteter
Ereignisse. Es ist nicht auszuschließen, dass die Ursache, die
diese Ereignisse auslösen würde, zu diesem Zeitpunkt schon
vorlag oder sich anbahnte. Das war im Nachhinein nicht fest-
stellbar – auch und vor allem für diejenige nicht, die diese
Ursache möglicherweise bereits in sich trug.

Deshalb spähte Eric, wenn er seine Niederschrift am Rosenmontag und an den folgenden Abenden dann und wann für eine Weile unterbrach, weiterhin eher pessimistisch gestimmt in die späte Frühlingsdämmerung hinaus, während die Amsel vor seinem Fenster schon ihre hoffnungsvollen Lieder sang...

8.

Eric hatte einen Plan.

Er basierte grundsätzlich auf der in der Therapie entwickelten Urlaubsidee; er hatte diese aber modifiziert:
Er würde einen Doppelschlag ausführen, hatte er beschlossen. Er würde sich über Kraft- und Ausweglosigkeit und Pessimismus, die sein Leben schon viel zu lange bestimmten, hinwegsetzen und von nun an strategisch handeln. *NATO-Doppelbeschluss*, dachte er:

ERSTENS
Vater-Sohn-Urlaub zur Mutter-Entlastung.

ZWEITENS
Großeltern-Enkel-Urlaub zur Schaffung von elterlichen Paarbindungsgelegenheiten.

Dazwischen kurze Familieneinheit Vater-Mutter-Sohn zur Aufladung des Mutterliebe-Akkus des Kindes.

*

Wangerooge zeigte sich monochrom.

Losgefahren waren sie in frühsommerlicher Urlaubsfreude, in T-Shirts, mit kurzen Hosen im Gepäck. Es war noch nicht

198

einmal Mitte April, doch seit dieser Monat begonnen hatte, waren sie beschenkt worden mit Temperaturen von tagsüber vierundzwanzig Grad und mehr, und der lichtblaue Himmel war voll weißer Watte.

Zwar hatte die warme Witterung Eric sofort auch die nicht unerheblichen Beschwerden seiner Pollenallergie aufgebürdet – doch davon hatte er sich nur wenig in seiner Vorfreude beeinträchtigen lassen, als er die gemeinsamen Tage, die er schon bald mit Elias auf der Nordsee-Insel verbringen würde, aufgeregt-froh und positiv angespannt vorbereitete. Lange hatte Eric nicht mehr einen solchen Schwung verspürt. Er war im kurzärmeligen Shirt mit dem Rad durch die Stadt gefahren, hatte Sonnenmilch, neue Kinderhörbücher und sogar eine Strandmuschel gekauft - außerdem ein Reisetagebuch für Kinder, in das Elias vielleicht Muscheln einkleben konnte, sowie ein kleines olivgrünes Fernglas zum Beobachten von Schiffen.

Jetzt ging er mit seinem Sohn am trüb verregneten Nachmittag ihres zweiten Urlaubstages in dem flächigen Einheitsgrau aus schmutzigem Strand, trägem Meer und tiefhängenden Wolken spazieren, und während sein Sohn in seinem bunten Regenjäckchen umherlief und Treibgut zu einem *Osterfeuer*, wie er sagte, schichtete, blickte Eric unter seiner Kapuze hervor ins öde Nichts. Abgesehen von seinem Sohn hinter ihm: Ereignisarmut allüberall. Das Meer leckte müde am Strand, nicht mal zu einer Ahnung fähig von Gischt. Kein Schiff in Sicht. Keine Alleinerziehende mit Tochter, die Wärme an den Strand hätte bringen können. Überhaupt kein Mensch außer ihnen beiden. Wäre in diesem Moment eine einsame Möwe vorbei gesegelt, wäre das Klischee komplett gewesen.

Später mit roten Wangen im Lokal bei derbem Essen. Sohn gesprächig. Die Bedienung klassisch schwarzweiß mit Rock und Schürzchen. Blonder Pferdeschwanz. Gern hätte er sie in den Arsch gefickt. Hätte er nicht.

In der Ferienwohnung lagen sie dann beide auf einem dicken Teppich vor dem Kaminofen und kuschelten miteinander im Schein der Flammen.

„Können wir morgen im Meer baden?" fragte Elias.

Eric küsste ihn sanft auf den Hinterkopf.

„Nein, mein Süßer, das wird wohl leider nichts."

„Warum?"

„Weil es morgen nicht warm genug sein wird."

„Warum wird es nicht warm genug sein?"

„Tja, warum? Damit man im Meer baden kann, muss das Meer erst sehr, sehr lange warm werden. Und dafür muss vorher sehr, sehr oft die Sonne scheinen."

Elias zupfte an den kurzen Teppichfransen und beobachtete mit vorgeschobener Unterlippe das Zucken der Flammen im Kamin. Dann fragte er, indem er sich halb zu Eric umdrehte:

„Wie unser Plantschbecken, Papa?"

„Ja, genau, mein schlauer Sohn, wie unser Plantschbecken!".

Er küsste ihn erneut und blickte ergriffen ins Feuer. Hätte der Kleine, der nun vorsichtig den Teppich streichelte (um dessen Temperatur zu testen, wie Eric wusste), in diesem Augenblick zu seinem Vater nach hinten gesehen, wäre er sicher erstaunt gewesen über die einzelne Träne, die auf Erics Wange glitzernd zu seinem Kinn hinab rann.

Lange las Eric seinem Sohn später von einem Jungen namens Hannes vor, der Abenteuer unter Piraten erlebte, und

Elias schlief dann mit diesem wunderbar ins Weiche gelösten Gesicht, das Eric so liebte, ein.

Wenn er sich später an diese Kurzreise erinnerte, die dann sogar noch früher als geplant zu Ende gewesen war, erschienen ihm die Momente dieses Abends, als das Kaminfeuer brannte, als die schönsten.

Denn am nächsten Morgen war Elias krank.

„Er schläft jetzt. Zuletzt hatte er achtunddreißig sieben. Gebrochen hat er seit vorhin nicht mehr." Eric genoss den besorgt-zärtlichen Klang, den Corinnas Stimme seit Beginn des Telefonates hatte.

„Weißt du schon, wo der Arzt ist?" fragte sie, und Eric konnte ihr Gesicht vor sich sehen in diesem Moment.

„Ja, die Vermieterin hat mir seine Nummer gegeben. Um sechzehn Uhr fünfzehn haben wir einen Termin."

„Gut. Hat er getrunken?"

„Ja."

„Gut, das ist wichtig. - Ach Mensch, er tut mir so leid!"

Eric schwieg.

„Und es ist auch so schade für dich. Euer Urlaub hat ja gerade erst angefangen…"

Das hatte Wärme.

„Sind die Zäpfchen denn noch haltbar? Ich habe beim Packen gar nicht darauf geachtet."

„Ja, sind sie. Aber ich wollte erst nochmal Fieber messen, wenn er aufgewacht ist. Wenn es unter neununddreißig bleibt, warte ich noch, bis wir beim Arzt waren."

„Und danach rufst du mich gleich an, ja?"

„Na klar."

„Ach Mensch…", seufzte sie erneut.

„Mach dir keine Gedanken", erwiderte er.

„Natürlich mache ich mir Gedanken!"

„Ja, natürlich." Nur kein Aufschaukeln jetzt. Er zögerte.

„Ich liebe dich", sagte er dann.

Ihm war, als verschwanden seine Worte im Nebel.

„Ich dich auch", antwortete sie nach einer Pause.

*

Zu Hause hielt der Frühsommer weiter an.

Waren sie wirklich an der See gewesen? Eric unterbrach das Aufhängen der Wäsche, um zu niesen. Seine Augen waren gerötet vom häufigen Reiben. Schön sahen Elias′ T-Shirts aus, wie sie sich sanft in der Sonne bewegten, so ganz ohne Kotze darauf. Sven und Nelly fuhren im Auto vorbei und winkten. Wie mochte es Cora gehen? Das Baby war überfällig, der Termin war vor zwölf Tagen gewesen. Der Morgenwind ließ Blätter vom letzten Herbst zwischen den abgestellten Fahrrädern unter dem Carport rascheln. Eric sah sich um. Er hörte Elias und Corinna lachen, die hinter dem Haus Fußball spielten. Sein Sohn war offenbar wieder richtig fit. Gut so. Besser ein abgebrochener Urlaub jetzt als später, wenn er mit Oma und Opa unterwegs sein würde. Bei dem Gedanken, bald zwei Wochen lang allein zu sein mit seiner Frau, verspürte er ein Ziehen in seinen Lenden. Er hängte die letzten Socken auf und ging dann hinter das Haus. Corinnas schwarze Hose glänzte in der Sonne. Ihr Arsch war über den Winter ganz schön fett geworden, aber das machte ihn erst recht aufreizend. Drei

Tage noch, und dann würde er ihn vielleicht ausführlicher betrachten können. Gerade wehrte sie einen *Hochschuss* von Elias mit den Fäusten ab, wobei sie breitbeinig vor ihrem Tor stand.

Eric beschloss wichsen zu gehen, um mit seiner Geilheit nicht gleich wieder alles zu verderben.

*

Corinnas Duft berauschte ihn.

Alles schien zu sein wie damals, in ihrer *Anfangszeit*. Er konnte seinen Blick nicht abwenden von ihrem lieben und klugen Gesicht, in dem sich ihre Augen katzenhaft verengten und weiteten, während von ihrem weichen und beweglichen Munde perlende Rede floss, begleitet von den beredten Gesten ihrer grazilen Hände...

Erics innerer Kritiker suchte den Romantik-Kitsch abzuschütteln wie einen wirren Traum.

Doch dann wieder ihr Duft...

Der Kellner brachte das Dessert. Sie sprachen über den Film, den sie vorhin gesehen hatten, über Corinnas Arbeit, über Elias natürlich, der jetzt mit Erics Eltern in einem Ferienpark war, und über Cora und die überfällige Geburt. Corinnas Worte schwebten in süßem Sing-Sang über den Tisch. Er war etwas angetrunken vom Barolo; Corinna trank alkoholfreies Alster. Jetzt war sie wieder bei Elias, fragte erneut, ob zwei Wochen ohne Eltern denn wirklich eine gute Idee gewesen sein mochten. Eric befestigte zum wiederholten Mal sein Be-

gründungsgebäude: Totale Kindesablenkung durch Angebots-
vielfalt des Parks, bemutternde Oma mit der Zusatzkompetenz
einer ausgebildeten Kinderkrankenschwester, Entfernung nur
zwei Autostunden, großväterliche Garantieerklärung über die
unverzügliche Rückkehr im Falle eines unglücklichen Enkel-
kindes, und: *Irgendwann muss man es doch einfach mal aus-
probieren!*

Corinna seufzte schließlich auf, lächelte dann und trank einen Schluck.

„Was machen wir heute noch?" fragte sie.

„Wir könnten tanzen gehen", schlug Eric vor.

„Ja, warum nicht?" Sie lächelte erneut.

Kein Widerspruch? Kein *zu müde?* Eric war erstaunt.
Schon mit Film und Essen gehen war sie gleich einverstanden
gewesen, und jetzt stimmte sie erneut zu. Sie schien sich wirklich bemühen zu wollen.

„Gehen wir ins *Silver?*" fragte er. Dort hatten sie sich damals kennengelernt.

Ihre Katzenaugen.

„Ja, gern", lächelte sie.

Sie wollte nur eine Bionade.

Er bestellte sich einen Kaffee, dazu Leitungswasser, und
einen Wodka Lemon. Ihr Haar leuchtete kupfern auf, wenn
einer der Lichtkegel es streifte. Sie saßen auf Barhockern mit
dem Rücken zur Theke. Es war noch nicht viel los, aber trotzdem war die Musik schon laut. Er beobachtete die drei Frauen
auf der Tanzfläche, die sich über einen betrunkenen Endvierziger amüsierten, der sie mit schwappendem Bierglas und
brennender Zigarette antanzte.

Corinnas Mund an seinem Ohr.

Es ging um eine Arbeitskollegin. Er versuchte nicht den Anschluss zu verlieren, nickte immer dann, wenn es ihm passend erschien. Manchmal stellte er Nachfragen zu Details. Das würde jetzt lange so weitergehen können. Corinna wippte mitunter zur Musik. Er versuchte, keine Pläne zu machen, sich nicht vorzustellen, wie es sein würde, wenn sie zu Hause ankämen. Er nahm mit dem dicken Strohhalm, der zwischen den Eiswürfeln stand, einen langsamen Zug von seinem Wodka, während er seiner Frau weiter zuhörte. Der Endvierziger hatte gerade ein weiteres Bier bestellt und versuchte nun, sich eine neue Zigarette anzuzünden. Er *groovte* mit seinem ganzen Körper dabei. Es war inzwischen voller geworden, und es wurden bekanntere Stück gespielt. Als *Waterloo* begann, forderte er Corinna zum Tanzen auf. Er fühlte sich etwas unsicher, denn das war irgendwie überhaupt nicht sein Beat – doch er wusste, dass Corinna ABBA liebte. Es lief dann aber gut: Corinna tanzte mit ihrer schwarzen Handtasche über der Schulter, hielt ihre Augen geschlossen und sang ausgelassen den Refrain mit. Er sah sie die ganze Zeit über an.

Als sie das *Silver* verließen, regnete es in Strömen. Eric legte den Arm um seine Frau und hielt den Schirm über sie, und so liefen sie lachend und fluchend zum Taxi.

Wenn kein eindeutiges Signal von ihr kommt, versuche ich nichts, wiederholte er sich die ganze Fahrt über. Mein Mantra, dachte er. Der Taxifahrer hupte. *Opel Mantra.*

Als sie aus dem Bad kam, ließ sie sich auf einen langen Kuss ein.

„Danke für den schönen Abend!" sagte sie.

„Ich fand´s auch sehr schön", erwiderte er.

„Gute Nacht, schlaf schön!"

Das war eindeutig; der Abend endete hier.

Er nahm all seine Kraft zusammen:

„Gute Nacht, schlaf auch gut. Und träum´ was Schönes!"

Dann drehte er sich um und ging in sein Zimmer.

Morgen würde er Frühstück machen.

Oder Frühstücken gehen!

Die Sonne schien aus allen Löchern (hätte seine Mutter gesagt), die Luft war erfüllt von den Gesängen der Vögel, und Corinna schlief noch. Das verschaffte ihm genug Vorsprung für einen Plan. Blieben sie hier, würde Corinna womöglich nach dem Frühstück auf Erledigungsideen kommen. Wären sie dagegen irgendwo außerhalb, am besten auch weitab der Innenstadt, wären seine Chancen besser. Also rief er im *Schafstall* an, einem Waldlokal, in dessen Garten sie in der Morgensonne würden sitzen können: Zwei Personen, elf Uhr dreißig.

Auf der Rückfahrt traten sie kräftig in die Pedale. Die letzten zwei Stunden waren optimal gelaufen. Eric leckte sich ihren Nachgeschmack von den Lippen: Lachs, Latte Macchiato, Sekt und Corinnas Kuss.

„Wie wäre es mit einem Nachtisch zu Hause?" hatte sie ihn mit Katzenaugen gefragt. Sein Herz schlug schneller, in den Lenden spürte er das wohlbekannte Ziehen.

Zwei Jahre, drei Monate und fünfzehn Tage lang hatte sie ihn nicht angefasst, und nun trennte ihn nur noch eine halbe Stunde davon. Sollte sein Plan tatsächlich aufgegangen sein? Elias war erst seit gestern Morgen weg, Corinna und er hatten einen sehr schönen Abend und einen noch besseren Morgen miteinander verbracht, und das sollte tatsächlich schon ausgereicht haben, um sie *in Stimmung zu bringen*?

Er sah sie an, wie sie vor ihm auf dem Rad fuhr in ihrem schwarz-weißen Frühlingskleid, ihre Haare im Wind, die Sonne auf ihren Armen. Ihr Haar leuchtete, ihr Nacken lag einladend vor ihm. Lange hatte er seine Liebe zu ihr nicht mehr so gespürt. Fast zu schön war alles in diesem Moment, um es gleich mit Sex zu zerstören. Und dennoch war er so erregt, dass er sie am liebsten sofort hier vom Rad gezerrt hätte.

Ein alter Mann saß auf einer Bank am Rande und schaute versonnen lächelnd ins Weite. Eric nickte ihm zu.

In der Küche küssten sie sich innig. Sie schmiegte sich an ihn, presste ihren Unterleib an seine Erektion.

„Geh´ schon hoch", hauchte sie, „ich bin gleich bei dir!"

Eric saugte noch einen Moment lang an ihrem Ohrläppchen und ließ dann mit einem Seufzer von ihr ab.

„Okay, ich warte auf dich…"

Oben zog er sich aus und legte sich nackt aufs Bett.

Er hörte den Wasserkocher in der Küche. Musste das denn jetzt noch sein?

Aber egal. Er hatte ihre Zusage, und sie würde jetzt - endlich! - zu ihm kommen.

Als das Telefon klingelte, wusste er sogleich, dass alles vorbei war. Jedenfalls kam es ihm rückblickend, auch viel später noch, so vor, als habe er damals alles sofort und vollständig gewusst.

Er hörte, wie sie sich meldete - und wie ihre Stimme sich dann schrittweise veränderte:

Der Schwung der guten Laune war noch zu hören im ersten Moment; dann folgten Überraschung und Ungläubigkeit – und schließlich Fassungslosigkeit und tiefe Bestürzung.

„Oh nein!" hörte er sie wiederholt sagen. Dass es nicht um Elias ging, erkannte er an ihrem Tonfall.

Er blieb noch eine Weile liegen. Im Grunde hätte er sich auch gleich wieder anziehen können, aber sein Schwanz suggerierte ihm, dass vielleicht noch nicht zwangsläufig alles zu Ende sein müsse, dass Corinna sich mit viel Verständnis und gefühlvoller Teilnahme möglicherweise doch noch in die erotische Stimmung, in der Eric sie unten zuletzt erlebt hatte, zurückholen ließe.

Dann erschien sie im Türrahmen.

Ihren Kopf vorgeschoben, hielt sie sich seitlich fest. Ihr Blick ging ins Leere, ihre Haare wirkten stumpf. Ihre Lippen zuckten.

Eric lag entblößt da. Sein Schwanz war erschlafft. Aus der Eichel trat immer noch etwas Geilheitsflüssigkeit aus; Eric spürte den Kühlungseffekt auf seinem Oberschenkel.

„Was ist denn nur los?" fragte er.

Corinna antwortete nicht.

Sie ging zum Fenster, ordnete dort die Steine, die zur Dekoration in der Fensterbank lagen, neu an. Danach sah sie hinaus. Schließlich drehte sie sich um.

„Cora liegt im Koma."

„WAS?" Eric setzte sich abrupt auf und sah seine Frau mit weit aufgerissenen Augen an.

„Sie haben die Geburt eingeleitet, weil sie seit zwei Tagen immer wieder Wehen hatte. Als das Kind da war, ist sie ins Koma gefallen. Die Ärzte wissen nicht, warum. Dem Kleinen geht´s aber gut."

„Sie haben einen Sohn…? - Wie heißt er?"

„Benjamin."

Eric verstummte. Benjamin, Jakobs Letzter, nach dessen Geburt Rahel gestorben war. Wenn Sven das im Sinn gehabt hatte, war das *abgrundtief.*

„Wir müssen Sven jetzt unterstützen", hörte er Corinna sagen. „Ich will nachher mal zu ihm gehen. Kommst du mit?"

„Ja, klar!" erwiderte er. *Benjamin*, dachte er.

Er stand auf und zog Corinna eng an sich. Sie legte den Kopf auf seine Schulter. Ihre Tränen waren warm auf seiner Haut. Unglücklicherweise erregte ihn das. Es war viel zu lange her, dass er seine Frau nackt umfangen hatte.

Er musste an eine Begebenheit denken, die seine Eltern ihm erzählt hatten: An dem Tag, als er geboren wurde, war zeitgleich seine Urgroßmutter gestorben. Neun Monate später kam Erics Cousine Sonja zur Welt. „Tante Anne war nach Omas Beerdigung so traurig", hatte Erics Vater ihm erklärt. Und er hatte gelächelt dabei…

Unvermittelt begann er Corinnas Hals zu küssen. Er streichelte mit seinen Fingerspitzen ihren Rücken. Ihre Reaktion war neutral. Er machte weiter, arbeitete sich mit druckvollerer Massage zu ihrem Hintern hinab, leckte schließlich an ihrem Ohrläppchen und presste sie fest an sich. Sein Schwanz war jetzt wieder hart.

Sie machte sich los von ihm.

„Was ist?" fragte er.

„Das geht jetzt nicht."

„Warum nicht?"

„Das fragst du?" Sie sah ihn verständnislos an.

„Ja, das frage ich! Okay, das ist eine schlimme Nachricht, und wir werden uns da natürlich nachher auch gleich kümmern. Aber wir haben auch *unser* Leben! Wir haben vorhin etwas angefangen, und ich sehe ehrlich gesagt überhaupt nicht ein, warum wir das jetzt abbrechen müssen, nur weil es anderen Menschen gerade schlecht geht!"

Er versuchte, wieder ihren Hals zu küssen.

Sie stieß ihn von sich.

„Das sind unsere Freunde!" rief sie empört aus. „Mein Gott, verstehst du nicht, was da passiert ist?"

„Doch!" gab er genauso laut zurück. „Aber du verstehst offenbar nicht, was *hier* gerade passiert!"

„Und ob ich das verstehe: Du hast wieder mal nur deinen Schwanz im Kopf!"

„Und was ist daran so schlimm? Das ist Natur. Wenn das nicht so wäre, wären wir alle jetzt gar nicht hier!"

„Darum geht es doch überhaupt nicht!"

„Doch darum geht es!" erregte er sich lautstark und rief aus: „Irgendwann muss es doch endlich auch mal um MICH gehen!"

Sie schüttelte nur den Kopf und lächelte dann spöttisch:

„Genau wie Elias. Ich will, ich will, ich will! Aber du bist *erwachsen*, Eric. Sollte man jedenfalls annehmen..."

Du blöde Fotze, dachte er.

„Hau ab!" schrie er sie stattdessen an.

Lange stand er nackt am Fenster mit pochendem Herzen und heißem Kopf. Draußen ging Suleyka vorbei, die ihn aber zum Glück nicht sah.

Schließlich legte er sich wieder aufs Bett und nahm seinen Schwanz in die Hand.

Hasswichsen hatte sein brüderlicher Freund Ze das einmal genannt.

9.

Dachten sie wirklich, er würde hier draußen stehen, um sie zu beobachten? Sven hatte die Außenjalousie bis auf einen kleinen Spalt heruntergelassen. Das Wohnzimmer war hell erleuchtet, aber alles was man sehen konnte, waren die Rollenfüße der hölzernen Babywiege, die drinnen direkt vor der Terrassentür stand. Sicher hatten sie sie vorhin in die Nachmittagssonne geschoben. Jetzt war es längst dunkel draußen, und Eric konnte seinen Atem sehen, so kühl war es geworden. Seit dem Mittag war Corinna dort. Wie auch schon gestern. Und vorgestern. Eric hatte den Impuls, seine Zigarettenschachtel aus der Jackentasche zu holen. Aber dort befand sich keine Schachtel - schon seit über zehn Jahren nicht mehr. Gelegentlich bewegte sich schattenhaft jemand hinter der Jalousie, aber ob das Sven war oder Corinna, war nicht zu erkennen. Wie oft hatte Eric früher, wenn er abends noch eine Runde durchs Wohngebiet gegangen war, dort Sven und Cora am Tisch sitzen sehen, wo sie häufig zusammen etwas spielten, wenn Nelly schlief. Aber jetzt war nicht Cora da drin, sondern seine Frau, und seine Blicke blieben ausgesperrt. Als ob sie wussten, dass er hier stand und seine imaginäre Zigarette rauchte. Gar nichts wussten sie! Er sah auf die Uhr: Nelly würde auch heute längst schlafen; und welches Spiel spielten die Erwachsenen nun? Corinna für ihren Teil gab die nachbarschaftliche Samariterin, soviel war klar. Urlaub hatte sie genommen. Urlaub! Sie, die chronisch zu wenig Erholung bekam, weil sie so einen Nichtsnutz von Ehemann hatte, die so dermaßen überlastete, psychosomatisch vielfach erkrankte Corinna, sie also erübrigte mal eben eine ganze Woche des ihr sonst so heiligen Erholungsurlaubes, um dann jeden Tag hierher zu gehen, um hier die Ersatzmutter zu geben, während die Hülle der echten Mutter im Krankenhaus dahinsiechte. Hätte sie auch für ihn, ihren Mann, Urlaub genommen? Urlaub, um ihn zu *ficken*, beispielsweise, um ihm jeden Tag nach allen Regeln der Kunst das Sperma aus seinem Schwanz zu saugen, wie es eigentlich für sie oberste Priorität hätte haben sollen? Eric steckte sich gedanklich eine neue Kippe an. Natürlich hätte sie das nicht getan! Stattdessen machte sie sich hier unersetzlich, verwirklichte sich als selbstloser Gutmensch, und er musste in der Frühlingskälte stehen, spannen und rauchen. Lässt du Benjamin etwa gar an deinen Titten nuckeln, du Amme, du *Bilha*? Und was ist mit Sven: Lässt du ihn auch nuckeln, oder lutschst du ihm den zeugungswütigen Stammesvater-Pimmel, den er dir aus lahmer Hüfte entgegen reckt...?

Da musste Eric dann doch, wenn auch recht bitter, ein wenig lachen, als er seine Gedanken derartig ineinander laufen sah. Er nahm einen tiefen Zug. Für einige Momente gelang es ihm, alles zu relativieren, es rational zu sehen: Würde Sven, der gerade eine halb tote Frau im Krankenhausbett und einen vier Tage alten Säugling in der Wiege liegen hatte, der außerdem seine Tochter versorgen musste und mit Sicherheit vor Sorgen nicht wusste, wie er den Tag überstehen sollte, würde er, der im Übrigen ein völlig verlässlicher und loyaler Freund war, würde dieser Mann wirklich auch nur annähernd auf den Gedanken verfallen können, Corinna flachzulegen? Eric hielt es für eher unwahrscheinlich. Und - fragte ihn sein Verstand, während er weiterhin rauchend das Haus im Blick behielt - würde Corinna, deren Erregung bei Svens Anruf am Sonntag aufgrund der Horror-Nachricht, die er brachte, sofort und andauernd zusammengebrochen war, würde Corinna dann also jetzt, da sie ganz Mutter sein wollte, durfte und musste, allen Ernstes heiß werden können auf Sven? Wohl kaum. Hatte sie Lust auf Eric gehabt nach Elias' Geburt? Nein!

Er atmete durch, zog den Jackenkragen hoch. Er bekam Lust auf ein Bier. Er musste an die Badezimmerjalousie seiner Nachbarn zu Hause denken. In diesem Fall konnte ein kleiner freier Spalt durchaus vielversprechend sein, besonders wenn man draußen stand...

Da ging in Svens Wohnzimmer das Licht aus. Was jetzt? Wenn Corinna jetzt heraus kommen würde, konnte er schlecht hier unter dem Carport stehen. Er lief auf die Straße, ging sie rasch ein Stück hinauf und drehte sich dann um. Wenn, dann musste es so aussehen, als ob er gerade eben auf dem Weg zu Svens Haus wäre, um Hilfe anzubieten, um nach dem Rechten zu sehen...

Aber Corinna kam nicht. Eric verharrte abwartend auf der Straße und beobachtete das Haus, in jedem Moment bereit, in eine Gehbewegung zu verfallen. Durch die Fenster oben, die des Arbeitszimmers, sah man, dass das Treppenhauslicht brannte. Weiter passierte zunächst nichts. Dann erschienen Corinna und Sven im Zimmer: Dunkle Silhouetten vor hellem Hintergrund. Eric suchte Deckung hinter einer Forsythie am Zaun, die buschig-gelb blühte. Er zog seine Kapuze über den Kopf und beobachtete die beiden zwischen den Zweigen des Strauches hindurch. Sven beugte sich nach vorn, dorthin, wo sich der Schreibtisch befand, wie Eric wusste. Corinna stand hinter ihm. Kurz darauf erfüllte bläulicher Lichtschein das Zimmer. Sie machten also was am Computer. Corinna trat näher an Sven heran und sah ihm über die Schulter. Erics Blut rauschte. Schließlich erlosch das blaue Licht. Sven richtete sich auf und drehte sich um. Und dann geschah es: Corinna nahm Sven in den Arm! Er barg den Kopf an ihrer Schulter; vielleicht weinte er. Sie streichelte seinen Rücken. Eine ganze Weile standen sie so da. Schließlich lösten sie die Umarmung. Nacheinander gingen sie aus dem Zimmer, dessen Tür Corinna schloss.

Eric rannte davon.

Eigentlich hätte er die Haustür ein- und Sven brutal zusammentreten wollen - unter Corinnas erfolglosen Beschwichtigungsversuchen. Aber sein Körper hatte anders entschieden, hatte das Fluchtprogramm aktiviert. Vielleicht war das auch das Beste gewesen, was er machen konnte, wie Eric später rückblickend dachte.

Wohin lief er denn?

Er hatte keinen Plan. Er lief die Straße hoch, am eigenen Zuhause vorbei, bog oben links ab und lief dann wieder ein paar hundert Meter bergab, bis er atemlos auf dem leeren und dunklen Parkplatz des *Aldi*-Marktes ankam. Er stützte sich mit der Linken an der roten Klinkermauer des Discounters ab und rang nach Luft. Kurz hatte er das Gefühl, kotzen zu müssen. Da erblickte er einen Einkaufswagen, der nicht angeschlossen war. Er ging zu ihm hinüber, sah ihn einen Moment lang an und begann ihn dann mit hasserfüllten Tritten über den Parkplatz zu treten, immer und immer wieder. Der Wagen holperte mit signifikantem Einkaufswagengeräusch minutenlang über das Parkplatzpflaster, bis Eric ihn irgendwann am Griff packte, sich rasch um die eigene Achse zu drehen begann und das metallene Gefährt schließlich mit voller Wucht gegen die gläserne Eingangstür des Marktes schleuderte... - Es passierte gar nichts. Die Tür hielt, der Wagen prallte ab, und nicht mal die Alarmanlage wurde ausgelöst. „Fick dich, Fotzen-Aldi!" zischte Eric. Das hier interessierte niemanden.

Er streifte durchs Neubaugebiet, wusste nicht wohin. Er musste ein Zeichen setzen. Er ging nach Hause, durchsuchte das Haus nach geeigneten Gegenständen. Einen Hammer und einen Edding nahm er mit. Dann wieder raus, zurück zu Svens Haus. Ein Arbeitskollege Svens überholte ihn im schwarzen Multivan, grüßte ihn knapp und cool. Wie er sie hasste, diese *Weltkonzernwichser*. Wenn er sie morgens sah, wenn sie alle dorthin fuhren, diese kleinen Jungs, die ihr Leben lang nur mit Autos spielten! Alle sahen sie gleich aus in ihren weißen, krawattenlosen Hemden, mit ihren kurz geschnittenen dunkelbraunen, so charmant *pseudowirr* zurechtgestylten Haaren, die ihre karrierefixierte, jugendliche Klarkommer-Ausstrahlung krönen sollten: *Ich bin angepasst, aber locker dabei.* Wie Klon-Krieger ritten sie mit in der morgendlichen Karawane aus Leasingwagen, deren Kennzeichen alle mit denselben drei Buchstaben begannen. Alle hatten sie eine blonde Geliebte in Hosenanzug und weißer Bluse, die sie nach Betriebsfeiern, auf Dienstreisen, und wenn sie angeblich bei Heimspielen der *Quasi-Werkself* waren, mit ihrem Nachwuchshengst-Sperma vollspritzten...

In Svens Wohnzimmer brannte wieder Licht. Eric hatte Beschriftungsfantasien: Briefkasten, Schuppentür, möglicherweise Carport... Seine inhaltlichen Überlegungen kreisten um Themen wie Verrat, Untreue, Sechstes Gebot.

Aber einem plötzlichen Impuls nachgebend, wandte er sich wieder ab. Er folgte der Straße bis er Joys und Luds Anwesen erreichte. Dunkel lag es vor ihm. Sie war sicher schon in Boston. Wäre er nur mit ihr geflogen!

Am See dann aufgescheuchtes Geflatter, als er sich ästebrechend seinen Weg bahnte. Kraftvoll schritt er aus, fokussiert auf ein Ziel, das er zu erspüren begonnen hatte, das er aber noch nicht ganz klar fassen konnte.

Als er das Schild sah, wusste er, wohin er gewollt hatte! Vor diesem kubischen, weiß angestrichenen Auswurf postmoderner Provinzarchitekten-Scheiße, der eingefasst wurde von in feuerverzinkten Stahlgittern gefangenen, grau-weißen Alpensteinen, und dessen anthrazitfarbene Eingangstür flankiert wurde von pseudo-edlen, herrschaftlich streng beschnittenen Ziergehölzen, die man dem Eigentümer, so, wie sie waren, direkt hätte in den Arsch rammen sollen - vor und in dieser verabscheuungswürdigen Kulisse eines miesen Mittelstandstraumes also stand ein kleines weißes Schild mit einer Aufschrift aus schwarzen Großbuchstaben. Ihr Aussagegehalt war an sich banal. Aber alles wirkt im Zusammenhang - und die Platzierung dieses Schildes in dieser Szene war der entscheidende Faktor, der Erics angestaute Emotionen in Handlungen wandelte. Er las den kurzen Text immer und immer wieder, konnte nicht mehr wegsehen, konnte nicht mehr *absehen* davon:

JEEP

PARKING ONLY!

ALL OTHER CARS
WILL BE CRUSHED.

Wie konnte man so sein?

Wie konnte man ein *Weltkonzernpimmel* sein, wie konnte man als Weltkonzernpimmel karriereförderlich für zwei Jahre in Chattanooga arbeiten, dort irgendwo dieses Drecksschild entdecken und es dann vor dem heimischen Drecksprovinz- tempel aufstellen? Als ob dort irgendjemand hätte parken wol- len, als ob dieser Wichser je Besuch bekommen würde. Was für eine Scheiße! Aber all dieses wurde so richtig erst auf die Spitze getrieben durch den Umstand, dass Mr. US-Work- Wichsers eigener Weltkonzernwagen auf dem so reservierten Parkplatz stand, und dass dieser Wagen die Vorgabe des von seinem Eigentümer aufgestellten Nazi-Schildes (*Parken nur für Arier*, dachte Eric jetzt), nicht einmal selbst erfüllte: Denn im Lichte der Straßenlaterne glänzte ein sauberer, fast noch fabrikneu wirkender, beschissener, schwarzer TOUAREG!

Eric war *Ghostdog*.

Wie der Samurai führte er seine Handlungen ruhig, präzise und in fließender Harmonie aus: Während er mit dem Fuß des ausgestreckten rechten Beins das Schild eliminierte, zog er zeitgleich mit der rechten Hand seinen Schlüssel aus der Ja- ckentasche und setzte diesen, indem er mit dem Oberkörper den Schwung der Tretbewegung mitnahm, auf der schwarzen Motorhaube auf, wo er mit raschen Schnitten die Aufschrift *NO JEEP!* gravierte. Federnd umtanzte er danach den Wagen und versah ihn rundum mit einer grazilen Zierlinie. Knapp und konsequent platzierte er schließlich jeweils einen Hammer- schlag in Front- und Heckscheibe.

Dann *dematerialisierte* er gleich einem Geist.

Er *materialisierte* in der Frauenklinik. Es war kurz nach Mitternacht.

„Aber Sie können doch hier nicht…, um diese Zeit!"

„Und was ist, wenn meine Schwester stirbt?"

Zehn Minuten später stand er verhüllt von Mundschutz, Haarnetz und Kittel an Coras Bett. Friedlich lag sie da; ihr kurz geschnittenes braunes Haar wirkte etwas verklebt. Ein großer Teil ihres Gesichtes verschwand unter der Beatmungsmaske, der Rest sah blass aus. Die Geräusche und Grafiken der Apparate wirkten, als seien sie Spielfilmen entnommen. Kurz war ihm, als müsse sie gleich die Augen aufschlagen, ihn mit leerem Blick ansehen, um ihm dann mit weltenferner Stimme essentiell Existenzielles zu verkünden. *Der Moment, den kein Kinobesucher je vergessen wird.* Aber derlei ereignete sich nicht. Sie atmete ein und atmete aus, und die Geräte versorgten sie. Mehr war hier nicht.

Es war noch nicht halb eins, als er die Klinik wieder verließ.

*

Rasenmäher den ganzen Vormittag. Über Stunden hinweg mindestens als Hintergrunddröhnen, oft auch näher dran mit mehr Häckselgeräuschanteilen, schließlich als fluglärmartiges Maximalanschwellen direkt auf dem Nachbargrundstück, vielleicht fünf Meter entfernt von Erics Fenster, das gekippt war. Er sah auf den Wecker: Gleich dreizehn Uhr. Das Rollo bewegte sich sachte in der warmen Mittagsluft. Sein Puls ging schnell, sein Kopf war ausgetrocknet. Wie lange mochte er geschlafen haben? Ein bis zwei Stunden vielleicht. Um sieben Uhr hatte er sich weiter krankgemeldet. Corinnas Klopfen

gegen neun hatte er mit einem knappen *Nein!* quittiert. Wenig
später war sie fort gewesen. Und er konnte nur liegen. Der
gestrige Abend lief ihm ineinander mit weiter Entferntem:
Szenen aus dem Leben mit Corinna, aus früheren Beziehungen, aus dem Familien- und Freundes-, aus dem Kollegen-
kreis. Selbstanalysequirl. Aggression. Und Hass. Und immer
wieder Rasenmäher: Anschwellend, abschwellend, hinter-
grunddröhnend, anschwellend, abschwellend… Es war bereits
nach eins! Gab es früher nicht mal sowas wie Mittagsruhe?
Gab es das nicht mehr? Galt das nicht im *Neubaugebiet*? Er
musste pissen. Jetzt warf auch noch der schlaue Axel seinen
Benzinmäher an. Der Wichser! Musste der nicht arbeiten wo-
chentags um diese Zeit? *Du klingst wie dein Vater!* Er ging
hinunter in die Küche, um zu trinken. Da sah er seinen Nachbarn, wie er mit dem Scheißmäher über den Rasen *axelte*.
Schob ihn vor sich her wie einen Kinderwagen. Unerträglich.

Außer Wasser nahm er nichts zu sich, legte sich wieder ins
Bett. Baulärm mischte sich in das Rasenmäherdröhnen: An-
und abfahrende Lkws, das dumpfe Aufschlagen abgeladenen
Materials, zwei Bagger, wenn er richtig unterschied, Ham-
mern, Bohren, Rufen; gelegentlich auch eine Kreissäge. Kin-
dergeschrei, zwei sich lange unterhaltende Mütter vor dem
Hauseingang gegenüber, zwischendurch immer wieder Ord-
nungsrufe der einen an ihr Kind.

Corinna bei Sven. Schon wieder! Immer noch! Adrenalin
und Hirnrasen. Nur nicht weiter denken, weg mit diesen Bildern. Dringend Musik. *Bitches Brew* - letzte Rettung…

Bahnbrechend!

Vom Nachmittag bis in die frühe Nacht hinein erwanderte
er die magische Melange der Momente, die diese Musiker
modellierten und modulierten, partiell auch zu *moderieren*

schienen: Scharf stechende Stöße sekundenweise wechselnd in weich wehklagende Warmkälte über peniblem, phasenweise penetrantem, perkussivem Panoptikum, Weltall wollend und werdend. Wahnsinn.

Ein Uhr. Corinna noch immer nicht zurück.

Raus hier.

Aufs Rad, hinein ins Dunkle. Feld erst noch linker Hand, dann Baumbestand an Teichen, gefolgt von dichtem Wald. Er kann seinen Weg erspüren, muss nichts sehen. Immer tiefer hinein. Blind, wach, angespannt, fatalistisch. Angstfrei. In diesem Augenblick gehört er genau hierhin.

Rad liegen lassen, laufen, Weg verlassen, Unterholz.

Eine Antwort, er braucht endlich eine Antwort! Eine Antwort auf all das, was sein Leben ist, und was es werden soll...

„Zeig dich! Zeig dich!" ruft er ins Unsichtbare.

„Wenn du da bist, dann zeig dich doch!!!"

Nichts.

Warten.

Er schreit.

Noch immer Nichts.

Warten.

Anhaltend Nichts.

Wieder Rad. Alles egal jetzt. Treten, schwitzen, Kurven nehmen, Kopf unten, Tempo, Schweiß, Bäume, Waldboden, Teiche, Schotter, Bäume, Radweg, Laternen, Straße, Autos, Lichter, City.

Betrunkene.

An Ecken Dealer in Zweiergruppen.

Pissegeruch und Rotlicht.

Titten, Münder, Blicke, Scheibenklopfen, Fleischverkauf.

„Blasen, ficken, Stellungswechsel dreißig Euro, kommst du rein Schatz, ja?"

„Weiß nicht... - nein."

Fenster zu.

Weg hier schnell!

Der Rückweg ruhig.

Langsames Treten, der Kopf wie mit Watte gestopft.

Unsägliche Erleichterung, dass da heute nichts mehr rein geht. Einfach nur noch existieren.

Die Autoscheinwerfer haben Halos, wie schön...

Später wieder im Bett wie schon den ganzen Tag. Das Haus leer. Laute Stille. Wachliegen, wälzen. Drückende Dunkelheit, aber aushalten, aushalten! Im Kopf ein Knacken, ein Knoten in der Stirnmitte. Wie der Handlungstrieb immer mehr anschwillt, im ganzen Körper... Doch er bleibt liegen, zögert ihn hinaus wie einen Orgasmus, bis er ihn nicht mehr aufhalten kann. Da springt er auf:

Fünf Uhr zwei zeigt in roten Ziffern der Radiowecker. Draußen fast schon Dämmerung. Er öffnet den Schuppen, holt den Rasenmäher heraus. Jetzt ist Weckzeit, ihr Wichser!

Good morning Vietnam, lächelt er in sich hinein, als er den Motor startet.

Gegen halb sechs fahren die Bullen aufs Grundstück. Er sieht sie kommen aus dem Augenwinkel. Sehen aus wie im Fernsehkrimi: Vorneweg einer vor der Pensionierung, untersetzt, väterliche Ausstrahlung. Dahinter schmaler Anwärter, Typ blasser Mundatmer.

„Morgen! So früh schon fleißig?" sagt der Alte mit brüchiger, unerwartet hoher Stimme. Halb hinter ihm der Blasse.

Bullen, Bullen... Bullen besiegen!

Er wendet ihnen die Seite zu, zieht den Kopf in den Nacken, schiebt sein Hinterteil raus. Die Hände am Griff des abgestellten Mähers, dreht er den Kopf hin und her und schnaubt links und rechts mehrmals in die Luft.

„Na, na... - ruhig!" piepst der Alte.

Eric beginnt mit dem rechten Fuß im Rasen zu scharren, stößt dann einen Laut aus, der viel zu brachial ist, um noch als Räuspern durchzugehen.

„Ruhig!" versucht ihn der Alte erneut zu beschwichtigen.

Darauf fängt Eric wieder an, den Kopf hin und her zu drehen, beugt sich nach vorn, stößt mit den Schläfen wechselseitig gegen den Mähergriff.

„Okay, okay", klingt es brüchig zu Eric herüber. „Wir gehen jetzt mal langsam. Gemäht wird ja hier wohl nicht. Und das bleibt auch so, ja?"

Beide bewegen sich ruhig rückwärts Richtung Wagen.

Eric röhrt erneut, begleitet von nickenden Kopfbewegungen.

„Ho!" ruft der Alte noch mit ausgebreiteten Armen, um tiefen Ton bemüht. Der Anwärter sitzt schon im Auto.

Kurz danach rollt der Wagen davon.

Eric *hornt* noch einmal gegen den Griff des Mähers und verlässt dann ebenfalls das Grundstück.

Beim Bäcker stößt er an der Tür auf einen Mann, den er kennt: Blankschädel, Kinnbart, Mantelkragen aufgestellt. Lächelnd.

Es ist Lud.

„Oho, Eric, einen guten Morgen wünsche ich... - möge dir der neue Tag in seiner Einmaligkeit Besonderes bescheren!"

Eric röhrt nur.

„Nun", lächelt der Arzt und hält Eric mit ironischer Verbeugung die Tür auf. „Wie ich seh´, hat´s schon begonnen. Das ist exquisit. Durchaus exquisit. Morgen ist Osterfeuer. Wir werden dort sein. Ich darf annehmen, du doch wohl auch?! Gewiss wirst du, denn solch´ Spektakel verpasst man nicht! So dann empfehl´ ich mich... - Wir sehen uns!"

Der Kaffee ist heiß.

10.

Erst als es dunkel war, brach er auf. Draußen roch man sofort, dass ringsum die Feuer brannten. Die Luft war lau, der Tag war warm gewesen. Er ging durch leere Straßen, kam an der Kita vorbei, danach auf offenes Feld. Alle waren längst da; bald würden die ersten zurückkommen, der Kinder wegen. Corinna würde nicht dort sein. Sein Streit mit ihr am Abend zuvor war heftig gewesen; zugleich war er ihm vorgekommen wie eine zu oft gehörte Platte. Die einzige neue Information, die er gebracht hatte, war, dass Svens Eltern über Ostern zu Besuch kommen wollten (Coras Eltern lebten nicht mehr). Da würde Corinna voll gefordert sein...

Er sah das Feuer lodern, wohl noch einen knappen Kilometer entfernt. Unter einer Birke stand eine Bank aus grob beschlagenen Balken; er setzte sich. Trotz seiner starken Unruhe wirkten Stimmung und Inhalt des Moments magisch auf ihn: Das Neubaugebiet im Rücken, das Feuer vor ihm. Um ihn herum schützende Natur. Das Rauschen des weißen Baumes. Ein Wind war aufgekommen, der die Stimmen vom Feuer herübertrieb. Er blickte nach oben: Wolken in Fetzen in letztem Licht...

Vielleicht zehn Minuten saß er so. Dann atmete er mehrmals tief ein und aus, erhob sich und machte sich auf den Weg.

Er durchquerte eine Gasse aus Fahrrädern, Fahrradanhängern, Buggies und Kinderwagen, die seitlich an den Rändern des asphaltierten Feldweges abgestellt waren. Mehrere Kinder jagten sich mit lautem Geschrei über den Acker. Ein Paar stritt darüber, ob man *die Kleine* jetzt gleich schon hinlegen solle oder lieber noch nicht. Dann, noch bevor der eigentliche Osterfeuerplatz begann, zwei *Gummiwagen*, auf denen Mitglieder der Freiwilligen Feuerwehr in regelmäßig angeordneten Türmen Bierkästen aufgestapelt hatten, aus denen sie an den davor befindlichen Bierzelttischen fließbandartig Flaschen verkauften, während das Leergut in Kisten, die gesondert platziert waren, zurückwanderte. Eric lobte innerlich den Pragmatismus und die Effizienz dieses Aufbaus, und da die Warteschlange lang war, kaufte er gleich drei Flaschen auf einmal, von denen er sich zwei in die Jackentaschen steckte. Bier trinkend verschaffte er sich als nächstes einen Überblick über das kulinarische Angebot, immer auf der Hut, nicht massiv mit einem der vielen Kinder zu kollidieren, die in ihrer grenzenlosen Euphorie mit Maximalgeschwindigkeit in die sich in der Menschenmenge öffnenden Lücken stießen.

Auch an den Imbissbuden – es waren drei – musste man sich anstellen. Hatte bei den Osterfeuern seiner Jugendzeit noch eine einzige Bratwurstsorte ausgereicht, mussten es hier gleich drei sein. Außerdem, offenbar gedacht als besonderer Gag für die erwartete Zielgruppe, gab es auch die *Original Weltkonzern-Currywurst* mit Pommes frites; daneben Waffeln und Stockbrot für die Kinder sowie Gemüsesticks mit Dip, gebackene Maiskolben und sogar Tofu-Burger. Fehlt nur noch Sushi, dachte er, als er die zweite Flasche öffnete. Essen würde er später.

Er ließ sich durch die Menge treiben, trank, spürte die trockene Hitze des Feuers auf seinem Gesicht, nahm zwischen Prasseln, Knacken und Zischen im Stimmengewirr einige Dialogfetzen wahr, grüßte hier und da, sprach wohl auch einige wenige Worte mit Bekannten, blieb aber ansonsten für sich; allein mit seinen Gedanken, seinen Gefühlen und seinem Bier.

Das dritte trank er ganz vorn am Feuer.

Es dauerte nicht lange, bis die Flasche in seiner Hand warm geworden war. Sein Blick vertiefte sich in das orange-rote Zucken aus Flammen und Glut, er sah Bilder und flüchtige Wesenheiten: Zackenhaft Verhuschtes, weißglühend Gestirnhaftes, Vulkanregen...

Irgendwann war die Flasche leer, und Eric musste pissen. Wie er merkte, wankte er ein wenig auf dem weich-gräsernen Untergrund, als er ein Gebüsch ansteuerte, das vielleicht hundert Meter entfernt im Dunkeln lag und ihm Schutz bieten würde.

Danach holte er sich erneut drei Flaschen. Am Gummiwagen traf er Jens, seinen rückwärtigen Nachbarn, der mit seiner Frau Andrea und den Zwillingen neben dem schlauen Axel wohnte.

„Hey, Eric, ganz allein hier?" fragte er mit breitem Grinsen, als er Eric zur Begrüßung um den Hals fiel. Nüchtern war der auch nicht mehr...

„Komm´ mit, wir stehen alle da vorn!" sagte Jens dann und nahm ihn am Arm.

Eric begrüßte Ahmed, der Cola trank, und danach einen Unbekannten, den Jens ihm als seinen *besten Freund Matthias* vorstellte, und der, wie Jens selbst auch, schon deutlich angetrunken war. Beide arbeiteten im *Weltkonzern*, und außerdem war Matthias der Sänger der Band, in der Jens Gitarre spielte, wovon Eric bei dieser Gelegenheit erstmals erfuhr. Widerwillig musste er schließlich auch dem schlauen Axel die Hand geben, der sich zunächst noch einige Meter entfernt mit einem

älteren Paar unterhalten hatte, jetzt aber zur Gruppe zurückkehrte.

Die dazu gehörenden Frauen waren auch da. Suleyka nickte ihm ernst und knapp zu. Die anderen bemerkten ihn gar
nicht, so vertieft waren sie in ihre Unterhaltung, für die sie
einen Kreis gebildet hatten.

Auch die Männergruppe hatte jetzt ein Gespräch begonnen
und dazu dieselbe Kreisform angenommen wie die der Frauen.

Eric stand genau dazwischen, hatte die Frauen auf dem linken und die Männer auf dem rechten Ohr. Seine Lage glich
derjenigen der einstigen Raupe, die sich nach der Metamor-
phose zwischen wunderlich bunten und beweglichen Schmet-
terlingsflügeln wiederfindet. Er begann das Neue zu erkunden,
indem er seinen inneren Balance-Regler zwischen den beiden
Gesprächskanälen hin und her drehte (oder: *indem er abwechselnd mit den Flügeln schlug* - wenn man das zuletzt benutzte
Bild fortführen will).

„Hol´ mir jetzt den Edition 35. -- Echt? Dein Sechser ist
doch kaum ein Jahr... -- Egal, Jubiläum! -- Was ist anders
beim Ed 35? -- 18-Zöller Leichtmetall, Schaltknauf, Sitze,
Gurte, Xenon, dunkle Seitenscheiben...- und 25 Pferde mehr!
-- Macht insgesamt wieviel? -- 235. -- Und wozu das? Wenn
ich mehr will, als der Sechser hat, kann ich mir doch auch
gleich ´nen R holen... -- Ich will aber keinen R! -- PROST!"

„...hat Louis jetzt auch gerade die Phase das geht echt den
ganzen Tag so Mama Mama warum dies warum jenes warum
warum warum aber ist ja auch schön wie die sich ihre Welt
erobern das geht alles echt so schnell als ich das früher gehört
habe dachte ich immer ach lass die mal alle reden aber jetzt ist
es wirklich so Louisa trägt jetzt schon 98 und Mensch wie zart

die war mit ihren 47 Zentimetern Louis war ja gleich kräftiger na ja hoffentlich bleibt sie später auch so und setzt nicht so an wie ich hihi ja STÖSSCHEN na gut es geht ja jetzt auch schon wieder aber vor der Geburt dachte ich echt ich platze und wie teuer das alles ist die Hose die sie heute an hat zum Beispiel habe ich kurz vor Weihnachten gekauft die fand ich so schön mit den Abnähern an der Seite wo ach so bei C&A die haben ja echt schöne Sachen da wobei man schon gucken muss alles kauf ich da auch nicht jedenfalls ist die jetzt schon fast zu kurz ja Mama kauft dir gleich noch eine Waffel Mäusekind und wie ist das jetzt eigentlich mit Charlottes Kindergeburtstag habt ihr euch schon entschieden wir sind ja sowieso nicht da ach Mensch den Urlaub können wir auch echt gut gebrauchen nach den ganzen Problemen mit der Feuchtigkeit und die beiden Mäuschen hatten auch praktisch den ganzen Winter lang Bronchitis ja die Waffel kauft dir die Mama gleich Süße ja PRÖSTERCHEN ihr Lieben…"

„Wie ich gehört habe, wird der Ed den EA113 vom R drin haben und nicht den 888 aus der Normalserie, stimmt das? -- Ja, mein Kumpel aus der Technik war da zwar lange, sagen wir mal, etwas *nebulös* in seinen Aussagen, aber jetzt ist es auch offiziell raus: Es wird das potentere Aggregat verbaut, anders hätten sie die 235 wohl auch nicht geschafft... -- Sag ich ja, hol dir gleich einen R, der Ed ist nichts Halbes und nichts Ganzes!"

„…ja im Mai ist Neueröffnung direkt in der City bisher hab ich von denen nur im Internet…"

„…verstehe ich nicht, warum man im Sondermodell für so viel Schotter dann nur einen wartungsanfälligen Zahnriemen bekommt, wo doch die Serie schon auf dem Stand der Steuerkette…"

„…arbeitet zurzeit nur noch zwanzig Stunden…"

„…wissen wohl auch nur die Ingenieure. Du kennst die doch, was sagen die denn dazu? – Letztlich wird sowas unter Kostengesichtspunkten entschieden. 235 PS fand man wohl fürs Produktmarketing unverzichtbar, und die kriegst du eben aus dem EA888 beim besten Willen nicht raus. Also brauchte man den R-Motor. Aber den nun extra für die Jubiläumsedition de facto nochmal neu zu entwickeln, nur, um dann eine Steuerkette zu haben, sowas ist natürlich finanziell überhaupt nicht darstellbar, das gibt der Markt dann auch nicht…"

„… ja ganz schlimm hab ich auch gehört direkt nach der Geburt ist das passiert oh Gott wie furchtbar und keiner weiß genau warum na wann war das Iris hat mir das doch erzählt vor einer Woche ungefähr wo hab ich die denn zuletzt ach genau beim Angrillen na Nelly kennste doch die ging doch auch anfangs in Charlottes Gruppe und jetzt hat sie ein Brüderchen und was mit der Mutter wird weiß niemand schlimm echt echt schlimm…"

Peng! Das ging ihn an. Der Schmetterling war am linken Flügel verletzt, doch als er die Wunde betasten wollte, waren ihre Verursacherinnen schon wieder weiter. Er zog das sechste Bier aus der Jacke und trank. Sein Blick verlor sich im Feuer. Er spürte, dass von dessen anderer Seite her eine Anziehung auf ihn ausging.

Jens reichte ihm einen *Jägermeister*.

Allgemeines Anstoßen. Danach setzte links und rechts wieder der *Gendersound* ein. Eric drehte den Balanceregler in die Mittelstellung und hörte sich, mit den zuckenden Flammen vor ihm als Video, die Fortsetzung der Sendung an (*der Schmetterling begann zu fliegen*):

„…ja nee weiß ich nich jeden monat zwölfhundert für miete wird es auch eine allradvariante ding wär das nich wir sind so froh dass wir hier den bauplatz wie der fronttriebler eine schicke altbauwohnung vorstellen können und der mittelschalldämpfer vom ed 30 und ein kleines gartenstück ich meine soviel braucht man ja eigentlich auch gar nicht viele teile werden über die plattformstrategie auch über generationen mal abends zu fuss verbaut ins theater und hinterher noch was trinken kein spezieller sound vorausgesetzt du findest nen babysitter der durch unterschiedlichen ladedruck verlassen kannst und das klangbild verändert freunden von uns ist das neulich passiert haben sie auch dem 35er wieder übers internet eine gefunden die einlassventile verkokende vordere kurbelgehäuseentlüftung nicht mehr geklappt hat ich weiß nicht warum ich glaube die kinder waren krank aber mit nur sehr geringer leistungsspreizung hatten sie karten für phil collins in seinem fahrverhalten an ihrem hochzeitstag und sie hatten sich damals doch kennengelernt mit welchem modellpolitischen sinn wohl another day in paradise oder mit identischem motor die sich schon seit der schule in dieser baureihe kannten das war nun also ihr lied gibt's aber auch mit drei sterne dsg zahlste dich ja dumm und dämlich in so einem schönen auto bestimmt hundertsechzig euro na klar auch e10 ich glaub die babysitterin war erst zweiundzwanzig aber nur 95 oktan ein paar mal telefoniert volle leistung netten eindruck und die kinder hatten mit 98 oktan geskyped und fanden sie total volle frühzündung unsere freunde machen sich also fertig mit klopffestem kraftstoff düsen die kinder durchs haus ohne im heckbereich was zu ändern zum ersten mal sind mama und papa ein deutliches differenzierungsmoment denn wer nicht kommt ist diese babysitterin nur die schwarzen led-rückleuchten den bus

verpasst okay hat sie den nächsten auch ohne getönte scheiben
möglich war im konfigurator immer noch nicht da und jetzt
müssen sie aber wirklich langsam mit vierflutiger abgasanlage
rausbringen kann ja auch mal stau sein gut dass die standhei-
zung als nachrüstung bei einer stunde fahrt möglich ist um das
jackymotiv wieder aufzugreifen hat andy sie längst nochmal
angerufen oder durchkonfiguriert wenn nur die mailbox dran
ist in der edition 35 ist das telefon plötzlich abgestellt keine
zielführende vermarktungsstrategie hat diese unreife göre von
babysitterin lässt unsere freunde einfach sitzen das ist doch zu
hundert prozent deaktivierbar und die streiten sich dann natürlich auch noch mit optisch auffälligeren merkmalen weil andy
will dass susanne allein da steigt der ladedruck ach unser
schönes konzert bedeutet dir also nichts und auch andere werte
sind im grenzbereich und am ende fährt keiner von beiden und
sie reden ungelogen an dem ganzen abend kein einziges wort
über öldruck echte wassertemperatur öltemperatur bordspan-
nung stattdessen ganze flasche prosecco und dazu ab werk
einen liebesfilm sind ja diverse fühler in seinem hobbykeller
und die kinder sind frustriert nicht wegzudenken aus dem jubi-
läumsmodell auf das sie sich so gefreut haben wie serienmäßi-
ges tagfahrlicht an susannes stelle hätte ich ihr die polizei auf
den hals gehetzt blau metallic gegen aufpreis den kartenpreis
zu erstatten hat aber keine technische auswirkung eigentlich
wollte ich ja warten bis der siebener in der altbauwohnung
aber als ich in der konfi wie früher schon mal im studium als
wg mit einer freundin haben sie nur eine kleinere bremsanlage
und jens ist nun mal hier im altdorf aufgewachsen mit dsg
feuerwehr und fußball am prüfstand viel unterwegs aber lieber
mit seinen kumpels üben als mit anderen frauen sag ich immer
hihi nichtsdestotrotz ist die produktmarke einliegerwohnung

der eltern das pendant zum tdi-aggregat so dass als das neubaugebiet ausgewiesen wurde irgendwie ziemlich schnell klar
war dass wir hier bauen wollen und ich meine es ist ja auch
echt schön hier so viele leute die wir kennen und man kann so
schön mal richtig in ruhe quatschen nicht so anonym wie in
der stadt und vor allem für die kinder überall können sie spielen und wo sind die beiden denn eigentlich seht ihr sie irgendwo louisa war doch eben noch hier mensch wie die zeit ver-
geht letztes jahr hätte ich die hier noch nicht so alleine rumflit-
zen lassen ja danke gern meine süße STÖSSCHEN PRÖS-
TERCHEN STÖSSCHEN..."

Die Atmosphäre auf der anderen Seite des Feuers umfing
ihn sogleich. Hier war nichts mehr zu spüren von dem dichten
Gedränge zwischen Bierwagen und Nahrungsversorgung,
durch das chaotisch der Nachwuchs sprintete, und vom hek-
tisch-zwangsheiteren Nachbarschaftstalk, den er eben ohne ein
Abschiedswort hinter sich gelassen hatte. Mit einem frischem
Bier in der Hand und weiterem Vorrat in der Jacke ließ er sich
mit einem Seufzen auf einem der freien Strohballen nieder, die
in losen Gruppen über das in warmes Orange getauchte Feld
verteilt waren. Kinder rösteten in der Nähe des schon deutlich
heruntergebrannten Feuers Stockbrot, Erwachsene saßen und
standen in kleinen Gruppen im Hintergrund, redeten und lachten, und von dort her drangen auch Gitarrenklänge und verhal-
tener Gesang herüber. Eric wurde ganz ruhig. Er saß, die Bei-
ne locker ausgestreckt, mit geradem Rücken und trank sein
Bier. Mochte kommen, was wollte, er war soweit.
    Er spürte, wie sie neben ihm *materialisierten*. Er sah sie
nicht an, aber er wusste es dennoch: Lud links, Alexa rechts.
Grußlos begann der Arzt:

„Interessanter Abend?"

„Ja", antwortete Eric.

„Was reizte dich am stärksten?"

„War das Imperfekt oder Konjunktiv?"

„Das überlasse ich dir."

„*Fließen*", antwortete Eric nach einer Pause.

„Aah, ja! sagte der Arzt. Es klang wie Loriot.

„Aah, jetzt ja!" gab Eric zurück.

Da hatte er ihn: Das verstand der nicht. Aber Eric wusste, wer es verstand. Die wässrigen Augen verstanden immer.

Doch schlug Dr. Sannhoff-Sanders sofort zurück:

„Vielleicht interessiert es dich zu hören, dass noch jemand da ist. Jemand, den du kennst..."

Adrenalin.

Sollte sie doch nicht nach Boston geflogen sein?

Hatte er sie überhaupt getroffen, und hatte sie ihn wirklich gebeten mitzukommen?

Luds Stimme klang wie die eines Kupplers, als er fortfuhr:

„Die Person, von der ich spreche, ist nicht weit entfernt. Vielleicht solltest du ihr *Guten Abend* sagen... Aber auch dies überlass' ich dir. Empfehl' mich nun, denn hab' zu tun!"

Eric hatte noch flüchtig den Eindruck eines wehenden Mantels mit aufgestelltem Kragen.

Er trank sein Bier aus und starrte ins Feuer.

„Gehen wir!" sagte Alexa dann.

Auf einem am Rande des Feldes, schon fast im Halbdunkel zwischen Feuerschein und Frühlingsnacht gelegenen Strohballen saß, den Rücken der Glut zugewandt und den hängenden Kopf in die Hände gestützt, die das kurze dunkle Haar durchwühlten, in einen grauen *Nike*-Anzug gekleidet, über dessen

Oberteil er eine schwarze Steppweste trug, Adam T. Myers. Er bemerkte ihr Kommen nicht, schrak aber auch nicht zusammen, als Alexa ihm ihre Hand auf die Schulter legte. Adam T. Myers also. Aha. Eric ließ es fließen.

Der Sportlehrer sah schlecht aus. Er hatte sich langsam umgedreht, sah sie nun von unten her an: Das Haar stand wirr von seinem Kopf ab, und er war unrasiert. Der Glutschein, der auf sein Gesicht fiel, offenbarte dunkle Schatten unter den Augen und einen flackernden Blick. Mit nervösen Bewegungen zündete er sich eine Zigarette an und sah zu Boden, als er den Rauch ausatmete.

„Der liebe Adam hat ein wenig Aufregung gehabt in der letzten Zeit...", begann Alexa.

Sieh an, dachte Eric, der liebe Adam hat etwas Aufregung gehabt. Und ist binnen dreier Monate vom Fitness-Strahlemann zum rauchenden Wrack mutiert. Er, Eric, hatte auch Einiges an Aufregung gehabt in der letzten Zeit! Wie heruntergekommen mochte er selbst also aussehen?

„Wir erinnern uns doch alle noch gut an unseren Ausflug, oder etwa nicht?" fuhr sie fort. Ihr Mund zuckte heftig; sie schien ein Lächeln zurückhalten zu wollen.

„Der Schnee, die Abgeschiedenheit, der Alkohol, die Musik... - war das nicht alles sehr besonders und äußerst intensiv, Eric?"

„Sicher..." gab er bedächtig zurück. Er wollte, dass sie weitersprach.

„Man ist fort von zu Hause, entkommen dem Gewohnten, man lernt sich kennen, entdeckt Gemeinsamkeiten, man berauscht sich zusammen, berauscht sich aneinander, nicht wahr?"

Eric nickte.

„Und eigentlich ist von Beginn an klar, wer zu wem gehört, denn es ist Natur, ist eine chemische Reaktion; und lange magst du versuchen, sie zu leugnen - du weißt doch darum und kannst es nicht vergessen, worauf es am Ende hinauslaufen wird..."

Es floss.

„...ja, so geht es zu in der Natur, deren Teil wir sind. Da kommt man von weit her, überwindet einen Ozean sozusagen; es ist ja eigentlich schon eine Rückreise, eine Rückkehr ins *alte Europa* gewissermaßen... Man mag sich fragen, ob schon die Reise Teil des Reaktionsprozesses ist, aber das kann letztlich offen bleiben. Auf der anderen Seite angekommen, ist sie jedenfalls gleich in vollem Gange, die Reaktion; sie setzt Wärme frei, ist *exotherm*, und führt dann dazu, dass noch Weiteres freigesetzt wird, und zwar *ein neues Leben*."

Er sah nur noch Alexa:

Ihre spröde Schönheit, ihre Furchen, das Zucken, ihre schwimmenden Augen. Das alles wohnte dem inne, was sie sagte; ihre Worte waren der Lebenslaut der herb-urtümlichen Landschaften, die dieses Gesicht formten. Aus Alexas Wasserblau blickte ihn die Natur an; blickte ihn an, verstand ihn und wollte durch ihn erkannt werden.

Und überraschend, wie Natur bisweilen sein kann, sagte sie dann:

„Denn unversehens ist jemand schwanger geworden, und Adam wird Vater."

Eric trank.

Das mochte alles wirklich stimmen.

Natürlich stimmte das, denn Adam seufzte bei Alexas Worten tief auf und streckte dann die Hand nach Erics Bier aus. Eric gab ihm eine volle Flasche aus seiner Jacke, die der Amerikaner mit seinem Feuerzeug öffnete. An jenem zweiten Abend, nachdem er mit Joy den Gipfel erwandert hatte, als er später an ihre... - wo waren da Adam und Nadine gewesen? Die Geräusche aus der Badewanne... Dort mochte der Ausgangspunkt gewesen sein für Adams Verfall, das kam alles hin, gut drei Monate war es her, das passte schon. Aber darauf kam es nicht an! Das alles war nur ein Bild. Ein Bild, das ihn selbst betraf; ihn und... - die Natur. Soviel war klar; doch konnte er das Bild noch nicht enträtseln, im Moment noch nicht. Aber er spürte, dass er kurz davorstand, dass sich etwas *Grundlegendes* ereignen würde.

Alexa und Eric setzten sich zu dem werdenden Vater. Der Feuerschein überlief warm ihre Gesichter, während Adams dunkle Gestalt schattenhaft und gebeugt vor ihnen kauerte. Eric reichte Alexa wortlos seine Flasche, die sie mit zuckenden Lippen entgegennahm; abwechselnd tranken sie beide daraus. Dann sagte Adam, der vorher noch kein Wort gesprochen hatte, zu Alexa:

„Still got somethin'?"

„Are you sure?" fragte sie ihn.

Er nickte. Daraufhin holte sie aus den Tiefen ihrer schwarzen, taillierten Jacke, unter der sie einen ebenfalls schwarzen Rollkragenpullover trug, einen kleinen gemusterten Lederbeutel hervor, den sie Adam zuwarf. Der öffnete ihn rasch, entnahm ihm etwas und steckte es sich in den Mund.

„Was ist das?" wollte Eric wissen.

„Ach, nur ein paar Kräuter, die ich ihm zubereitet habe."

„Wie wirken sie?"

„Beruhigend zunächst einmal... - und dann auch ein wenig euphorisierend. So, wie es der gute Adam im Augenblick braucht. Er hat sich so aufgeregt nach all den schweren Gesprächen mit Nadine. Und gleichzeitig ist er auch so traurig die ganze Zeit über…"

„Gib mir auch etwas davon!"

„Nun, es ist für ihn zusammengestellt, für *seinen Fall* sozusagen…"

„Ich habe dieselben Symptome wie er."

„Wirst du auch ungewollt Vater?"

„Du weißt, wie ich es meine, Alexa."

Sie zögerte. Ihr Mund, die Furchen, das Meer ihrer Augen. Lange sah sie ihn an.

„Du willst es heute unbedingt wissen", stellte sie fest.

„Ich *muss*."

Sie musterte ihn nochmals.

Er ließ seinen Blick an ihr herabgleiten. Ihre Jacke, die zuvor mit einem Gürtel zusammengehalten worden war, hatte sie offen gelassen, nachdem sie den Beutel herausgeholt hatte. Den Rollkragenpullover hatte er an ihr schon öfter gesehen. Doch ihre Brüste darunter wirkten heute praller. Dazu trug sie einen kurzen lilafarbenen Rock, der mit einem schwarz-goldenen Paisley-Muster bestickt war. Unter dem Rock trug sie ein schwarze Strumpfhose, die von der Mitte ihrer Oberschenkel an bis unterhalb der Knie zu sehen war, wo sie dann in langschäftigen Stiefeln aus poliertem schwarzen Glattleder verschwand. Ihr Haar leuchtete henna-rot im Licht des niedrigen Feuers. Es umrahmte ihr Gesicht bis unterhalb des Kinns; einige Strähnen hatten sich gelöst, was auf Eric sehr anziehend wirkte.

Ihre Blicke trafen sich.

Während sie Eric weiter in die Augen sah, ordnete sie an:

„Gib ihm den Beutel, Adam!"

Eric wunderte sich kaum, als er darin Tabletten fand.

„Alles Natur, nur besser zuzuführen in dieser Form", erklärte Alexa.

„Wie viele soll ich…?"

„Nimm zwei für den Anfang", riet sie ihm.

Er spülte die beiden Pillen mit Bier herunter.

Er sah in die Glut, öffnete dann die letzte Flasche. Alkohol und Tabletten… Aber er vertraute Alexa. Er fühlte sich verbunden mit ihr, auch wenn er jetzt für längere Zeit ganz abgewandt von ihr da saß, einfach nur da saß und schaute. Währenddessen führte Adam ein sehr lebhaftes Gespräch mit ihr, das Eric aber nur als *Schallereignis* wahrnahm.

Wohl zwanzig oder dreißig Minuten lang hatte er schon so gesessen, da entsprangen aus den niedrig züngelnden Flammen in metallisch gleißende Rüstungen gewandte Ritter, die auf feurigen Rössern aufeinander zu galoppierten, mit langen Lanzen nach einander stoßend. Immer neue Heere von wilden Reitern brandeten auf, stieben rasend von entgegensetzten Polen heran, bis der Aufprall sie zu einer einzigen Eruption verschmolz. Überdeutlich zeichneten sich Einzelheiten ab: Ein schwarz-violetter Drache auf des einen Schild, auf des anderen eine goldene Schlange. Die Tiere sprangen von den Schilden, kämpften miteinander, verbissen sich, Blut floss… Dann ein Gang, ein Feuertunnel, ein Mahlstrom, der ihn auf einen *zweitausendeinsartigen* Trip schickte: Farben, Muster, Variation, Geschwindigkeit, Ungewissheit, Freude, Angst, Schreien, Gesteine, Wüsten, Flüsse, Wolken, Schwefelseen, Lava, Krater, Fliegen, Fallen, Erkennen, Vergehen…

Plötzlich Ruhe.

Frühlingsnebel

Auenlandschaft, triefend fruchtbar

Gesang der Amsel.

Oh, Schönheit!
Stille Tränen im Paradies
Ein Wasserfall

und

Indianer beim Kriegstanz…

Adam, wo bist du?

Adam T. Myers tanzte.

Tanz den Mussolini, HA! Rhythmisch zuckend, mit weit
ausgebreiteten Armen, bewegte der Sportlehrer sich zwischen
ihm und Alexa, hielt dabei in seiner Hand noch immer die
Bierflasche, mit dessen Inhalt Erics Gesicht wohl eben benetzt
worden war, und hatte offensichtlich all seine Agonie verloren. Er tanzte zu Bongo- und Conga-Klängen, die *eine jugendliche Kiffergruppe* produzierte. Sie trugen, wie es ihr Genre
will, Dreadlocks und abgerissene Kleidung, und sie hatten sich
zu Alexas Füßen niedergelassen.

Eric fühlte sich ausgesprochen wach.
Er atmete ein und atmete aus.

Seine Augenlider fühlten sich schwer und groß an. Wie die
Tore einer Schleuse, dachte er. Er hatte den Eindruck, dass sie

ein *Sendung mit der Maus-Geräusch* verursachen müssten, wenn er sie schließen und öffnen würde. Aber dennoch war er wacher denn je.

Alexa rauchte. Sie sah ihn an.

Über die Köpfe der kleinen Kiffer hinweg und durch die ausladenden Armbewegungen des Amerikaners hindurch, der in ausuferndem Ausdruckstanz zwischen ihn pendelte, verständigten sich ihre schimmernden Augen mit den seinen, die bei geöffneten Schleusentoren wachsam den Augenblick erkannten.

Zeitgleich mit ihm erhob sie sich.

Sie kam zu ihm herüber.

Adam stieß jetzt wirklich Indianergeheul aus.

Alexa ergriff Erics Arm und führte ihn aus dieser Szene fort.

Er hatte Hunger.

Der Duft der Imbissstände machte ihm das bewusst, als er für Alexa und sich neues Bier holen ging. Als er zurückkam, knabberte sie an einem Maiskolben. Sie bestand darauf, dass er sich eine Currywurst bestellte.

„Dauert 'n bisschen", sagte die Frau hinter dem Tresen.

Exakt beobachtete er, wie sie den Wartenden die fertig gewordenen Bestellungen auf die fettige Holzplatte stellte, Geld entgegennahm, es zählte, dabei die Lippen bewegte und schließlich Wechselgeld herausgab. Ein Mädchen neben ihm begann zu weinen, weil das heiße Fett der Wurst, in die es gebissen hatte, ihre Zunge verbrüht hatte. Eine Mutter wischte einem Jungen, der eine braun-orange gestreifte Strickmütze trug, mit einer weißen Papierserviette die blutroten Ketchup-Reste aus den Mundwinkeln. Dabei öffnete der Kleine den

Mund, und darin blitzten die Fangzähne eines Raubtieres. Es fauchte ihn an. Unwillkürlich sah Eric sich nach einem Baum um. Als sein Blick zum Ursprung der Bedrohung zurückkehrte, waren das Jungtier und seine Mutter verschwunden. Er sah, wie die Verkäuferin mit einer Zange eine sehr lange, vorgekochte Wurst aus einer Plastikverpackung entnahm. Sie hielt sie in die Höhe, zeigte sie im Kreis herum, so dass alle Anwesenden sie bestaunen konnten. Alle sahen ihn an, alle wussten, dies sei seine Wurst. Dann ließ die Frau sie mit ritueller Gebärde in das brodelnde Frittierfett gleiten. Eric hörte es zischen und spritzen, und er fühlte, wie das Fett in die offenen Poren des Fleisches eindrang, es erhitzte und es außen zu rotbrauner Verfärbung brachte. Er würde das nicht essen können. Das war gar keine Nahrung! Das war akustisch, das war optisch, das war olfaktorisch - das war *Kunst!* Stattdessen griff er sich mehrere Scheiben Weißbrot aus der bereitstehenden Schale. Der Geschmacksreiz, den die breiig-butterige, zunehmend süße Masse in seinem Mund verursachte, überflutete sein Gehirn und ließ dort annähernd religiöse Gedankenverbindungen entstehen:

Er aß; er *war.*

„Vier Euro", sagte die Bedienung plötzlich.

Der lange Curryprengel lag vor ihm; Blut und Goldstaub bedeckten ihn und liefen an ihm herunter.

Eric öffnete sein Portemonnaie und entnahm einen Zehn-Euro-Schein, den er lange betrachtete: Goldene Schneeflocken und Sterne fielen vom Himmel, und dann war da ein Tor, über dem ein riesenhafter Pfauenleib thronte, ohne Hals und Kopf allerdings; und das Tor zog ihn unglaublich stark an… - er musste eintreten, er musste hindurchgehen, musste sehen, was auf der anderen Seite war…

…und fand sich auf einer Brücke. Von dort blickte er herab auf das alte Europa, überflog es, zog seine Kreise über einem archaischen Kontinent…

Und dann nur noch Alexa.

Sie war fertig mit ihrem Maiskolben. Sie sah Eric direkt in die Augen und begann dann, mit ihrer Zunge ausgesprochen langsam und lasziv die Reste ihrer Mahlzeit aus ihren Zahnzwischenräumen zu lecken. Sie schob die Zungenspitze in Zeitlupe hin und her zwischen ihren Schneidezähnen und ihrer Oberlippe, die dadurch vulgär ausgestülpt wurde. Das allein hätte ihm als Einladung schon gereicht, besonders weil sie mit dem Ausdruck ihrer Augen die Liderlichkeit ihrer Leckbewegungen so sehr verstärkte, dass Eric das bekannte Ziehen in den Lenden verspürte und sogleich auch Erregungssaft aus seiner Eichel troff, der seine Unterhose nässte.

Doch jetzt befahl sie auch noch:

„Ich muss pissen, und du kommst mit!"

Das brachte alles in ihm restlos zum Rasen.

Sie ging mit schwingenden Schritten voran, drehte immer wieder den Kopf nach ihm um, und er trottete mit einem Abstand von vielleicht zwei Metern hinter ihr her wie ein Hund seiner Herrin, wobei er ein Bier in der einen und die noch unversehrte Currywurst in der anderen Hand trug.

Er musste aufpassen, dass er nicht hinfiel, denn sie entfernten sich vom Feuer, und der Boden wurde zunehmend unbeleuchteter und unberechenbarer. Irgendwie fand er seinen Weg zwischen dicken, kissenartig ausladenden Büscheln aus platt liegendem Gras und erdig getürmten Maulwurfshügeln, verschüttete gelegentlich etwas Bier und balancierte mit der Rechten den blut- und goldstaubbedeckten Currywurstschwanz. Seine Führerin schien es zu amüsieren, wie er ihr so folgsam nachstolperte, denn sie lächelte. Von weit her hörte er das Trommeln der Kiffergruppe. Hier standen schon lange keine Menschen mehr, und doch wollte Alexa wohl noch weiter gehen. Schließlich erreichten sie das dornige Gebüsch, das an diesem Ende den Osterfeuerplatz begrenzte. Alexa verschwand in der dahinterliegenden Finsternis.

Für eine Weile hält er inne.
Doch dann ruft sie seinen Namen.

Dort hockt sie.
Strumpfhose und Slip liegen neben ihr, die Stiefel aber hat sie wieder an. Den kurzen Rock mit dem Paisley-Muster hat sie hochgerafft. Über die Schulter hinweg sieht sie ihn an. Der Mond lässt ihren Hintern milchig schimmern. Er hört, wie es aus ihr herausströmt, sieht es am Boden dampfen. Dann nähert er sich und kniet hinter ihr nieder. Er berührt ihre Schultern, gibt ihr einen leichten Stoß, der sie auf Hände und Knie fallen lässt. Er packt ihr mondlichtweißes Fleisch und zieht es auseinander. Sie stöhnt. Er zieht noch weiter. Sie stöhnt wieder. Im milden Licht der Nacht erscheint im Zentrum eine rotierende Spiralgalaxie. Ihn einsaugend. Hypnotisch.

Ihr Kopf liegt auf dem nachtfeuchten Frühlingsboden.

Eric richtet sich auf und fingert mit einer Hand an seiner Gürtelschnalle herum, während die andere in fremde Galaxien vordringt. Er muss jetzt seine Hose loswerden, er muss jetzt auch nackt sein, er muss jetzt endlich rein in diese Frau! Schließlich hat er den Gürtel gelöst, Knopf und Reißverschluss sind offen. Er zerrt Jeans und Unterhose über seinen harten Penis hinunter bis in seine Kniekehlen. Hinein! Hinein! Nur noch hinein! Doch der erste Versuch scheitert. Der zweite ebenso. Zunehmende Verunsicherung. Abnehmende Penishärte. Naturgesetz. Mit schnellen Handbewegungen versucht er, die Erschlaffung aufzuhalten. Endlich erscheint ihm seine Erektion verlässlich genug, um es erneut zu wagen... - doch wieder nur Scheitern. Also nochmals von vorn. Je länger, desto Angst, desto Wut, desto Verzweiflung. Und desto weniger Härte.

Da greift er sich die Currywurst.

Sie ist noch handwarm. Die Sauce läuft ihm über die Finger. Er schmiert sie ihr zwischen die Backen und schiebt dann das rotbraune Stück Fleisch in sie hinein.

Sie schreit laut auf, als er anfängt, sie damit zu stoßen. Ihre Finger fliegen über ihre Klitoris, und es ist wunderbar aufreizend anzusehen, wie tief ihr Körper das Stück Schweinefleisch in sich aufnimmt. Nur das Teilstück, das Eric mit seiner Faust umschließt, ist noch draußen. Es ist ihm unklar, ob sie weiß, womit er sie fickt, und es ist ihm auch einerlei. Denn ganz offensichtlich sind sein Schwanzersatz und ihre Finger erfolgreiche Alliierte in einem Zwei-Fronten-Krieg, in welchem Alexa, ganz entgegen ihrer Stellung als Oberbefehlshaberin, bereitwillig und lustvoll auf eine gewollte Niederlage aus zu sein scheint. Eric versinkt minutenlang in diesem Kampfgeschehen.

Und schließlich kommt sie:

Beginnend mit einem sehr hohen, langgezogenen Schrei, der kaum noch menschlich klingt, und der dann für wohl eine halbe Minute, synchron mit den ihren Unterleib durchzuckenden *Poly-Komm-Wellen*, in rhythmisch verkrampftes Schmerz-Lust-Geheul übergeht, das schließlich, als sie sich den Curryschwanz mit einer entschlossenen Unterleibsbewegung noch einmal tief hineinstößt, von einem leisen Wimmern und Weinen abgelöst wird, durchläuft sie, wie es Eric scheint, nach und nach sämtliche dramaturgische Facetten, die die Natur dem weiblichen Orgasmus bereitzustellen vermag.

Er ist begeistert.

Er freut sich unbändig darauf, dass sie nun ihn, wenn sie ein bisschen zur Ruhe gekommen sein wird, in ähnliche Ekstase treiben wird - die er dann umso mehr genießen können wird, da er nichts mehr für die ihre tun muss.

Doch es kommt völlig anders:

Als er langsam den improvisierten Wurstdildo aus ihr herauszuziehen beginnt, wobei Alexa unerwartet und ruckartig ihre Position ändert, bricht das strapazierte Stück Fleisch plötzlich ab. Gut die Hälfte steckt noch in ihr, die andere Hälfte hält der verwunderte Eric in seiner rechten Hand.

Alexa, die eben noch wohlige, fast *süß* zu nennende, Nach-Orgasmus-Laute von sich gegeben hat, spürt Erics emotionale Veränderung sofort. Sie verstummt und dreht sich zu ihm um.

Eric kniet hinter ihr und starrt entsetzt auf das in seiner Hand befindliche Teilstück. An der Bruchstelle ist das helle Innenfleisch zu sehen.

Zum ersten Mal, seit er sie kennt - abgesehen von dem Ausnahmezustand sexueller Erregung, den sie gerade hinter sich gelassen hat - erlebt er Alexa eine minimale Zeitspanne lang unkontrolliert: Sie hat die Augen weit aufgerissen, ihr Mund steht offen, und gleich wird sie ihn anschreien.

Aber schon kehrt ihre Beherrschung zurück.

Der wässrige Blick ist wieder da, ihr Mund zuckt.

Und während sie ihn weiterhin über die Schulter hinweg ansieht, drückt sie, indem sie ihren gesamten Körper dabei anspannt, das in ihr verbliebene Restfleisch aus sich heraus, bis es mit einem gedämpften Geräusch vor Eric auf den Boden fällt.

In einer einzigen Bewegung setzt sie sich auf, ergreift das auf der Erde liegende Wurststück und hält es Eric direkt vors Gesicht:

„Da hat aber jemand überhaupt nicht brav sein Essen gegessen! Das macht die Mama aber sehr, sehr traurig! Iss dein Essen, Kind! - Iss es! - JETZT!"

Und sie tunkt das Stück Wurst in die Sauce auf dem Teller und schiebt es Eric, der sich nicht dagegen wehrt, mit Nachdruck in den Mund.

Während er es folgsam kaut, beugt sie sich zu ihm vor.

Er spürt ihren heißen Atem an seinem Ohr:

„Einen Happen für Eric…, einen Happen für Joy…, einen Happen für Lud… - und EINEN GROSSEN HAPPEN FÜR MAMA ALEXA!"

Und nach diesen letzten Worten beißt sie ihm mit all ihrer Kraft in den Hals.

Sein Kopf explodiert.
Galaxien drehen sich.

Er schreit.

Er schreit und schreit, schreit sich hinaus in die Tiefen des Alls, Vergangenheit und Zukunft ziehen an ihm vorbei.

Er schreit; und er kann und kann nicht mehr aufhören damit.

Und während er schreit, und während Alexa, die ihren Arm um seine Schultern gelegt hat, ihm beisteht, fließt sein Blut warm wallend an ihm hinab, den Hals entlang in roten Bahnen, fällt in dicken Tropfen auf die kühlfeuchte Erde, sammelt sich dort und vermischt sich schließlich, dunkel und fruchtbar, bis zur Ununterscheidbarkeit mit ihr.

11.

Als er gegenüber dem Haupteingang der psychiatrischen Klinik stand, war es dreiundzwanzig Uhr sechs. Er hatte sich unter dicht belaubte Bäume zwischen angeschlossene Fahrräder gestellt; der Eingang, auf den er hinblickte, lag im kalten Neonlicht da. Am Fuß der kurzen Treppe stand ein Aschenbecher, der die Form einer Sanduhr hatte. Der kühle Mai-Abend rauschte leise in den Ästen über ihm, gelegentlich waren Fahrgeräusche zu hören von der entfernten Hauptstraße. Sonst war es ruhig. Eric stand still, die Hände in den Taschen seiner Regenjacke. Er spürte, wie sich die Situation in der Mitte seiner Stirn, kurz oberhalb seines Nasenrückens, zu konzentrieren begann. Alles lag vollkommen klar und bestimmt und zugleich völlig offen vor ihm. Es war die Wegkreuzung, und er würde sie jetzt verlassen. Sein Leben hatte eine Richtung bekommen, eine Färbung. Er hatte sein Blut vergossen. Vor ihm lag die Einladung zu Narkose, zu Weltflucht und Gehirnwäsche. Ein Wort von ihm, und dieser Eingang würde ihn für lange Zeit aufsaugen. Er sah überarbeitete Klinikärzte, bullige Pfleger vor sich, und eine verständnisvolle blonde Therapeutin Anfang fünfzig mit schon leicht hängenden Titten. Fast musste er lächeln. Sie würden ihn medikamentös einstellen, er würde viel schlafen, eine zunächst besorgte, späterhin unterschwellig genervte, weil überforderte Familie würde besuchsweise einbezogen werden, und irgendeine kettenrauchende Leidensgenossin Mitte dreißig würde ihn mit Blicken unter schweren Augenlidern hervor scharf machen wollen. Sie würden dann nach einigen Wochen damit beginnen, das eine oder andere Medikament *auszuschleichen*, der Sommer würde mit seiner heißen Last auf die versammelten Psychen drücken, und sicher würde es Herbst werden, bis er wieder herauskäme. Auf jeden Fall aber rechtzeitig zu Weihnachten.

Elias würde es auf seine Art verstehen. Eric hatte ihm die beiden kleinen Figuren, die Vater und Sohn verkörperten, aufs Kopfkissen gelegt: Eine Kette aus kleinen roten Stoffherzen verband sie.

Unvermittelt stieg ein alter Song aus längst versunkener Zeit in ihm auf:

Uuu-uu-uuh – got to choose!

Da begann, gleichsam ohne Vorwarnung, und obwohl es eigentlich schon viel zu spät dafür war, schräg über seinem Kopf eine Amsel ihren Gesang.

Ich sollte jetzt am besten weinen, dachte Eric, bevor er in der Nacht verschwand.